Osvalde Lewat

Osvalde Lewat est née à Garoua au Cameroun. Photographe d'art et réalisatrice de films documentaires plusieurs fois primés, elle vit à Paris. Son premier roman, *Les Aquatiques* (Les Escales, 2021), a reçu le Grand Prix panafricain de littérature ainsi que le Prix Ahmadou Kourouma.

LES AQUATIQUES

OSVALDE LEWAT

LES AQUATIQUES

LES ESCALES
DOMAINE FRANÇAIS

MIXTE
Papier issu de sources responsables
FSC® C003309

L'éditeur de cet ouvrage s'engage dans une démarche de certification FSC® qui contribue à la préservation des forêts pour les générations futures.

Pour en savoir plus :
www.editis.com/engagement-rse/

ISBN : 978-2-266-32312-3
Dépôt légal : août 2022

Ah ! Si vous m'aimiez
quelle chance vous resterait-il de me haïr ?

Tchicaya U Tam'si
Épitomé

Pour **Hélène Ngahane**
Ma mère, la pierre d'angle

À **Luc**, **Lucie-Hélène**, **Raphaël**
Les rochers

Prologue

On a enterré Madeleine, la première fois, il y a vingt ans. Quelque part, au milieu de nulle part. Un enterrement bâclé, à la hâte, un peu à l'image de ce que fut sa vie. Elle avait vécu avec faste et était morte à trente-neuf ans, pauvre comme Job. Sa famille trouva un lopin de terre, pas trop cher, pas trop près, où personne ne pourrait venir réclamer le mètre carré sous lequel elle serait ensevelie. Un paysan de l'agglomération de Fènn où elle avait grandi, ancien camarade de classe, ex-amoureux éconduit aussi disait-on, avait fait preuve de commisération et accepté sans trop barguigner de céder, à l'extérieur du village, pour une somme dérisoire, un bout de terrain dont la superficie fut estimée au plus juste, au plus net.

Madeleine Lapteu mesurait un mètre et soixante-deux centimètres. Le cercueil mesurerait un mètre et soixante-dix centimètres de longueur. Son tour de taille, avant sa mort, était de quatre-vingt-seize centimètres. Après l'accident, après l'hôpital, elle perdit quelques centimètres. Tous ceux qui la virent s'accordèrent à dire qu'elle avait même carrément maigri. Le prix du bois n'étant pas donné, la largeur du cercueil pour une moitié de tour de taille fut donc arrêtée à quarante centimètres. Et puis le zinc, dépense supplémentaire, le zinc qui coûtait si cher, mais indispensable, qu'on obtint à bon prix. La profondeur de la fosse, le carrelage des parois, la dalle qui recouvrirait la tombe, le sable, le ciment, l'eau, le gravier, la chorale, la main-d'œuvre – celle des fossoyeurs, des pleureuses, des tireurs de coups de feu et du prêtre –, la location du fusil de chasse, les munitions ; tout avait son prix, on s'en tint au nécessaire, au minimum, aucun gaspillage ne fut permis.

À la fin de la messe, le cercueil fut scellé. L'eau bénite aspergée. Le prêtre prononça les prières litaniques, on chanta *Libera me*. Sennke, la deuxième fille de Madeleine, balbutia en sanglotant les derniers adieux à sa mère, et l'assistance, comme il se doit, fut émue. L'aînée, Katmé, se tint coite. Ni larmes. Ni rien. On lui secoua l'épaule, une voix murmura : « Dis au revoir à ta mère, ma chérie, dis quelques mots, elle t'entend tu sais. » Une seconde voix renchérit : « Ma chérie, tout le monde te regarde, tu n'as même pas pleuré, les gens vont penser que tu n'es pas triste que ta maman soit morte, et puis, tu sais, elle attend que tu lui dises au revoir pour monter au Ciel. » Une troisième voix persifla : « Katmé, parle, mais parle donc ! C'est quoi donc cette enfant !? Tu n'aimais pas ta mère ? Dieu va te punir si tu ne dis rien, parle bon sang, on va l'enterrer et tu ne la verras plus tu sais ! » Katmé ne desserra pas les dents. Innocent Patong, le père des enfants, tenta de glisser dans sa poche une poignée de terre qu'il venait de récupérer, on ne sait trop pourquoi, au sol. Il en fut empêché par une vigoureuse torsion exercée sur son bras par un membre de la famille de Madeleine. Deux coups de feu tirés en l'air, comme le veut la tradition de Fènn pour l'enterrement d'une femme d'âge mûr, assourdirent les gémissements de Mama Récia, l'unique sœur de Madeleine, qui, plus que les autres, avait la pratique des pleurs, des deuils et des enterrements.

Engoncée dans le cercueil sanglé de lianes de raphia, Madeleine fut transportée par quatre des nombreux fils de Mama Récia, à pas lents, à pas cadencés, au rythme des psalmodies de la chorale et des pleureuses, vers ce qu'on croyait alors, ce jour-là, être sa dernière demeure.

Sans attendre, je veux tendre
Au bonheur promis ;
Qui s'élance, qui s'avance
Obtiendra le prix.

Le temps d'ultimes prières, le temps d'ultimes pleurs, le cercueil reposa quelques minutes sur des barres de bois posées en travers de la tombe ; puis, dirigé par les quatre fils, entama enfin sa descente dans la fosse. Cinquante-deux secondes exactement après le début de l'opération, il cala. Parois trop étroites. On insista. Le cercueil faisait des difficultés, rechignait à bouger. Les choristes s'époumonaient avec ferveur.

Près du trône, la couronne
Attend le vainqueur.
Nulle trêve ! Qu'on se lève !
A dit le Seigneur.
D'obéir soyons heureux ;
Point de tièdes, de peureux !

Qui se lasse perd sa place
Au banquet des Cieux.

Les fils de Mama Récia, les villageois venus assister à l'enterrement – une occasion de divertissement et d'agapes comme une autre –, les choristes les plus allègres, les rares amis à avoir fait le déplacement, les audacieux qui surmontèrent leur répugnance à voir la terre rougeâtre de Fènn s'accoler de façon indélébile à leurs chaussures, à leurs vêtements, tous les mâles qui purent, s'y mirent, s'acharnèrent à pousser la caisse de bois récalcitrante au fond du trou. On entendit des éclats de verre brisé. La vitre incrustée dans la partie supérieure, qui avait permis de voir le visage de Madeleine jusqu'au bout, venait de céder. Le premier moment de stupeur passé, on arrêta tout. Il fallut se rendre à l'évidence. Le cercueil ne rentrerait pas dans la fosse, n'en sortirait pas non plus d'ailleurs. Il fallut trouver d'urgence des marteaux piqueurs, des pelles, des pioches. Et creuser. Et casser. Casser, sous les yeux horrifiés de Katmé et Sennke, le chiche carrelage dont l'épaisseur aussi large qu'une dalle n'avait pas été intégrée aux dimensions de la tombe dont chaque millimètre avait pourtant été rigoureusement comptabilisé. Les choristes cessèrent de chanter. Les pleureuses – redoutables à faire taire quand il s'agit de mériter leur dû – enroulèrent leurs poings autour de la bouche en signe de saisissement. Tout le monde se tut pendant l'agrandissement sauvage de la fosse.

Un enterrement ne tombe jamais bien. Celui de Madeleine tombait particulièrement mal. Des étudiants et quelques hommes politiques réclamaient depuis quelques semaines maintenant au Père de la Nation, le président de la République, la fin du parti unique, l'ouverture de l'espace politique, la démocratie, des élections libres, la revalorisation des salaires, la cessation des arrestations arbitraires, la gratuité de l'université, bref des revendications qualifiées d'ingénues par certains observateurs avisés. Le Vieux, le Père de la Nation, faisait la sourde oreille et l'activité économique s'en trouvait paralysée. L'argent eût-il été disponible qu'il eût été impossible de trouver, en cette période trouble, dans un délai aussi court, une quincaillerie ouverte à Fènn pour cimenter et carreler à nouveau la tombe. Fènn où, plus qu'ailleurs – plusieurs contestataires en étaient originaires –, le mot d'ordre de fermeture des commerces certains jours de la semaine, comme le samedi, jour de grand marché, était scrupuleusement respecté.

Les conciliabules expédiés, Madeleine fut ensevelie.

Madeleine avait été ensevelie un samedi matin. Un samedi matin avant midi. Ce samedi matin-là, avant midi, dès que sa mère fut ensevelie, Katmé décida d'ensevelir le souvenir de sa mère. Elle avait treize ans.

PREMIÈRE PARTIE

1

Je préférais emprunter le boulevard du Trente-Avril, chaos permanent qui rallongeait mon chemin, plutôt que le trajet le plus logique, le plus court, qui menait inévitablement devant le stade de football, les boutiques, les aires de jeux, la maison de mon enfance. Les voitures roulaient à contresens, des conducteurs, las d'attendre, dansaient torse nu sur la chaussée, sur le capot, les taxis klaxonnaient, écoutaient bruyamment les airs à la mode sur l'autoradio, des vendeurs ambulants, front collé aux vitres, proposaient toutes sortes d'aliments, d'objets, des motos slalomaient entre les carrosseries. L'atelier de Samy où je me rendais, entrepôt d'une ancienne laverie de voitures, était situé à la périphérie de la Cité des Enseignants. Le quartier où Sennke et moi avions vécu avec Madeleine. Je repérai au loin un uniforme d'agent de police. Je déverrouillai le Rav4. Juchée sur le marchepied, la portière sous l'aisselle, je lui fis de grands signes. Une fois à ma hauteur, il pinça la visière de son béret kaki entre le pouce et l'index. « Maman Préfète, Dieu vous bénisse. Vous êtes dans les embouteillages ôôô, pardon seulement. Je vous dégage la route, tout de suite même. »

Le laissez-passer de la préfecture apposé sur le pare-brise ne lui avait pas échappé. Je regagnai l'habitacle, baissai la vitre.

D'ordinaire, je refusais le couloir prioritaire. Aujourd'hui, il fallait que mes jambes, mes bras, s'activent. Éviter nids-de-poule, taxis et motos qui pilent sans crier gare, piétons qui traversent sans regarder. Il fallait que je remue, porte mon attention ailleurs, que le courrier de la mairie de Fènn me sorte un peu de l'esprit.

« Maman Préfète, s'il vous plaît, le geste qui sauve pour votre frère.

— Et qui va me sauver, moi ? le taquinai-je.

— Maman, maman, c'est dur... Votre sœur à la maison ne me laisse pas tranquille. »

Je pris mon sac à main posé sur le siège passager, tirai un billet de cinq mille francs, l'enroulai dans mon poing avant de le refermer dans la paume du policier. En un tournemain, il dégagea la route. J'enfonçai la clé de contact.

Le 4 × 4 crapahutait sur la ruelle en terre conduisant à l'atelier. On était loin des routes asphaltées, des rues climatisées du quartier du Fleuve où j'habitais avec Tashun. Tombé en décrépitude depuis la revente du parc immobilier à des particuliers, le quartier où l'État logeait autrefois ses fonctionnaires de l'Éducation nationale proposait des loyers attractifs. Paupérisée comme la majorité des quartiers de la capitale, la Cité des Enseignants ne pourrait plus longtemps, malgré les flamboyants en fleur qui habillaient les maisons de soleil, se dérober au statut de ghetto qui lui tendait les bras. Des familles s'étaient installées dans des abris de fortune en tôle et bois construits autour. Pendant la saison des pluies, les masures se transformaient en masures sur pilotis. Une coûteuse surélévation du sol préservait l'atelier de Samy des intempéries ; la véranda, en hauteur, offrait une vue dégagée, imprenable, sur la misère du monde. Samy n'ignorait pas que j'avais vécu dans le coin. J'aurais préféré qu'il s'installe ailleurs, mais il soutenait que l'environnement stimulait sa créativité. C'est vrai qu'il semblait plus fécond depuis qu'il travaillait là. Si l'expo marchait, sa première en solo, il tournerait enfin la page des modelages en série qu'il vendait aux touristes amateurs de souvenirs à bon marché. J'étais impatiente de découvrir ses sculptures, ses nouvelles œuvres. Je savais que ce n'était pas le moment d'évoquer la lettre que j'avais reçue. Je savais aussi que je le ferais. À qui d'autre pouvais-je en parler ? En d'autres temps, sur un autre sujet, en lui montrant la note obséquieuse ajoutée à la main au bas de la correspondance par le maire de Fènn, j'aurais ri. « Joie déférente de me mettre à la disposition de Son Excellence et de Madame Excellence, son épouse. » Mon rire que Tashun trouvait toujours incongru aurait éclaté. Mais la lettre ne me donnait pas du tout envie de rire.

« L'artiste engagé dans toute sa splendeur ! » Samy pointait du doigt quatre sculptures soutenues par des tiges en bois. Traits tirés, yeux rouges, cernes, il manquait visiblement de sommeil. « Premiers essais. Ce n'est pas l'échelle définitive... Ce sera plus grand, taille adulte. J'en fais dix sur le même thème. »

Quatre hommes, debout sur leurs jambes, le cou allongé, sans tête, l'abdomen remplacé aux deux tiers par la tête logée entre le plexus solaire et le nombril, une tête au carré, débordant sur les côtés, à la fois poignée d'amour et surcharge pondérale, la narine qui saigne, la bouche tordue dans une expression de douleur, les yeux écarquillés par le même désespoir que *Le Désespéré* de Courbet. Les visages des quatre personnages en terre cuite sculptés par Samy m'étaient vaguement familiers. Je cherchai. Le président, les trois vice-présidents.

« Alors ? » Il était anxieux.

« Tu veux vraiment exposer ça ?

— Il n'y a pas que les sculptures, dit-il en montrant l'autre bout de l'entrepôt. J'hésite encore sur le titre de l'expo, mais je crois avoir trouvé. Viens, suis-moi. »

La bibliothèque en rotin, des livres sur la sculpture, la photographie, des vieux journaux, une pile de cahiers à dessin, au-dessus de la pile, une feuille de papier A4. « Tiens, assieds-toi là, prends le tabouret, tu seras mieux pour lire. » Il poussa vers moi le tabouret haut en bambou sur lequel il s'asseyait d'habitude pour dessiner, me tendit la feuille.

Ante mortem. Avant la mort. Au fil de la lecture, une légère nervosité me gagna. Au Zambuena, en principe, on n'arrêtait plus les gens parce qu'ils exprimaient une opinion contraire à la ligne politique du président ou de son parti. Samy avait le droit de sculpter, d'écrire ce qu'il voulait, de critiquer qui bon lui semblait, il était dans son rôle. Qu'il n'ait aucune ambition politique, c'était ça l'essentiel, et comme il n'avait aucune ambition politique, il n'avait rien à craindre. J'espérais simplement qu'il ne se mentait pas à lui-même au point de croire qu'il suffit de choisir la terre idoine, le grès, la faïence, la porcelaine, le kaolin ; de se soumettre docilement aux étapes fastidieuses, ingrates de la création d'une ronde-bosse, d'un bas-relief, d'extraire du néant une œuvre puissante et téméraire, pour influer sur l'état des choses, les faire dévier de leur trajectoire figée. Artiste engagé, la belle affaire ! C'est Tashun qui allait s'étouffer. « Ton ami ? C'est un caillou perpétuel dans ma chaussure ! » J'entendais déjà mon mari braire.

Un projecteur diffusait une vidéo expérimentale au sol : des enfants en surpoids dévoraient des billets de banque, riaient aux éclats à chaque bouchée, d'autres, en colère, se pourléchaient avec avidité le contour des lèvres. Je notai mentalement de demander à Samy si les coupures étaient de vrais billets ou ceux du Zambony, le Monopoly local ; sur l'écran, ils paraissaient authentiques. Contre le mur, un tréteau en contreplaqué supportait des photos 60 × 80 en noir et blanc. Corps infantiles, juvéniles, séniles, masculins, féminins ; corps reconstitués dans une fresque bicéphale et multisexuée. Était-ce dans l'air du temps ? Était-ce bien ? Beau ? Moderne ? Je ne savais que penser, sinon que l'assemblage d'une paire de fesses datant de Mathusalem, d'une tête de jeune homme, d'une poitrine flétrie de grand-mère, de jambes d'enfants, de sexes de tailles et natures différentes, me dérangeait. Sans parler des petits obèses gloutons. Pour finir, une série de tableaux photographiques baptisée *Les Aquatiques* présentait des visages terrifiés émergeant d'eaux usées, d'inondations, les pièces d'identité surnageant, des mères suspendant à bout de bras au-dessus de leur tête un bébé, une lampe, une valise, la figure tuméfiée d'un noyé. Les images n'étaient pas nouvelles. Tous les ans, à la saison pluvieuse, les mêmes plus ou moins réapparaissaient à la télévision, dans les journaux. Mais l'encadrement de Samy – tôle ondulée rouillée, métaux usés, papier journal mâché –, la juxtaposition de tableaux cataclysmiques avec des photographies de couples insouciants allongés auprès de leurs enfants dans un champ de maïs frais, intensifiaient le radical désespoir qui éclatait de chacune des scènes. J'eus les yeux pleins. Quand Samy avait-il eu le temps de réaliser tout cela ? Je sentais son regard fébrile peser sur moi.

« Alors ?

— …

— Si tu n'aimes pas, tu peux le dire, Katmé ! » Il me regardait avec un air de reproche.

« Te fâche pas, voyons. C'est juste que… Comment dire… ? C'est… » Je haïssais les accents de fausset dans ma voix.

Je demandai à tout revoir, une fois, deux fois, trois fois. Si seulement j'avais pu déclarer avec assurance : « Ceci j'aime, ça j'aime pas. » Samy associait imprécision de la langue et manque de sincérité ; il me demanderait de trouver les mots. Le peu que je connais de la sculpture, des arts plastiques, c'est à lui que je le dois. Le lycée où l'on s'est rencontrés ne poussait pas l'intrépidité du catalogue de la bibliothèque jusqu'aux beaux-arts ; et ce n'est pas en partageant l'existence de Mama Récia, dont la dévotion farouche à la Bible et au Saint-Sacrement limitait les tentatives d'ouverture aux autres formes de création, que j'aurais fait la connaissance de Sow, Depara ou El Anatsui.

Samy s'affaissa le long du mur, étendit ses jambes. Un bout d'image de la vidéoprojection se reflétait sur ses mules en plastique à lanières. Je m'installai dans le fauteuil à bascule, le seul confortable de la pièce. Samy ne s'y asseyait que lorsqu'il voulait « débloquer » sa créativité. Je baissai les yeux sur lui, et décidai de parler comme ça me venait, sans plus tergiverser, ni réfléchir. « Peut-être qu'il y a trop de choses à absorber d'un seul coup. Je trouve ça chargé, Samy.

— C'est ma première expo solo ! Je ne vais pas offrir une proposition quelconque ! » La colère perçait dans sa voix. Il ébaucha le geste de se lever, finalement resta assis, ramena ses jambes sous son menton, puis les allongea de nouveau.

« Ton affaire à toi c'est la sculpture, pas le reste !

— C'est aussi le reste ! Certaines photos ont quatre ans, la vidéo existe depuis deux ans, je l'ai créée au cours d'un atelier avec mes élèves, je suis obèse comme les gamins de la vidéo, obèse de ce que j'ai envie de montrer. Tu crois que j'ai créé tout ça en deux mois ?

— Tu dois resserrer un peu, Samy. Tu vas asphyxier le public, faut y aller mollo, franchement, je trouve que là c'est trop. »

Il se releva, s'adossa au mur, la mine renfrognée. Les petits obèses éclatèrent de rire sur l'ourlet de son pantalon. Je quittai le fauteuil, me plaçai à nouveau devant les photos d'inondations. Il s'approcha de moi. « Tu n'aimes vraiment pas, hein ? » J'avais froncé les sourcils.

« Ces visages… C'est trop cru, Samy.

— Ce que vivent ces populations est cru ! Tout le monde n'a pas la chance d'habiter le quartier du Fleuve. Tu vas finir par m'inquiéter, dis donc ! Keuna les trouve très bien ces photos ! Et tout le reste d'ailleurs !

— Keuna trouve tout très bien, tant mieux, je suis ravie pour toi. Depuis quand je n'ai plus le droit de te dire que ça n'est pas parfait ? » Ma voix était plus sèche que je ne l'aurais voulu. L'entendre évoquer Keuna m'irritait toujours. « Tes sculptures, ton texte là : *Ante mortem*, tu cherches des emmerdes ! C'est du plantain non mûr à un nouveau-né. Ta Keuna qui fait sa Blanche tout le temps, elle vit dans ce pays depuis combien de temps, hein ? Tashun, quand il va voir ça ! C'est quand même lui la banque, ne l'oublie pas, hein ! » À peine les derniers mots franchirent-ils le seuil de mes lèvres que je perçus le goût de cendre dans ma bouche. Ça ne se ravale pas. Samy émit un rire nerveux. « Pardon ? Tu peux répéter ça, Katmé ? » Une ligne amère se dessina sur ses lèvres. Penaude, je tendis la main vers lui, il recula.

« Keuna dit que ça va marcher. Je te rembourserai. Je te rembourserai, je te le jure.

— Samy, c'était idiot. Pardon. »

Visage fermé, bras croisés sur la poitrine, il était de nouveau adossé contre le mur. Je m'approchai de lui, voulus lui décroiser les bras, il me repoussa. Comment avais-je pu sortir ça ? Ma langue pouvait être tranchante, d'airain ; jamais avec Samy. C'était ce courrier au fond de mon sac. Ce courrier et les projets extravagants de Tashun. Il me fallait blesser quelqu'un. C'était tombé sur Samy. « J'ai été minable. Tashun n'est même pas au courant pour l'argent ou l'atelier. S'il te plaît… Pardon… Qu'est-ce que j'y connais moi ? Je parle, je parle, je ne suis même pas capable de tenir un crayon à dessin ! Samy… »

Il leva sur moi des yeux rouges. Il était à bout. Il était à bout et moi, qu'il appelait son aéroport, la meilleure part de lui, toute à moi-même, je ne m'étais aperçue de rien. Il se détacha du mur, se dirigea vers le fond de l'atelier, souleva le rideau qui dissimulait le petit espace privé qu'il s'était aménagé et s'allongea sur le lit en fer forgé.

Je le suivis, m'assis au bord du lit, sur le plaid en laine écossaise qui cachait les draps et l'oreiller. La partie supérieure de l'atelier, tout en verre, laissait passer des rayons de soleil obliques sur la peau bistrée de Samy, son visage raviné par l'insomnie.

J'enlevai mes ballerines, rampai dans le lit, m'étendis à ses côtés, soulevai son bras et glissai ma tête au creux de son épaule.

« Ce n'est même pas toi, Kat, lâcha-t-il après un long silence. Ce n'est même pas toi. Ety a téléphoné, ça s'est mal passé. Les reproches habituels. Mon indisponibilité, l'atelier qui me prend tout mon temps, etc. J'ai passé une heure dans la chaise à bascule pour me remettre de son appel. À peine m'étais-je levé pour reprendre le travail que Folcoche se pointait. Venue voir ce que je "fabrique encore dans mon gourbi". Je ne suis pas rentré depuis plusieurs jours à la maison. Comme il fallait s'y attendre, elle a répété qu'à mon âge je devrais renoncer à ces frivolités, si j'étais un vrai artiste, il y a longtemps que ça se saurait. Je l'aurais tuée, je l'aurais étranglée.

— Tu pratiques ta mère depuis trente-cinq ans, Samy… » Je m'étais interdit d'appeler sa mère Folcoche comme il le faisait ; il répétait souvent qu'un jour il écrirait un roman dont la première phrase serait : Comment je suis devenu allergique à ma mère. « Ta mère n'est pas méchante, tu le sais. Peut-être juste un peu bête…

— J'ai quelques doutes sur l'absence de méchanceté. À un certain niveau, la bêtise confine à l'ignominie. Je lui en veux. La stupidité n'excuse pas tout. Elle a raison. Je suis un faux artiste, un vrai raté. Rien que de penser à cette expo, mon cerveau et mes doigts se paralysent. »

Samy avait collectionné les refus et perdu tout espoir d'une exposition individuelle d'envergure, avant de tomber sur Keuna, la propriétaire de la nouvelle galerie Bubinga Project. Que n'avait-il entendu sur son travail ! Trop ethnique, pas assez authentique, trop documentaire, pas assez réaliste, trop conceptuel, pas assez abstrait, trop politique, pas assez engagé, trop singulier, pas assez original.

Je lui pris la main, la portai à mon cœur. « Je n'ai pas les clés pour tout comprendre de ta démarche, je ne suis pas bonne juge, mais mon cœur ne me ment pas. Aie foi en toi.

— J'espère que cette fois ça va marcher, sinon je serai condamné à végéter dans mon costume de prof d'arts plastiques en attendant la retraite.

— Pitié, Samy, ne recommence pas avec ça… »

Je desserrai mon étreinte, me redressai sur un coude. « À mon tour de te montrer quelque chose », dis-je. Je descendis du lit, pieds nus, j'allai décrocher mon sac à main abandonné au pied de la chaise à bascule. Au milieu de trombones, baume à lèvres mentholé, fichu, papiers chiffonnés, je retrouvai ce que je cherchais.

« Tashun m'a donné ça ce matin à la préfecture. Ça n'excuse rien, je sais. On va dire que je suis un peu en vrac moi aussi depuis que j'ai quitté son bureau. »

Il parcourut la lettre.

« Tu comptes faire quoi ? demanda-t-il, exactement comme Tashun quelques heures plus tôt.

— Dans un premier temps, aller à Fènn me renseigner. Ils ne précisent pas dans quel délai ça doit être déplacé. Urgence signalée, comme si c'était une information. Urgent dans ce pays ça peut être demain ou dans dix ans. »

Des rumeurs de voix nous parvinrent de l'extérieur. On cognait à la porte.

Il me tendit la lettre, se leva.

Pendant qu'il se dirigeait vers la porte, je rassemblai mes affaires, frustrée de ne pouvoir poursuivre la conversation. Je le rejoignis sur le seuil. Je plissai les yeux, le soleil nous arrivait en face. Six enfants d'une dizaine d'années tenaient des jarres en terre cuite entre leurs mains. « Tonton Samy, on a fini de choisir nos dessins, et aussi on a apprêté la patine comme tu nous as expliqué », dit le plus grand ; « Tonton Samy, les clients préfèrent les jarres qui ont le col émaillé, c'est ça qu'on vend le mieux. Tu pourras nous montrer encore comment faire ? » dit un autre dont le col du T-shirt bâillait.

« Je croyais que tu ne voyais personne ? Tes filleules vont être jalouses si elles l'apprennent », plaisantai-je. Deux fois par semaine, il initiait Axelle et Alix à la sculpture. Il avait suspendu les cours qu'il donnait aux filles pour se consacrer à la préparation de l'exposition. « Oui, mais ceux-ci, si j'arrête, leurs parents me tuent. Heureusement, ils sont là pour m'interrompre, sinon je ne verrais pas le jour. » Son action *pro bono publico*, pour le bien public, c'est ainsi que Samy appelait ses jeunes pousses de potiers. Les enfants, qui vivaient avec leurs parents dans les lotissements délabrés aux abords de la Cité des Enseignants, vendaient les objets fabriqués sous sa direction au grand marché en les faisant passer pour des œuvres réalisées par les tétraplégiques du centre des handicapés du quartier.

« Comment s'appelle-t-il ? demandai-je en désignant celui qui paraissait le plus jeune de la bande. – Lui ? Petit Paul. Petit mais malin. Très malin. La glaise n'a plus aucun secret pour lui, n'est-ce pas, Petit Paul ? » En guise de réponse, le gamin bomba fièrement le torse et ébaucha un sourire timide. « Et là, tu as : Blaise, Kouankeu, Emmanuel, Paul – le grand Paul – et Chrysostome. » Je plongeai la main dans mon sac, en sortis une liasse de billets que je remis à Petit Paul. « Tu partageras avec les autres, d'accord ? » Il hocha la tête. « Merci, maman. Maman tu nous as mis en haut ! »

Comme je m'y attendais, Samy secoua la tête, le regard désapprobateur. Il me pinça le lobe de l'oreille, « *Bindi*, c'est ta maladie, hein ? »

Il me raccompagna en bas des marches de l'escalier entouré de parterres de saintpaulias, ses bébés miracles. La terre ingrate au pied de l'atelier avait cédé à la douce persuasion des doigts de Samy ; le violet intense des petites fleurs, un indigo irréel tranchait avec l'ocre du sol, les eaux boueuses alentour.

Je révélai à Samy la grande idée de Tashun. « Peut-être, si on s'y met à deux, il comprendra que ça ne tient pas la route… Tu pourrais lui dire…

— … Comme s'il me prenait au sérieux ton mari ! Il requiert mon avis pour des futilités, oui. Ça ne servirait à rien, et tu le sais aussi bien que moi. »

Les jeunes nous regardaient d'un air impatienté, ils attendaient visiblement que je m'en aille.

Samy m'étreignit, remonta les marches.

J'ouvrais la portière de la voiture quand j'entendis dans mon dos : « *Bindi ! Ab amicis honesta petamus*. À un ami, on demande ce dont il est capable ! »

Je me retournai, levai la main droite, joignis le pouce et l'index, les trois autres doigts pointés vers le ciel. Il sourit.

En débarrassant le parebrise avant de la voiture des pétales de flamboyants roses qui l'habillaient, en éloignant le chien errant qui urinait sur le pneu arrière, je me demandai si Samy faisait allusion à mon incapacité à jauger la qualité de son travail, ou à son impossibilité à lui à plaider ma cause auprès de Tashun.

La Providence ne vous dote pas sans conséquence d'une mère professeur de latin, Samy en énonçait les locutions avec une scandaleuse facilité.

2

Axelle et Alix firent semblant de soulever leur père ; il s'étala volontiers dans un éclat de rire sur le sol marbré. Ensemble, ils gravirent l'escalier en colimaçon menant aux chambres. Je les suivis des yeux. Nous avions achevé de dîner toutes les trois à la cuisine avant le retour de Tashun. Je mettais à nouveau la table pour lui, dans la salle à manger officielle. J'aimais dîner à la cuisine avec les filles quand il était absent. « Tu les habitues à manger au milieu des réchauds, des casseroles, je n'aime pas ça. » Je préférais le cadre intime de la cuisine rustique, le mobilier en bois brut, pièces dégrossies d'un palissandre, qui offrait en hardiesse visuelle ce qu'elle marchandait de confort, à l'immense salle à manger conçue pendant la colonisation et destinée à accueillir les réceptions du gouverneur général. Un espace si grand, si solennel, si propre, si beige, au bon goût si affiché, revisité par un architecte d'intérieur venu d'Europe généreusement payé par le ministère de l'Habitat lorsqu'il fut acquis que le bâtiment colonial deviendrait la résidence du préfet de la capitale.

La résidence comptait une dizaine d'employés, dont deux cuisiniers ; pourtant Tashun exigeait que je prépare et lui serve son repas. « La qualité du repas du maître de maison ne doit pas varier en fonction de l'humeur du personnel. » Jamais je ne me serais doutée, lorsqu'on s'était connus, moi en formation à l'École des Enseignants et lui en dernière année à l'École des Administrateurs civils, qu'un jour il m'exposerait très sérieusement sa vision de la vraie femme.

« C'est prêt ? » Il se tenait dans l'encadrement de la porte.

« Donne-moi une minute. »

Je posai le folong sauté aux crevettes et le plantain mûr sur la table.

Pieds nus, chemise à moitié déboutonnée, il avait tombé la veste, enlevé la cravate. Je n'osais imaginer où je les retrouverais, l'endroit où il faudrait les ramasser.

Il s'assit, avala goulûment la première bouchée de folong.

« C'est tiède, Kat.

— Attends, je vais chauffer un peu plus.

— Laisse tomber, ça va aller. »

Il attendait que j'insiste. J'insistai.

Je remis les casseroles au feu. Les légumes se mirent à crépiter, un fumet s'éleva. Tashun mangeait son repas très chaud. Le repas était presque brûlant quand je le déposai à nouveau devant lui. Il ôta le couvercle de l'assiette, et comme s'il découvrait le repas : « Ne devais-tu pas préparer le topsi banana aujourd'hui ?

— Après la préfecture, je suis allée chez Samuel, j'avais pas le temps de faire le topsi banana. »

En dehors des jours où il recevait, Tashun se tenait à une liste très précise de plats qu'il mangeait. Le matin en guise de petit déjeuner, il se nourrissait des restes de la veille. « Pas de pain, de café ou de thé, comme les Blancs, mais un solide repas qui tient au corps pour la journée. » Cuisiner pour lui me prenait deux à trois heures par jour. Dieu merci, Bambili, la bonne qui s'occupait des jumelles, m'aidait parfois, comme aujourd'hui.

« C'est quand le vernissage déjà ?

— Début mars. Balbine l'a noté dans ton agenda. Je te préviens, c'est un peu politique ce qu'il prépare.

— Ce ne sera pas la première fois.

— C'est vrai », reconnus-je, en me disant que je mentais sans vraiment mentir. Samy était allé beaucoup plus loin cette fois, Tashun aurait le temps de le découvrir.

« On est en démocratie, c'est bien que des gens comme lui expriment une opinion différente. Avec tout ce qu'on a déjà, on ne va pas encore lui en acheter, hein ?

— On ne va rien lui acheter !?

— Si, je suppose que si… Mais enfin, nous sommes les plus gros collectionneurs des œuvres de Samuel Pankeu. Si c'est bien, il en vendra à d'autres… Il ne peut pas nous avoir comme client principal et exclusif.

— Enfin, il n'a pas que nous comme clients ! Qu'est-ce que tu racontes ?

— Oui, bon… Ça reste à prouver. Je ne suis pas complètement stupide. »

Tashun parlait, enfournait les bouchées, mâchait, avalait comme s'il craignait qu'on lui arrache le plat. En vivant avec lui, j'avais noté que sa propension à dévorer, à ingérer, à se repaître avec célérité s'étendait au-delà du registre alimentaire.

Entre deux bouchées, il voulut savoir si j'avais réfléchi à sa proposition du matin. « Oui, Tashun. C'est non. »

Il reposa sur la nappe le couteau d'abord, la fourchette ensuite. Se redressa sur son séant, avança légèrement son torse vers moi, planta son regard dans le mien. « Katmé, l'enterrement d'une mère, fût-elle sous terre depuis vingt ans, lorsqu'on est l'épouse du préfet de la capitale, de surcroît futur membre du comité central, ne peut pas être un détail de ton emploi du temps. » Sa voix trahissait une irritation mal contenue. « Ce nouvel enterrement de ta mère, ma belle-mère au cas où tu l'oublierais, nous arrive comme un signe. Ne me dis pas que tu ne t'en rends pas compte ! »

Transformer le changement de tombe de Madeleine en foire du parti. Un nouvel enterrement avec honneur et dignité, avait-il fanfaronné en me remettant le courrier annonçant que la tombe de Madeleine, située sur le tracé de l'autoroute qui relierait bientôt le Haut-Fènn à Akriba, devait être déplacée de toute urgence sous peine d'être rasée. Honneur, dignité, si on ajoutait paix, on avait la devise du Zambuena. Grotesque. Totalement grotesque. Ailleurs, on luttait pour faire reculer la mort, ici on passait sa vie à la préparer. Célébrer les morts se révélait plus impératif que prendre soin des vivants. À l'aune du gaspillage consenti, on était respecté, admiré ou méprisé. On travaillait, on économisait dur pour construire au village une maison qui en impose, en prévision des deuils à venir. Après la mort de Madeleine, j'avais revu mon père deux fois. La première, à l'enterrement de ma grand-mère. La mère de mon père, qui avait vécu toute sa vie dans la dèche, eut droit à un enterrement *venez voir,* un faste *tais-toi.* Rainures du cercueil dorées à l'or fin, mausolée en marbre noir du Zimbabwe, champagne, vins, bières, débauche de nourriture, pleureuses recherchées, groupes de danses traditionnelles de renom, invités connus et reconnus. Tout le monde félicita mon père. Ce jour-là, ce que j'avais confusément perçu à l'enterrement de Madeleine s'éclaira dans mon esprit. Un enterrement pouvait être un succès ou un échec. Celui de Madeleine, malgré la présence de mon père, le riche homme d'affaires Innocent Patong, avait été un échec sur toute la ligne.

Tashun avait terminé le folong, il savourait le sorbet au corossol.

« Tu ne peux pas expédier l'enterrement de ta mère de cette façon. C'est comme si tu fuyais quelque chose.

— C'est plutôt toi qui cours après quelque chose, non ? »

Il darda sur moi un regard sauvage. « Évite de faire de l'esprit, tu veux ? C'est pas en étant spirituelle qu'on fait bouillir la marmite.

— La marmite, tu as décidé de la faire bouillir tout seul, je te rappelle !

— Merde alors ! On va pas sans arrêt revenir là-dessus. À ta place, certaines brûleraient des cierges d'action de grâce d'être la femme du préfet d'Akriba. »

Je me sentis hydrocéphale. La tête remplie de suie sombre, gélatineuse. Je n'étais jamais retournée sur la tombe de Madeleine. N'y avais jamais apporté son repas préféré, de l'huile de palme, du sel ou une cruche de vin de raphia. Madeleine, pour autant que je m'en souvienne, préférait le vin rouge. Mais enfin, le vin de raphia, c'est ce que l'on déposait sur la tombe des morts dans le Haut-Fènn. Je n'osais imaginer l'état de sa tombe ; ce que penseraient de moi les gens, les amis, s'ils étaient au courant de cette histoire de tombe jamais visitée, jamais nourrie, jamais nettoyée ; que ne diraient-ils pas en découvrant la disproportion entre le désintérêt pour la tombe de Madeleine – et donc pour la défunte elle-même, concluraient-ils à juste titre – et une fête indécente pour son deuxième enterrement ? Personne ne comprendrait. Avec raison ! Moi-même, je ne comprendrais pas. Tashun demandait de considérer sous un autre angle, un jour nouveau, une perspective différente. Rarement il menaçait mais ça pouvait arriver ; et moi, je m'offusquais, résistais et bien souvent à la fin, m'inclinais. Ainsi en était-il de nos relations depuis notre mariage. Ainsi en avait-il été de ma mise en disponibilité de l'Éducation nationale pour jouer à plein temps les Madame Préfète. Si je cédais cette fois encore, je ne serais pas différente de mon père qui avait utilisé la mort de sa mère comme faire-valoir. Non et non, plus j'y songeais, plus en moi quelque chose se raidissait.

« Tonton Ambroise trouve excellente l'idée d'offrir un enterrement *statement* à ta mère.

— Tu as parlé de l'enterrement de Madeleine à Tonton Ambroise ? dis-je d'une voix atone. Quand ? Le courrier est arrivé ce matin.

— Je le vois tous les jours, Kat. Je suis passé le saluer au siège du parti avant de rentrer. Je n'allais pas lui cacher ça ! Il a demandé que tu l'appelles. Fais-le demain, ne perds pas de temps. Djama et lui t'invitent à déjeuner chez eux la semaine prochaine. Il veut nous aider, tu sais comment il est. Djama se rendra disponible pour toi. Tu auras besoin d'elle. »

Contre Tashun, je pouvais résister. Contre Tonton Ambroise, le parrain tout-puissant, protecteur de mon mari, il ne fallait pas y songer. Nous le savions tous deux. Amateur de chasse au gibier sauvage, le père de Tashun avait transmis sa passion à son fils. Du temps de la prospérité familiale, avant la relégation sociale, quand le père était encore un ministre envié et respecté du gouvernement, il prenait des congés pendant les vacances scolaires pour apprendre à ses fils, Tashun et son frère Henri, à chasser. Il leur avait appris à manier les fusils, à mener des battues, à dénicher biches, sangliers, pangolins, porcs-épics, lièvres, serpents, et même parfois crocodiles. Il arrivait qu'ils passent la nuit dans la brousse à pister le gibier. Tashun racontait, avec nostalgie, les parties de chasse mémorables qu'ils avaient eues avec leur père. Henri, le frère, en était devenu végétarien et présidait une association de protection des coléoptères avant d'être embauché par le World Wild Fund et de s'envoler avec sa femme pour le Kenya puis la France où il vivait actuellement. Tashun, lui, en avait gardé le goût des métaphores guerrières et l'instinct du moment opportun ; ni trop tôt, ni trop tard, autrement on rate son coup et on rentre bredouille. Si Tonton Ambroise se mêlait de l'enterrement de Madeleine, la question était réglée. En brandissant l'invitation à déjeuner, en évoquant Djama sa femme, la présidente du Caz, le Club sélect des Amies du Zambuena, Tashun n'avait pas dégainé un fusil à double canon, le banal fusil de chasse ; il avait dégainé un fusil à barillet. Un six-coups. Toute riposte, à moins de choisir un hara-kiri social et conjugal, était impossible. Moi j'entendais vivre. Je méprisais à la fois ceux qui se suicidaient et ceux qui mouraient trop tôt comme Madeleine. La vie d'abord, le plus longtemps possible. Tashun avait flairé que cette fois la partie serait difficile à remporter, il avait sorti un joker.

L'effet de surprise passé, j'envisageai de me mettre en colère. Pour la forme. J'y renonçai. Au fond, je n'avais jamais sérieusement cru l'emporter contre Tashun, au moins je ne bataillerais pas inutilement. Tonton Ambroise m'aidait à sauver la face. Je déjeunerais chez eux et prendrais mes ordres. Je ne me faisais aucune illusion, Tonton Ambroise ne suggérait pas, il ne proposait pas. Il ordonnait. Mon mari tenait moins de son géniteur, ce père bon vivant et conciliant mort peu après notre mariage, que de cet oncle éloigné, parrain revenu opportunément vers son filleul après qu'il eut aidé le parti du président à reprendre à l'opposition la mairie de la ville de province où il officiait comme préfet adjoint. Son parrain, père de huit filles, s'était depuis lors installé dans notre vie et voyait à l'évidence en Tashun le fils que ne lui avait pas accordé la destinée. Cassant sous des dehors affables, rusé, chauve, ventripotent, ami d'enfance et proche parmi les proches du président de la République, secrétaire général du parti, Tonton Ambroise représentait le *deus ex machina*, le sésame pour ceux qui aspiraient à gravir quelque échelon majeur au pays. Chaque fois que je le rencontrais, je ne pouvais m'empêcher de frémir à l'idée que Tashun, qui singeait son mentor – il en avait adopté le chapeau de feutre poil, les tics de langage, une partie de la gestuelle –, en devienne bientôt la caricature. D'ailleurs, comme lui, Tashun n'était pas grand et perdait ses cheveux. Depuis qu'il était préfet, il avait pris du ventre et s'était mis à grisonner légèrement sur les tempes. Trente-quatre ans, le visage rond, presque poupin, le regard prématurément vieilli, mon mari avait l'air d'un jeune homme ayant commis une effraction physique dans le monde des seniors.

Une sensation familière au fond de mon slip m'alerta. Lorsque Tashun me tannait, m'asticotait au point que, lasse d'argumenter, je plie et dise les mots de ma capitulation, mon corps, lui, très souvent, refusait d'abdiquer. C'est de mon bas-ventre contracté, de ma culotte poisseuse que s'élevait la vaine clameur de protestation. Un enterrement *statement* pour Madeleine, par simple calcul. De quoi m'étonnais-je ? Je sentis la coulée fine, visqueuse, descendre le long de ma jambe. Je quittai la table, me ruai à la salle de bains. L'entrée de Tonton Ambroise dans notre vie avait libéré de sa chrysalide un Tashun nouveau. Pas si nouveau que ça en réalité.

Je revis l'incrédulité dessinée sur le visage glabre de Samy le jour où je lui avais annoncé que je me mariais. « Tu vas l'épouser ? Lui !? C'est une blague ? Arrête avec tes bêtises de catho, on n'épouse pas quelqu'un simplement parce qu'on ''l'a fait avec lui''. »

Après l'accouchement des filles aux forceps, le médecin avait déclaré que je n'aurais plus d'enfants. Pas de garçon donc pour Tashun qui disait en avoir pris son parti et ne prêtait pas le flanc aux propositions qui lui étaient faites de se trouver un héritier à côté. « C'est Dieu qui donne les enfants, répondait-il invariablement, il a décidé que nous aurions deux filles, alors nous aurons deux filles. » Sans doute utilisait-il un préservatif avec les autres. Je ne faisais donc pas attention au calendrier ; mais, quelque part, dans un coin de ma tête, je savais que le fluide rougeâtre qui tachait mon slip et formait à présent une petite flaque sur le carrelage moucheté de la salle de bains arrivait une dizaine de jours trop tôt. Je plongeai la main dans le panier où je rangeais mes serviettes hygiéniques.

Demain, je téléphonerais à Tonton Ambroise.

3

Plongée dans la pénombre, la chambre exhalait l'odeur de la nuit. À côté de moi, la place était sèche. Tashun partait tôt, arrivait à la préfecture avant ses collaborateurs. Je cherchai à tâtons le cordon de la lampe en acajou posée au chevet du lit. Ma main rencontra le vide. Le cordon s'entortillait toutes les nuits derrière la petite table. C'était bien la peine d'avoir une lampe à portée de main. Je me levai, m'agenouillai, glissai mes doigts dans le minuscule interstice séparant la table du mur dans lequel le fil réussissait à se glisser chaque soir, tirai d'un coup vif sur le cordon ; la lampe bascula, atterrit sans bruit sur la moquette moelleuse. Dans la résidence, on avait pensé à tout, sauf à installer un système de va-et-vient de mon côté du lit. Tant pis, je n'allumerais pas, me prendrais peut-être le pied dans une chaise ou dans les affaires que Tashun aurait laissées traîner sur la moquette. Il abandonnait ses affaires au gré de ses pérégrinations dans la maison. Chapeau au salon, clés dans la corbeille à fruits, cravate sur le canapé, chaussures dans le salon télé, slip sur le carrelage de la salle de bains, montre au chevet du lit des filles quand il les mettait au lit, chaussettes abandonnées sur le plan de travail de la cuisine. Je ramassais. Une fois, j'avais osé le reprendre. Ses affaires, m'avait-il rabrouée, il les laissait traîner chez lui, et non ailleurs comme nombre de ses amis. Je l'avais bouclée. C'était un argument de taille au Zambuena. Environ un an après notre mariage, Djonbap m'avait révélé que Tashun « ne rentrait pas directement à la maison » après le travail. Je m'étais précipitée à son bureau. « Qui te l'a dit ?, avait-il hurlé, furieux que je déboule au milieu de la journée lui faire une scène qui aurait pu attendre le soir. Qui te l'a dit ? » avait-il aboyé en me tordant le bras dans le dos. Sous l'effet de la douleur, j'avais fini par trahir ma collègue du lycée. « C'est Djonbap qui t'a dit ça ? » J'avais hoché la tête en le suppliant de relâcher mon bras ; une myriade de fines lames me transperçait l'épaule. « Alors, comme ça, Djonbap t'a dit que je ne rentrais pas directement à la maison en sortant du bureau ? Elle t'a dit au moins, que je l'ai baisée aussi ? » Je ramassais. Quand je me lassais de ramasser, Bambili prenait le relais.

Je me dirigeai d'un pas décidé vers les rideaux. Après un effort disproportionné, rails et tringles revêches remuèrent, un bout de ciel apparut. Je m'en contenterais. Ça ferait rire Motto, le valet de chambre, lorsque je lui dirais que, cette fois encore, je n'avais pas réussi à ouvrir les rideaux. Lui seul semblait posséder le secret de leur manipulation.

Je me rendis dans la chambre d'Axelle et Alix. Les jumelles ne voulaient pas être séparées, elles auraient pu chacune avoir leur chambre dans la résidence qui en comptait sept. Le matin, avant de les réveiller, je me penchais au-dessus de leur lit et contemplais leurs visages endormis, habités de promesses jubilatoires. Je me concédais cette pause et me souvenais que rien n'aurait été possible sans Tashun. Sans son habileté féroce à mordre dans le présent, sans son anticipation passionnée du futur. Attentif, solide, vivant, sécurisant, il tenait – à défaut de bonheur pour moi, du moins notre bien-être, en vigilance. Il était la pierre d'angle, le roc. Oui, c'est ça, le roc. Un roc aux callosités saillantes.

Je dégageai les tentures, ici plus simples – une barre, des anneaux, il n'y avait plus qu'à les faire coulisser. Le soleil se faufila à travers les persiennes, projeta sur les murs de la chambre l'ombre des feuilles du caïlcédrat géant planté dans la cour. « Axelle, Alix, on se lève ! *Moïndjamoto*, c'est l'heure ! » Les cours débutaient à huit heures à Saint-Christophe. Les jumelles grommelèrent sous les couvertures. La tête d'Alix émergea la première : « Non, non, c'est pas l'heure, tu es une maman cruelle », celle d'Axelle suivit : « Une maman cruelle et… », je repris en chœur avec elles « une maman cruelle et sans cœur ! ». On rit aux éclats.

Les filles sous la douche, je me mis à la recherche de Motto. Je le trouvai dans la pièce réservée au personnel, attenante à la cuisine ; il mangeait des beignets de farine, avec de la bouillie de manioc. Je signalai les rideaux récalcitrants et, comme prévu, il sourit et découvrit son diastème, ses dents du bonheur. Son sourire enfantin me mettait de bonne humeur. Aussi fermais-je les yeux sur le dos voûté, le visage parcheminé de rides, la démarche lente, pesante qui dénonçaient le retraité dissimulé, le retraité en résistance, s'étant, comme tant d'autres, rajeuni à l'état civil pour ne pas se retrouver chez lui sans le sou, sans moyens de nourrir une famille qui survivait grâce à son salaire. Dans la chambre, il m'expliqua à nouveau – en pure perte, je sais, disait son regard mutin – comment dompter les rideaux en toile de jute tabac. Avec dextérité, sans débauche de temps, il écarta les draperies, les repoussa aux deux coins de la baie vitrée qui donnait sur les fleurs du jardin et les sculptures de Samy.

Je remerciai avec chaleur le valet de chambre.

Un an que je vivais là et je ne m'habituais pas à l'idée d'avoir un valet de chambre. D'ailleurs, à quoi m'habituais-je ? Certainement pas à me retrouver dans une demeure transformée en ruche dès les premières lueurs de l'aube par le personnel de maison. J'avais à mon service un intendant, quatre jardiniers, deux hommes de ménage, deux cuisiniers, des gardiens de jour, de nuit, un piscinier, et aussi Bambili, recrutée juste après notre mariage. Bambili, discrète, stable, fiable, servant à l'occasion avec sagacité d'agent de liaison entre les employés et moi.

Depuis près d'un an, je commençais mes journées dans un petit bureau, enfermée avec l'intendant pour « organiser le fonctionnement de la résidence » et « établir le point quotidien ». Le nombre de morceaux de savon disponibles à la réserve, les briques de lait à acheter, les menus des repas officiels à venir, la mise à pied de tel employé, l'avance sur salaire de tel autre, l'approvisionnement du bar en liqueurs, de la cave en vin, les serpillières à changer ; le beurre, le miel, le fromage à commander. Mes rêves étaient peuplés de listes de courses. Comme mes élèves me manquaient ! Le vacarme de la classe, les chahuts de début et fin de cours, les questions sophistiquées ou saugrenues, les disputes, ceux qu'il fallait encourager ou tempérer, l'odeur de la craie, son crissement sur le tableau, les causeries après la classe avec les autres profs, les leçons pratiques de cuisine, de couture, de broderie auxquelles les garçons assistaient en protestant : « Madame, ces cours-là ne nous serviront à rien, nous les hommes, on ne doit pas être à la cuisine ou coudre, on aura une femme » ; et voir leurs yeux pétiller de joie quand ils réussissaient à cuisiner un plat, à raccommoder un pantalon, à tricoter un pull, à broder une fleur sur un napperon, à coudre une robe d'enfant, les entendre s'enthousiasmer : « Madame, ma mère sera épatée. » Les filles, leur apprendre à décrypter leur cycle menstruel, prêter l'oreille à leurs confidences, leurs peurs, leurs premiers émois. Ce n'était peut-être pas les mathématiques ou l'histoire, mais ça me manquait. Peu importe qu'au lycée les professeurs d'économie sociale et familiale, on les appelle Professeurs Bonne Sauce, j'étais utile auprès de ces jeunes, je n'avais aucun doute là-dessus. Mes élèves acquéraient un savoir-faire dont ils se serviraient plus souvent que de la philosophie.

Je me garai dans une ruelle perpendiculaire au mur d'enceinte de Saint-Christophe. Les filles ne voulaient plus que je les emmène devant leur salle de classe. Ce qui m'arrangeait. Je pouvais échapper aux requêtes des enseignants, des parents d'élèves, des prêtres. L'école réclamait à tout bout de champ la présence du préfet et de son épouse aux messes : ordination, action de grâce, fêtes de saints. Même à l'époque de la frénésie de célébrations eucharistiques quand je vivais avec Mama Récia, je n'assistais pas autant aux offices. Axelle et Alix descendirent de voiture. Dès que leurs silhouettes engoncées dans l'uniforme, chemisette jaune, jupe marron, cartable sur le dos, disparurent à l'angle de la clôture, je redémarrai aussi vite que possible, stationnai sur la route principale en face de l'entrée de l'école, et les vis franchir le portail d'entrée.

Des enfants de la rue reconnurent le Rav4, accoururent. Je baissai légèrement la vitre, glissai quelques billets ; ils poussèrent des youyous. Des enfants qui mendiaient plus loin et n'avaient pas remarqué la voiture se hâtèrent de rejoindre les premiers. Ils étaient de plus en plus nombreux à venir frapper de leurs petites mains la vitre. Je les regardai s'éloigner. Je démarrai pour me rendre chez Mama Récia. C'est grâce à ma tante que Sennke et moi, après la mort de Madeleine, avions échappé à un destin de mendiantes, toutes filles d'Innocent Patong que nous étions. Avec détermination, obstination, je m'étais entraînée à effacer l'image de Madeleine, à la remplacer par celle de Mama Récia. Veuve, elle élevait seule douze enfants. Son mari polygame l'avait plantée là – mort lui aussi –, lui laissant neuf enfants sur les bras, des triplés dans le ventre. Douze enfants. Tous vivants. J'avais compris que Mama Récia ne rechignerait pas à devenir la mère de quatorze enfants. Sennke et moi étions allées vivre avec elle. Et ça avait fonctionné. Ça fonctionnait. La vie n'avait pas fait à ma tante l'économie de ses aspérités ; un sens aigu de l'opportunité, doublé d'une énergie infaillible, lui gardait l'échine à la verticale de la terre. Foi du charbonnier et amour d'une sœur disparue trop jeune renforçaient chez elle un tempérament enclin à encenser la douleur et à exalter le devoir familial. Les sentiments de Mama Récia ne s'embarrassaient pas de niaiseries. Elle n'était ni tendre, ni mièvre ni câline comme Madeleine ; elle était vivante. Vivante. C'était là le principal. Mon culte à moi, ce ne sont pas les tombes en perdition dans les brousses du Haut-Fènn, ce sont les êtres de chair et de sang comme Mama Récia, comme Tashun, comme Axelle et Alix, comme Samy, et comme… Sennke, ma petite sœur en fuite chez les moniales rédemptoristines.

Sous un ciel chaud et lumineux, j'arrêtai la voiture devant le portail de Mama Récia. Elle devait être rentrée de l'église. Elle assistait à la messe à cinq heures et demie. Ensuite elle récitait le rosaire, puis terminait par le chemin de croix. Deux heures de prières matinales. Elle en avait les genoux calleux. Elle vivait avec deux de ses enfants sans emploi et célibataires. Malgré les douze enfants aux fortunes et destins divers de ma tante, c'est Tashun qui prenait intégralement en charge ses dépenses et lui versait chaque mois une somme « jamais suffisante » qu'il fallait sans cesse rallonger. « Notre impôt mensuel », maugréait Tashun.

Gros missel coincé sous l'aisselle, posture malaisée pour toute personne ayant moins de métier qu'elle, Mama Récia me serra dans ses bras : « Dieu t'a amenée jusqu'à moi, loué soit Jésus-Christ ! »

Elle s'écarta légèrement : « Tu as encore maigri, non ?

— Mama, ça fait trois jours qu'on ne s'est pas vues ! Comment veux-tu que je maigrisse en trois jours avec tout ce qu'on mange à la préfecture ? »

Annoncer à Mama Récia que Madeleine serait déterrée fut une épreuve. La lettre de la mairie lui apportait un os à ronger. Ma tante qui vit mourir dans ses bras son père de tuberculose, sa mère d'un arrêt cardiaque et son unique frère de malaria, avait une approche du chagrin qui, pour peu qu'on ait l'esprit mal tourné, forçait l'admiration. Elle retrouva tout de suite le premier des réflexes, égrener les épisodes marquants de la vie de la défunte que j'avais déjà écoutés jusqu'à la nausée. La jeune Madeleine qu'elle avait sauvée du mariage polygamique imposé par leur père, la fierté de voir sa sœur réussir, devenir la *Katmé* – « l'évoluée », la Blanche de la famille ; l'arrivée d'Innocent Patong qui lui mit sens dessus dessous la tête ; le train de vie dispendieux ; l'accident de voiture tragique ; l'hôpital ruineux pour une Madeleine déjà ruinée ; la mort au bout de trois jours ; le deuil rocambolesque avec ses deux cercueils, ses deux robes, ses deux corbillards, ses deux traiteurs, ses deux cameramen ; l'enterrement honteux dans une tombe trop étroite. Les familles maternelle et paternelle ne s'étaient pas concertées, tout était prévu en double. Mama Récia parlait de sa voix forte, sèche, presque masculine, en même temps qu'elle palpait, massait ses mollets. Les femmes de la génération de ma tante palpaient et massaient leurs mollets quand un malheur les frappait. Elles palpaient, massaient dans un mouvement rectiligne comme si là se situait l'épicentre de la douleur à extirper. En orfèvre des complaintes et lamentations, Mama Récia dévidait souvenirs et mucosités. Les ailes du vieux ventilateur accroché au plafond semblaient couiner au rythme des sanglots. Même le rembourrage rouge du salon en rotin, la table basse en bubinga et le sol de carreaux glacés semblaient en pleurs. Le nez de ma tante contenait une réserve inépuisable de fluide. Je sus ce qu'il me restait à faire. Je lui passai un bras autour des épaules. De ma main restée libre, je sortis un mouchoir de mon sac, essuyai la morve qui coulait de ses narines. Mes yeux à moi demeuraient secs. Qu'y pouvais-je ?

« Comment tu fais pour ne pas pleurer ta mère ? » me demanderait Mama Récia plus tard d'une voix respirant la méfiance. La réponse ne varierait pas des autres fois : « C'est toi ma mère » ; et ma tante sourirait de ce sourire magnanime qui montrait que j'avais donné la réponse escomptée. Dieu merci, pour Sennke, un coup de fil à la mère supérieure du couvent avait suffi. Sœur Marie de la Providence Divine arriverait une semaine avant la cérémonie. C'était bien. J'aurais difficilement supporté une deuxième séance mélodramatique d'excavation du passé.

La boîte à souvenirs évidée, Mama Récia se moucha une énième fois, puis hurla en direction du couloir : « Tanga, Sokjou, où êtes-vous ? Venez ! Katmé nous apporte une nouvelle, vous êtes où, les enfants ? On doit téléphoner à la famille, il faut qu'on se réunisse. » En attendant que les enfants de cinquante-cinq et quarante-cinq ans arrivent, je me dis que c'était ainsi que je préférais ma tante, dans l'action.

S'il fut surpris de recevoir un coup de fil de sa fille, de la voir débarquer le jour même chez lui après douze ans de silence, Innocent Patong n'en parut pas exagérément ému. La dernière rencontre avec mon père remontait aux mois qui avaient précédé mon mariage avec Tashun. Je m'étais rendue au siège de sa société d'exportation de cacao. Je souhaitais qu'il m'accompagne à l'autel et, sans vraiment y croire, qu'il participe aux frais du mariage. « Il est de quelle ethnie et il fait quoi dans la vie ton fiancé ? » avait-il demandé, yeux mi-clos, en tirant sur son gros Cohiba. « Étudiant. » J'omis de préciser que Tashun était élève administrateur civil ce qui, peut-être, aux yeux de mon père, aurait fait une différence. « Étudiant ? Et vous allez vous marier ? C'est l'addition des misères alors », avait-il murmuré en exhalant la fumée du cigare. Il n'était pas certain d'être présent, des ennuis de santé, il avait des rendez-vous médicaux en Europe. J'avais insisté, Tashun et moi trouverions une date qui lui convienne. « Je vais le rencontrer ton étudiant, rien ne presse. Ne changez rien pour moi. J'essaierai d'être là. » Je l'avais relancé. Vraiment il ne pouvait pas venir, sa santé se dégradait. Deux jours après notre mariage, Tashun me montrait une photo publiée par *La Voix du Zambuena*. Mon père participait à une cérémonie traditionnelle organisée par les notables du Haut-Fènn à Akriba. Il était en ville le jour de mon mariage.

Mon nouveau nom de famille – Abbia – déclencha chez mon père des effusions dont il s'était jusqu'alors gardé. « Épouse du Préfet Abbia, toi ? Le préfet de la capitale ? J'ai connu son père dans le temps ! » Le déterrement de

Madeleine ? Un nouvel enterrement ? Évidemment que je pouvais compter sur lui ! Maintenant qu'on s'était retrouvés, il ne me laisserait plus disparaître. Il voulait connaître son beau-fils, ses petites-filles, on avait perdu assez de temps comme ça. Mon père habitait une ville portuaire à cinq heures de la capitale et possédait les attributs de l'homme ayant réussi sa vie. Si l'on considère, cela va sans dire, le fait d'avoir plusieurs maisons, plusieurs voitures, plusieurs comptes bancaires fournis et plusieurs maîtresses comme des critères de réussite. Après l'accession du pays à l'indépendance à la fin des années soixante, il fut de ces premiers planteurs *indigènes* à posséder des plantations de cacaoyers et de caféiers, qui exportaient leurs récoltes sur un marché international où la demande était forte, le cours élevé. Il devint également, des années plus tard, un important actionnaire du Pari mutuel du Zambuena.

Sur le chemin du retour, j'eus du mal à éteindre les atomes de fierté qui s'étaient, malgré moi, éparpillés dans mon cerveau à l'idée que cet homme-là, chez qui tout respirait l'être supérieur, cet homme admiré, craint, envié, cet homme resté beau en dépit de son âge avancé, était mon père. Ce n'est qu'au moment de m'endormir ce soir-là que je réalisai : durant les deux heures passées ensemble, il n'avait demandé aucune nouvelle de sa deuxième fille, Sennke.

4

Tashun n'était pas seul dans son bureau. « M. Fortès Aleksandre », présenta-t-il. L'homme se leva, me serra la main. Il était grand. Bien plus grand que Samy. La dernière fois que j'avais été en présence d'un homme aussi grand, c'était mon père et son mètre quatre-vingt-dix-huit. Abacost noir, boutonné jusqu'au menton, cheveux courts frisés, peau plutôt claire. Métis sans doute. Il avait quoi, quarante-cinq ans ? Cinquante peut-être, guère plus. Tashun proposa de s'installer dans le salon vert, commanda des cafés à Balbine. « Monsieur Fortès, appelez-moi Tashun. On laisse tomber les titres entre nous, d'accord, Aleksandre ? » L'homme économisa une réplique et ébaucha un rictus qu'il essaya de faire passer pour un sourire. Une cicatrice de ce qui avait dû être un bec-de-lièvre lui barrait la lèvre supérieure. Pour que Tashun suggère de s'appeler par les prénoms, l'homme devait être expatrié. « Ma chérie, M. Fortès est l'un des adjoints du directeur de Mival, la société chargée de construire l'autoroute qui reliera Akriba à Fènn. Il est chargé de l'inclusion sociale, responsable RSE, c'est comme ça qu'on dit, je crois ? » Fortès opina du chef. Tashun suggéra que si la mairie avait envoyé un courrier les informant que la tombe de sa belle-mère devait être déplacée de toute urgence, elle devait se trouver au début du tracé de l'autoroute. « C'est probable », convint Fortès en tournant vaguement la tête dans ma direction.

« Nous comptons organiser une cérémonie d'envergure. » Tashun dit « envergure » avec une intonation jouissive. « Ma belle-mère doit être déterrée le plus tard possible pour nous permettre de construire une maison à Fènn et d'organiser de belles obsèques. Votre directeur général vous a présenté comme notre point focal.

— Point focal, moi ? » Il y avait un accent de surprise dans sa voix. Il répéta « point focal » comme il aurait dit factotum, garçon de courses, petit boy. S'il fut choqué que son directeur général songeât à lui pour ce rôle, insultant pour l'idée qu'il se faisait de lui-même, il n'en laissa rien paraître, son visage demeura impavide. « À Mival, on peut vous fournir à titre ponctuel des informations, sans que cela nécessite l'attribution d'un… point focal. Mais c'est la mairie de Fènn qui est chargée d'entrer en contact avec les familles, les personnes concernées par les démolitions. » Le débit était paresseux, très paresseux. Il prenait son temps. La différence entre son élocution et la mitraillette verbale qu'était mon mari me fit sourire intérieurement.

Aleksandre Fortès, notai-je, ne daignait pas me gratifier d'un regard franc. Il gardait les paupières baissées sur ses derbys en daim camel, ou levait les yeux et les posait sur Tashun. J'aurais pu ne pas être là, n'être jamais entrée dans la pièce, ne m'être jamais assise sur le canapé séparé de son fauteuil à lui par la petite table basse en verre.

Je détachai les yeux des derbys, balayai du regard le bureau de mon mari. Tashun avait gardé le décor hérité de son prédécesseur. La table en bois laqué aux pieds en pattes d'éléphant sculptés dans le bronze, les lourds rideaux amarante mangeant la lumière du jour, la réglette électrique blanche, le salon en cuir vert bosselé disposé autour d'une table basse en verre et séparé du reste de la pièce par d'énormes fleurs artificielles plongées dans d'énormes vases chinois à bon marché.

Un toussotement discret signala le retour de Balbine. Elle transportait sur un plateau tasses et cuillères. Elle posa une tasse en face de chacun de nous, pivota sur elle-même, fit une petite révérence et sortit aussi rapidement que sa masse imposante le lui permettait.

« Les obsèques de ma belle-mère auront lieu en présence de membres du gouvernement et du comité central. Je dois connaître, au fur et à mesure de l'avancée de vos travaux, la température exacte au sein de la population. Les gens vont être déguerpis, ce n'est jamais populaire, même si vous les recasez. Il y aura des grincements de dents, des colères à gérer. Le Haut-Fènn est une région particulière, gérée par l'opposition et son gouverneur grabataire de façon calamiteuse. Le projet de cet axe routier a été confié à votre société par le gouvernement.

— Nous avons remporté un appel d'offres de l'Union européenne ! » protesta Fortès.

Tashun continua comme s'il n'avait pas été interrompu.

« C'est l'une des réalisations phare du septennat du président, nous avons des échéances électorales qui se profilent à l'horizon, je ne peux pas prendre le risque qu'on soit mal reçus par la population. Pour moi, ça serait très embêtant, et pour votre société également. Mival, nous le savons, espère remporter d'autres marchés de travaux publics dans ce pays. L'autoroute, une fois terminée, faudra la gérer… Si j'avais besoin des informations fournies par un employé de mairie, j'aurais demandé à ma secrétaire de s'en charger. Vous comprenez, je ne peux pas enterrer ma belle-mère à la sauvette, nous avons besoin de temps pour construire la maison et préparer la cérémonie. »

Fortès lui décocha un regard froid. « Monsieur le Préfet – ses lèvres formaient deux lignes dures –, Mival a un engagement contractuel avec l'Union européenne. C'est le bailleur de fonds qui finance l'autoroute. Le calendrier des démolitions a été extrêmement compliqué à mettre en place et ne saurait être révisé en fonction de l'agenda particulier des personnes concernées. Cela bouleverserait notre plan de travail et remettrait en cause les délais de livraison. De toute façon, il n'est pas de mon ressort de négocier les moratoires de démolition. Vous devez voir cela directement avec le directeur général. »

Spectatrice muette que personne n'invitait à prendre la parole, je touillais énergiquement ma tasse de café. Ils n'avaient pas touché à la leur. Je fulminais. Pourquoi Tashun m'avait-il demandé de le rejoindre à son bureau, toutes affaires cessantes ? Tashun fit mine de réfléchir, et déclara : « Je vois. Je verrai donc avec votre directeur général. » Il s'était sans doute souvenu – malgré la communication gouvernementale à ce sujet – que c'était effectivement l'Union européenne qui finançait les travaux et qu'il ne parviendrait pas, à lui seul, à contraindre la société Mival – si elle s'y opposait – à s'arrimer à un calendrier de démolition qui arrangeait ses affaires. Il s'empara de sa tasse, avala son café d'un trait, reposa brutalement la tasse sur la table. Sur un ton de bonne humeur forcée, il reprit : « Là, vous ne pourrez pas dire que ce n'est pas de votre ressort. Mon épouse va mettre sur pied un projet social à Fènn, un projet structurant, quelque chose d'utile à la population. Vous pouvez nous aiguiller là-dessus, j'en suis certain. N'est-ce pas ? »

Je retins mon souffle. Un projet social à Fènn ? Un projet structurant ? De quoi parlait-il ? Qu'allait-il à présent inventer ?

« Quel genre de projet ? » entendis-je.

Fortès scrutait mon visage, des yeux inexpressifs rivés aux miens. Des yeux verts. Des yeux de chat. « Des yeux hermétiques, insondables, les yeux des sorciers », disait la grand-mère de Fènn. Je détestais les yeux de chat. Mon cerveau se vitrifia. Tashun prit le relais, broda, répondit sans vraiment répondre comme il savait si bien le faire. Puis comme si l'idée lui venait tout à coup, il invita Fortès à dîner chez nous le soir même. Sur un ton de courtoisie extrême, Fortès déclina l'invitation. Il avait un engagement accepté de longue date.

Aleksandre Fortès parti, Tashun grinça : « On verra s'ils ne modifieront pas ce calendrier ! On aurait dû donner ce contrat aux Chinois. Ils sont plus pragmatiques que ces Français. Faux-Blanc en plus ! Tu as vu la couleur de sa peau ? Monsieur est habillé en Mobutu ! Il ne lui manquait que la toque léopard et la canne. Connard. On ne lui a pas dit que l'abacost est démodé ? » Je bouillais. « Je peux savoir pourquoi tu m'as fait venir ? C'est quoi cette histoire de projet social à Fènn ? Et tu annonces ça comme ça, sans même m'en parler avant ?

— Calme-toi, j'ai dit ça comme cela !

— Tu as dit ça : comme cela ? Tu m'as fait passer pour une imbécile, oui !

— Allons, allons, tu le reverras à Fènn, tu pourras étaler ton intelligence. C'est ça que tu aimes, non ? Qu'on sache que tu n'es pas Maman Préfète Potiche. Allez, laisse-moi, j'ai du travail. »

Son ton cassant me coupa, comme toujours, les moyens. Je ravalai ma fureur. En me raccompagnant, il jeta négligemment : « Le frère de Samuel, comment s'appelle-t-il encore, celui qui enseigne à l'université du Haut-Fènn ?

— Tu parles de Kizito ?

— Oui, c'est ça, Kizito. Ce cher Kizito Pankeu, il va bien ?

— Je suppose, dis-je prudemment.

— Il dirige toujours cette revue qui a fait un sort à celle de l'université du Haut-Fènn ?

— Oui, bien sûr… Pourquoi ?

— Pour savoir.

— Comme si tu pouvais l'ignorer ! »

Il me lança un regard goguenard et joua avec la poignée de la porte. « Réfléchis à cette histoire de projet social, ce serait pas mal de créer quelque chose là-bas.

Il nous faut un ancrage dans le Haut-Fènn. On ne sait jamais. »

Dans un demi-sommeil, assise à l'arrière de la voiture aux côtés de Samy endormi, ma mémoire olfactive discerna, malgré les yeux et les vitres fermés, l'entrée dans la province du Haut-Fènn. Il y avait le parfum entêtant d'ylangs-ylangs plantés dans le jardin, et aussi celui des marguerites, sauvageonnes, qui poussaient autour de la résidence ; et les lys dont la méticulosité, la lenteur à s'ouvrir aux autres me rappelaient ma propre nature ; et les roses de porcelaine, les becs-de-perroquet, les églantines jaunes, et même ces improbables roses tirant sur le bleu que la main expérimentale de Samy, aidé d'Alix et d'Axelle, faisait fleurir. J'aimais les fleurs, la magie de leurs couleurs, leurs senteurs, la solitude de leur compagnie, pourtant aucune, absolument aucune, ne me donnait le vertige de l'exhalaison boisée en train de conquérir, en ce moment même, mon odorat. Petite fille, pendant les vacances scolaires, celles qui duraient deux mois, bien avant les bras de la grand-mère, l'effluve du sapin aux fines aiguilles m'enserrait, m'étourdissait. Mélange de promesses et de désespérance, l'odeur de l'épicéa charriait les portes de l'insouciance, de l'imprévu, de l'audace, les portes de l'enfance. J'ouvris les yeux, pressai le bouton logé dans la portière de la voiture, la vitre coulissa. Le long de la route de montagne en lacets, de la double voie étroite et infidèle, un alignement orgueilleux d'épicéas, le sapin des années douces, le sapin d'avant la mort de Madeleine, défilait à toute allure. Front appuyé sur l'arcade supérieure de la portière, menton sur l'arête de la vitre, nez au vent, paupières en bataille contre la brise d'aval, je souris.

À travers la brume matinale, j'entrevis les cimes de la chaîne de montagnes entrelacées du Haut-Fènn, les plantations de raphia, les vertes collines serpentées de cultures maraîchères, les tranches de forêts irrégulières. Battue par les émotions contradictoires qui se levaient en moi, je ris de ce sentimentalisme qui me prenait au dépourvu. Je ris sans intuition prémonitoire. Je ris sans entrevoir que ce moment de suffocante douceur resurgirait dans mon esprit comme un baume apaisant lorsque mon horizon, dans quelques mois, serait devenu soluble.

L'air froid réveilla Samy, il toussota, se frotta les bras. « Tu es folle, remonte la vitre !

— Tu sens ?

— Quoi ? Le sapin ? On l'a vaporisé dans l'air, non ? Ça va me donner mal à la tête. Remonte la vitre, tu vas nous rendre malades. »

Samy portait une chemise en coton à manches courtes. Je l'avais pourtant prévenu, il ne faisait pas chaud dans le Haut-Fènn. On était partis à quatre heures du matin pour éviter les bouchons du pont d'Akriba. Depuis plusieurs jours, lui comme moi avions peu dormi. Moi parce que l'idée du retour à Fènn me rendait insomniaque ; lui à cause du lit rigide de l'atelier où il passait ses nuits. Il s'était assoupi sitôt que Célestin avait mis son sac de voyage dans la malle arrière. J'avais fermé les yeux sans réussir à trouver le sommeil. De temps en temps, j'entrouvrais les paupières, m'assurais que Célestin ne dormait pas, lui signalais des mottes d'herbe sur la chaussée, au cas où ça lui aurait échappé – et qui informaient des conducteurs en panne, des voitures à l'arrêt au milieu de la bande centrale ou d'un virage.

J'aspirai une grande bouffée d'air, remontai la vitre.

Samy bâilla. « On est arrivés ?

— Dans le Haut-Fènn, oui. Célestin, on est à quelle distance de la mairie ?

— Quarante minutes, madame.

— La dernière fois que j'ai pris cette route, elle n'était pas goudronnée, c'était pour l'enterrement de ma grand-mère. Tu as connu les anciens autocars ? »

Samy dit que non.

« Tu sais, ceux avec les horribles sièges en bois. Les passagers te cassaient les oreilles pendant tout le voyage, sous les pieds on avait des poules qui caquetaient, sans parler de la musique du chauffeur, les pauses mangement sur le bord de la route, et le pipi dans la brousse. Il y avait une grosse femme, elle n'a pas pris la peine de s'éloigner, ou de se cacher derrière un arbre, tout le monde la voyait, elle s'est penchée en avant, elle a écarté les jambes, pris appui sur l'avant-pied, talons surélevés, elle a soulevé sa jupe, nous a mis ses fesses ratatinées sous les yeux, des fesses pleines de cellulite, elle pissait, pissait, pissait, elle avait dû avaler au moins trois litres d'eau, c'est pas possible, j'ai presque tout oublié de mes voyages en autocar, mais ça, jamais je n'oublierai ! Cette femme, ses fesses et l'urine qui coulait, coulait, horrible ! »

Samy se frottait les yeux, luttant pour les garder ouverts. « Comment sais-tu que c'étaient des poules ?

— Quoi ?

— Tu as dit que les poules caquetaient sous vos pieds. Comment sais-tu que c'étaient des poules et pas des coqs ?

— Parce que je sais faire la différence entre une poule et un coq, moi, monsieur. C'étaient des poules, pas des coqs ! C'est toi le citadin. Je n'ai pas oublié le jour où on t'a demandé de tuer le coq que vous aviez chez vous, dis-je en m'esclaffant.

— Pitié… ! dit Samuel, riant à son tour. Pas ça, ne me rappelle pas ça.

— Pauvre coq !

— Pauvre moi ! »

Il se recroquevilla contre la portière. Une poignée de minutes, et il s'était rendormi. Je le regardai attendrie. Il avait accepté de m'accompagner à Fènn alors que la date de l'expo se rapprochait. Rendre visite à Kizito était une raison supplémentaire pour le convaincre d'abandonner l'atelier un jour ou deux et me suivre. Mais Kizito ou pas, Samy serait venu. Je le sais. Nous entretenons ce rapport immédiat, direct, naturel et un peu abrupt de ceux dont l'affection ne s'encombre pas de fioritures pour s'enraciner et s'épanouir. On a nos désaccords, sur l'accessoire. Sur l'essentiel, on s'accorde, on se protège.

On s'est connus en classe de terminale. Un jour, à la pause de midi, alors que je finissais de rédiger un devoir de philosophie à rendre au cours suivant, il s'est assis à côté de moi. Efflanqué, la peau très foncée – noir charbon, on disait au lycée –, le cheveu rare, il portait un costume à rayures verticales et une cravate. Je lui ai jeté un regard distrait, sans m'interrompre. « Je viens t'offrir mon amitié », avait-il déclaré d'un ton solennel. Mon stylo était resté suspendu en l'air. Ce Samuel Pankeu, je l'avais vaguement remarqué, il ne levait jamais la main, cherchait longtemps ses mots dès qu'un prof l'interrogeait. Je m'étais plusieurs fois demandé s'il était juste timide ou un peu bête. Me draguait-il ? Je ne voyais que son profil. Sa joue était constellée d'une myriade de petits boutons de chaleur. Les lèvres fines, le nez busqué. Peut-être n'était-il pas Bantou. Je me promis de l'observer mieux dès qu'il retournerait à sa place.

« Je ne suis pas un garçon comme les autres.

— Tu veux qu'on se décrète amis ? Ensuite on se taillade les poignets et on mêle nos sangs ?

— Tu me dis bonjour quand tu me croises. »

Ah bon ? Je n'y avais pas fait attention, ça devait être machinal chez moi.

« Tu rentres chez toi par le même chemin que moi. Peut-on faire le chemin ensemble ? »

Je soupirai. Je ne finirais pas mon devoir avant la reprise des cours. Je considérai un moment son profil. « Tu arrives d'où ?

— De l'internat.

— Le costard, la cravate, c'était votre uniforme ?

— On devait être bien mis. Il faut être bien mis. » Il le dit avec une gravité qui me fit pouffer de rire.

« Tu étais dans quel internat ? »

Il balaya l'air d'un geste de la main, question de dire : aucune importance. Puis confia : « Ma mère enseigne ici.

— Ah ouais ? Prof de quoi ?

— Latin. Mme Pankeu. »

Il tendit le cou, lorgna le devoir sur lequel je travaillais.

Mme Pankeu Félicie. Un mètre cinquante-cinq sur un mètre cinquante-cinq, menton pileux, jamais avare d'une mauvaise note. Les élèves l'appelaient *Qui bene amat bene castigat*. Qui aime bien châtie bien. Je l'avais eue en cinquième. Petite, ronde, transpirante. L'antithèse physique du fils ; mince, élancé et sec. Il devait tenir de son père. Je me demandai à nouveau s'il n'était pas un peu attardé. Il lisait ouvertement sur ma feuille.

« Tu as omis le N et le J de Hountondji, et ton raisonnement se contredit entre ce paragraphe – il posa son index sur la feuille – et le précédent. »

Je me relus.

« Je ne crois pas.

— Si. Là et là. »

À la fin des cours, il se joignit à la bande d'élèves avec laquelle Sennke et moi effectuions le trajet de retour. Il m'entrouvrit son monde délirant, fantasque où il devenait peintre, photographe, écrivain, philosophe, professeur, danseur, sculpteur, musicien. L'école, l'église, les nombreux cousins et cousines – tous enfants de Mama Récia –, les courses, la cuisine, la prière, mes journées auraient été monocolores, mon univers culturel compassé, sans les livres que j'empruntais à la bibliothèque, et le ciné-club du lycée que j'animais une fois par semaine avec quelques camarades. La programmation mettait en concurrence westerns, kung-fu, ou mélodrames de Bollywood. Samy introduisit de nouveaux noms : Dreyer, Ozu, Kieslowski, les classiques hollywoodiens. Son père inspecteur des impôts, son père qui le voulait banquier, était cinéphile. Sous les costumes démodés que Samy portait et que la classe raillait sans qu'il y renonce, se cachait un cerveau coloré, vivace. Je n'en avais pas autant à partager. Je lui révélai ce que je considérais comme mon secret le plus digne d'intérêt : « Mama Récia, chez qui j'habite, n'est pas ma vraie mère. La vraie est morte. » Ensuite je m'étais mise à trembler. C'est la seule fois où je me souviens avoir tremblé en parlant de Madeleine depuis sa mort. Samuel avait posé ses lèvres sur mon front. Il le referait souvent, ce geste ; dévorant, dès qu'il le verrait poindre sur ma figure, le premier signe de mélancolie.

La jeep tressauta sur un dos-d'âne. On arrivait au péage. Une nuée de vendeurs à la sauvette s'abattit sur la voiture. Célestin baissa sa vitre, présenta à un agent du péage le macaron exonérant le véhicule de la préfecture des cinq cents francs que versaient les autres chauffeurs. L'homme tchipa. « C'est vous les grands, non ? Allez-y. » Il leva la barrière. « C'est toujours ceux qui peuvent payer qui ne paient pas. » La voiture franchit le péage, suivie par les vendeurs, « Papa gentil, Maman gentille, ici, regardez ! Regardez pour moi ! Maman jolie, achetez pour moi ! » Célestin se gara sur le bas-côté de la route, je réveillai Samy, fis descendre les vitres. Les vendeurs glissèrent leurs marchandises dans l'habitacle, et sous nos nez s'agitèrent : plantains braisés, safous, arachides, noix de kola, bâtons de manioc. Submergés, Samy et moi essayions en vain de remonter les vitres. Célestin, que ses collègues de la préfecture appelaient Bao – diminutif de Baobab ou Longueur comme toutes les personnes de grande taille au pays –, déplia son mètre quatre-vingts et dispersa l'attroupement. Je repérai une jeune fille, une enfant encore, qui tenait en équilibre sur la tête un plateau en émail coloré, plein à ras bord d'arachides bouillies, et dans le plat de la main, suspendue à hauteur des joues, une assiette de plantains à moitié mûrs, avec des safous cuits à la cendre chaude ; elle approcha. Je tâtai le plantain, contrôlai la couleur de la peau des safous, vérifiai qu'ils n'étaient pas acides. « C'est combien ?

— Maman, le plantain c'est cent francs, le reste c'est cinquante.

— Tu me fais un prix si j'achète tout ?

— Tu ne vas quand même pas négocier ? Je rêve ! s'écria Samy.

— Maman, j'enlève cinquante francs.

— Marché conclu. Deux plantains, cinq prunes, pour quatre cents francs. »

Je vis que la jeune fille s'apprêtait à utiliser du papier usagé sur lequel on pouvait lire le nom d'une société de cimenterie. « Non, non, pas ça ! Tiens, tiens, voilà. » Je lui tendis l'exemplaire de *La Voix du Zambuena* qui traînait dans la voiture. « Ne mets pas la nourriture dans un papier qui a contenu du ciment. » Je payai et entrouvris la portière de la voiture. « Célestin, vous voulez quelque chose ? », le chauffeur se retourna, secoua la tête. « Merci, madame, si je mange, je dors.

— Moi je veux du bitter kola », dit Samy.

Célestin hurla : « Bitter kola ! Bitter kola ! » Les vendeurs s'empressèrent. La petite vendeuse s'en alla. Samy acheta dix sachets de noix.

« Hé ben… T'as un plan ce soir, on dirait… sifflai-je, éberluée.

— Tu vois le vice partout, toi. »

Il détacha l'élastique qui entourait un sachet, pela l'enveloppe brune de la noix et révéla la graine jaune clair. « Je prémunis mon ventre contre le brouet qu'on me fera avaler dans ton village. Ça m'ennuierait de tomber malade avant l'expo, tu vois.

— Le brouet ! dis-je d'une voix enjouée. Qui à part toi dit encore brouet de nos jours, hein ? Le maire de Fènn servir du brouet à Maman Préfète ? Ça m'étonnerait. Ce maire est étonnament bien disposé à notre égard. Il prend sa journée pour moi.

— Quand on est l'épouse du préfet de la capitale, tout le monde est *étonnamment* bien disposé à votre égard, *Bindi*.

— Tashun l'a reçu, il semble l'apprécier. Il prétend qu'il mène une opposition républicaine. J'ignore ce que ça veut dire dans sa bouche. On verra à quoi ressemble son opposition républicaine.

— À mon avis, elle sera très en chair et peu en os. »

Je mordis dans la pulpe onctueuse du safou. Une idée me vint à l'esprit, j'avançai la tête vers l'extérieur. « Célestin, vous pouvez retrouver la petite vendeuse de tout à l'heure, s'il vous plaît ? »

Le chauffeur s'éloigna. Quelques minutes plus tard, il revint accompagné d'un groupe de jeunes filles, toutes portaient un plateau sur la tête. Je reconnus la petite vendeuse.

« Comment t'appelles-tu ?

— Jasmine.

— Jasmine ? Jasmine du Haut-Fènn, tiens, c'est pour toi. »

Je posai mon poing fermé dans la paume de main de Jasmine qui comprit et enroula à son tour sa main dans la mienne. Jasmine, large sourire, les yeux joyeux, déversa une litanie de remerciements et de bénédictions avant de s'enfuir en courant. J'eus le temps de la voir desserrer le poing, regarder combien elle avait reçu, avant de disparaître de ma vue.

Célestin remit le moteur de la voiture en marche.

« Pourquoi tu ne lui as pas acheté ce qu'elle vendait au prix qu'elle a proposé ? Elle n'avait pas besoin d'aumône, dit Samy.

— Cet argent va permettre à sa famille de tenir au moins un mois.

— Et après un mois ? Tu reviendras ? Toi et ton tonneau de saint-bernard. Cette incapacité que tu as à ne pas filer un billet dès que tu repères un moins nanti que toi a quelque chose de désespéré, oui de désespéré vraiment.

— Je rétablis un équilibre entre l'abondance et le manque. »

J'ôtai délicatement la peau d'un safou, le gobai.

« Et cet équilibre se rétablit à coups de billets distribués dans la rue ?

— Entre autres.

— Suggère donc à Tashun de mettre la question à l'ordre du jour du prochain grand rassemblement du comité central, fit-il, goguenard. La fin de la redistribution des richesses entre apparatchiks du MPA pour les donner aux populations.

— Samuel ! » Je lui envoyai un coup de coude et levai le menton vers Célestin qui conduisait en silence à l'avant.

« Tu as tort de ne pas vouloir goûter les safous du Haut-Fènn, ce sont les meilleurs du pays.

— Moi, sorti du bh le matin… maugréa Samy.

— Ton bh est dans la malle arrière. Bambili a préparé tes beignets dégoulinants d'huile comme tu aimes, et le haricot niveau piment, c'est la mort.

— Bambili a préparé du bh pour moi ? Sérieux ?!

— Mmh mmh... Elle m'a montré le panier en minaudant : ''C'est pour Monsieur Samy'', tu ne me crois pas quand je te dis qu'elle a le béguin pour toi. Elle s'est réveillée à trois heures pour le ranger elle-même dans la voiture et s'assurer que je n'oublie pas.

— Ah, ma Bambili adorée ! Je l'invite ! Je l'invite !

— Tu veux inviter Bambili à ton expo ? » Je pouffai. M'adressant à Célestin qui venait de s'arrêter derrière un camion transportant des billes de bois, visiblement en panne : « S'il vous plaît, peut-on se garer à un endroit moins dangereux ? Je n'aime pas ces grumiers. »

Il fit marche arrière, augmenta la distance entre le camion et la jeep. Je n'étais pas tranquille, les billes de bois se détachaient régulièrement et écrasaient les véhicules qui, par le malheur du hasard, se trouvaient à proximité.

« On peut lui passer devant ?

— Impossible, madame, faut seulement attendre, le grumier prend toute la route, voyez vous-même. »

J'allongeai le cou. En effet, l'engin garé au beau milieu de la route barrait le passage. « On ne peut pas rester là, on risque de finir en pâté, dit Samy. Regardez, là-bas, allons patienter là-bas. » Il montrait une bretelle en terre qui s'ouvrait sur la droite, deux cents mètres en arrière. Il descendit de voiture et s'en alla demander aux conducteurs qui avaient pilé derrière nous de reculer.

Assis à mes côtés sur un bloc rocheux, Samy savourait les beignets aux haricots dans un bol en verre. L'air venteux tenait tête au soleil. La piste, à l'écart de la route principale, aboutissait à quatre maisons en briques de terre, à moitié détruites et laissées à l'abandon. Des véhicules, redoutant comme nous un accident, nous avaient rejoints sur le parking improvisé. Célestin, adossé à la carrosserie de la voiture, fumait.

« Pourquoi l'idée d'inviter ta bonne te fait-elle rigoler ?

— Tss… Tss… Samy. Me cherche pas… Bambili sera aux anges.

— Les gens vont être déçus de voir que le marchand de pacotilles se pique d'être artiste. » Il posa son bol, se prit la tête entre les mains. « Suis débile, mais débile, d'avoir accepté cette expo ! Ça sent le ratage ! Je peux le flairer, je t'assure !

— L'autoflagellation de Samuel Pankeu. Ça commençait à me manquer.

— *Samuel Pankeu pseudo-artiste*, ça sonne comment ?

— Ça sonne idiot. »

Un mouvement parmi les automobilistes attira notre attention. On regagnait les voitures. Célestin se dirigea vers nous. « Madame, ça repart. »

On avait perdu une vingtaine de minutes, mais on ne serait pas en retard, on gardait une bonne avance. La jeep s'ébranla.

« Je passerai à l'atelier au retour. Il y a beaucoup de changements ?

— Je ne suis pas sûr que ça soit une bonne idée que tu viennes…

— Qu'est-ce que tu racontes, Samy ? »

Je le fouillai des yeux. Il détourna le regard vers l'extérieur, cala son front contre la vitre. « J'ai tellement peur que certains jours je me réveille avec l'envie de tout détruire, et me dissoudre dans la soude caustique. »

Il y avait une telle tension dans sa voix, un tel découragement. Je lui pris la main. Il me l'abandonna sans se retourner. « Tu veux vraiment pas que je vienne, Samy ? Écoute, je passe, je regarde, je ne dis pas un mot. Pas un seul. Je te le jure. » Je joignis le pouce et l'index, et en même temps levai les autres trois doigts au ciel.

« Non, Kat. C'est non », trancha-t-il d'une voix sèche.

Il retira sa main. « Essaie de comprendre un peu ! Je refuse de t'entendre dire que je me suis planté. C'est trop tard à présent.

— Tu es sérieux ? Tu veux que je découvre ton expo au vernissage ? » J'ouvris de grands yeux incrédules.

« À l'accrochage. Mets-toi un peu à ma place, je sais que c'est difficile pour toi, mais si tu es de mon côté, essaie de comprendre, s'il te plaît. »

Je ruminai quelques minutes, puis demandai : « Et Keuna, elle a le droit de venir… ?

— Ce n'est pas pareil, tu le sais bien.

— J'ai du mal à y croire ! Keuna peut venir à sa guise à l'atelier. Moi non ! »

Je laissai échapper un rire amer.

« Il n'y a pas que toi. Ety est aussi furieux que toi de ne pas voir la version finale avant l'expo.

— Ety et moi logés à la même enseigne. Tu penses si ça me laisse à 37 !

— Ne dis pas ça, *Bindi*, s'il te plaît, ne dis pas ça. Il est devenu dingue quand il a su que je t'accompagnais à Fènn. On ne s'est pas vus depuis une semaine. J'ai bossé comme un malade pour libérer ces deux jours avec toi. Il pense que je ne l'aime plus. Tu sais ce qu'il m'a dit ? ''Les artistes ont des muses, et toi tu ne vois en moi qu'un talon d'Achille'', c'est ce qu'il m'a servi hier. Que répond-on à cela ? Ensuite, il a sorti : ''*Amare et sapere vix deo conceditur*, aimer et demeurer sage, même un dieu le pourrait à peine'' ; il s'est mis au latin pour m'épater, il a réussi, je peux te dire. Comme si je ne savais pas aimer. Comme si on pouvait lutter avec la glaise comme je le fais chaque jour jusqu'à la folie et demeurer sage. Ety et toi devez me comprendre.

— Keuna, elle, peut venir à l'atelier. Elle peut voir ton travail. Pas moi. Ni Ety. Waouh… !

— *Bindi,* Keuna est galeriste, elle veut vendre, elle veut se faire connaître, elle veut me faire connaître. Avec elle, les attentes sont claires. Ety et toi, c'est autre chose, c'est comme se regarder dans un miroir, ou entendre des échos dans ma tête. Elle, elle m'est extérieure. Toi, tu me verras à la lumière crue du jour et je n'ai pas envie de ça. Si tu émets de nouvelles critiques, je ne finirai pas. Je le sais. Et si tu viens à l'atelier, tu ne pourras pas t'en empêcher, nous le savons tous les deux.

— J'espère que miss cigarillo apprécie sa chance.

— Tu n'as pas le droit de l'appeler ainsi ! Keuna n'est pas ce que tu crois.

— Je n'ai pas le droit ? Ah bon ? Va pourtant falloir t'y faire. »

Keuna. Samy nous avait présentées dans la cour sablonneuse de Bubinga Project – sa galerie, quatre cents mètres carrés lumineux, située au rez-de-chaussée d'un immeuble de trois étages. Keuna habitait au troisième avec son fils. Une famille allemande occupait les deux premiers étages. Petite, cheveux ras, jean moulant, nombril à l'air, boucle de ceinture à têtes de serpents entortillés, godasses militaires lardées de pin's, cigarette aux lèvres, la galeriste m'avait saluée d'une main molle et distraite. Comme je désapprouvais le taux de commission – cinquante-cinq pour cent – qu'elle prévoyait de prélever sur les œuvres, je le lui fis savoir. Keuna rétorqua, en faisant saillir les dos-d'âne qui lui servaient de paupières inférieures, qu'il valait mieux dans la vie obtenir quarante-cinq pour cent de quelque chose que cent pour cent de rien du tout. Samy s'était fâché, les questions d'argent devaient demeurer ce qu'elles sont : secondaires ; on n'allait pas jouer au percepteur d'impôts sur son dos, les chamailles de boutiquier lui rappelaient Folcoche et ça, c'était insupportable. Qu'il ne me soutienne pas, appelle sa mère Folcoche, devant cette… cette Lilliputienne à l'allure de whisky frelaté, ce Cohiba de contrebande, alors que c'était moi qui avançais l'argent en question me mit en colère, je menaçai de m'en aller.

Samy partit marquer à l'intérieur de la galerie les distances à respecter entre les œuvres, Keuna fumant son cigarillo déclara sur un ton d'évidence : « Vous ne m'aimez pas beaucoup, n'est-ce pas, Katmé ? » Elle écrasa le mégot sous le lourd talon en bois de ses godasses. « À vrai dire, moi non plus, je ne vous aime pas. Nous sommes donc quittes. Ayons donc l'une pour l'autre… une… saine antipathie. On n'a pas besoin de s'apprécier pour travailler à la réussite de l'expo de Sam. Il m'a rapporté ce que vous avez dit sur son travail. Vous savez, quand un artiste a vraiment des choses à dire, à montrer, il le fait sans tortiller du cul.

De nos jours, un artiste qui n'a qu'une seule forme d'expression est monolingue, c'est un mort-né. Ce qui se fait désormais, c'est le transversal, le multiple. Sam s'inscrit parfaitement dans ce courant. Il est à la fois original, enraciné et ouvert, sa transversalité enrichit chaque œuvre, ça forme un tout, rien n'est isolé. Ses sculptures, leur robustesse, l'insolite confiance qu'elles dégagent avec leur tête en lieu et place de ventre, leurs balbutiements croisés entre figures totémiques et créatures mythologiques, ses photos totales, sans compromis, c'est ça qu'on attend d'un tel artiste. Sans vous offenser, je ne suis pas certaine que vous entendiez grand-chose au travail de Sam. » Je lui accordai un sourire plein d'une tolérance méprisante et rétorquai : « Pour qui vous prenez-vous ? Vous croyez qu'avoir hérité de vos parents de jolis murs fait de vous la curatrice du siècle ? Vous vous servez de Samuel pour monter votre première exposition importante, d'où tirez-vous vos certitudes ? Dites-lui que je l'attends dans la voiture. Je découvrirai l'intérieur de votre galerie une autre fois, encore faudrait-il que j'accepte de remettre les pieds ici ! » Keuna, qui avait glissé ses doigts dans les passants de son jean, le remonta d'un coup sec ; geste qui ne réduisit en rien le carré de peau du ventre offert au souffle du vent, et comme prenant le ciel à témoin, elle avait basculé le torse en arrière et éclaté d'un rire tonitruant. L'authentique insolence de cette femme qui avait peut-être mon âge me subjugua, me donna envie de m'en emparer, de m'enfuir en l'emportant sous le bras.

Samy, contrarié, affirma que Keuna et moi avions tout pour nous entendre, que c'était un mauvais départ, que c'était bête, qu'il fallait se revoir, mais non Keuna n'avait pas voulu dire ce qu'elle avait dit, mais non il ne fallait pas que je le prenne ainsi et puis, je n'avais pas dit que des gentillesses non plus et c'est vrai que lui ne voulait pas parler d'argent avant le vernissage, ça portait malheur. Pour apaiser Samy, tourmenté à l'idée que ça soit irréconciliable entre moi et celle qui détenait les clés de son avenir artistique immédiat, j'avais organisé un déjeuner à trois à la résidence. On évoqua les enfants – elle avait un fils, Xavier –, l'encroûtement du pays, la sclérose de l'administration, des fonctionnaires, la démocratie de cocotiers, rien de bien original mais le plaisir d'une conversation entre personnes qui partagent une opinion similaire sur des sujets qui ne s'abordent qu'entre personnes de confiance. Vers la fin du repas, je conclus d'un ton quelque peu exalté : « Ce qu'il nous faudrait dans ce pays, c'est une révolution, une vraie révolution ! » Keuna avait marqué un temps d'arrêt, fourchette en l'air ; et moqueuse, avait assené : « Quand on mange avec quatre couverts de chaque côté de l'assiette, on ne fait pas la révolution, madame Abbia ! »

La phrase me poursuivait encore…

La jeep pénétrait dans la cour de l'hôtel de ville de Fènn.

« Samy, dis-je d'une voix lasse, tu m'en demandes parfois trop.

— Je sais, *Bindi.* Tu ne sais pas à quel point je le sais. » Il posa sur moi un regard empreint de reconnaissance, de tendresse, s'approcha, et me donna un baiser sur le front. « Tu es la seule personne sur cette terre qui accepte de financer une exposition sans avoir un droit de regard. Je connais ma chance, je sais ma chance de t'avoir, *Bindi.* »

5

La mairie de Fènn coupait le village en deux. Le bâtiment, de style colonial, situé près de la grand-route, du côté opposé au marché, tapissé de boue rouge séchée, semblait avoir été plongé dans un bain grenat. Aussitôt qu'on descendit de voiture, des vendeurs d'étoffes en polyester fabriquées en Chine, reproduisant à l'identique les tissus en coton locaux, se précipitèrent vers nous. Un jeune homme du service d'ordre de la mairie, jaquette fluorescente par-dessus la chemise, agita menaçant un balai en nervures de palmier, les vendeurs refluèrent en l'injuriant, le traitant de chien vert, d'asticot vantard. La scène devait se produire souvent. Samy et moi échangeâmes un regard amusé. La dernière fois qu'on avait entendu quelqu'un se faire traiter d'asticot vantard, c'était au lycée.

C'était jour de marché, et le charivari des commerçants – coqs caquetant dans des cageots de raphia, femmes braisant au charbon de bois plantains et safous, vendeurs d'enveloppes, timbres, imprimés vierges, documents officiels, matériel de bureau et babioles diverses – animait l'esplanade de la mairie. Tout à fait à l'écart, à la limite des marches menant au hall d'entrée, derrière un kiosque à journaux, un étal de noix de kola, de *small no be sick* et de Mentholatum, un vieil homme, bermuda kaki, baskets, T-shirt à longues manches, lisait un journal, indifférent à l'effervescence qui remuait la cour ; le père du maire, nous informa le jeune homme.

À l'intérieur de la mairie, la terre rougeâtre s'étalait sur les murs, le sol, les vitraux. Les toiles d'araignées tapissaient le plafond, les nids d'oiseaux, les corniches, laissant une impression de lieu désaffecté. Dans un coin, entrelacé de décorations, surmonté d'une étoile, un sapin crachotait un chant de Noël. On était au début du mois de février. Je me dirigeai vers le sapin, effleurai les aiguilles séchées, elles tombèrent au sol ; je humai l'arbre. Sapin naturel. De la graisse m'était restée sur les doigts, lorsque je m'étais essayée au même test chez Tonton Ambroise et Djama ; dans leur maison aux fauteuils, rideaux, tapis, objets de décoration, assiettes, couverts rutilants. Rescapé de la dorure, se détachait un grand sapin vert saupoudré de fausse neige. En attendant que mes hôtes se manifestent, j'avais palpé les brindilles ; l'huile odorante aspergée sur le sapin m'avait piqué les narines. « On s'y méprend, n'est-ce pas ? Ça te plaît ? Je te donnerai l'adresse du magasin. » Djama, la femme de Tonton Ambroise, avançait vers moi, fraîche, front haut, drapée dans un élégant caftan en tulle perlé. « Ça ne se nettoie pas, ne perd pas ses brindilles, se garde plusieurs années. Pratique et économique. Et, avait-elle ajouté en plongeant son regard dans le mien, il est très *statement*, tu ne trouves pas ? » Du plastique saupoudré de fausse neige. J'avais bredouillé n'importe quoi. De la neige. Dans une ville où les températures ne descendaient jamais en dessous de vingt-cinq degrés. Depuis que Djama était rentrée de plain-pied dans ma vie, et m'avait laissé entendre que la désignation de Tashun comme préfet de la capitale avait été obtenue au prix d'une lutte opiniâtre à laquelle elle-même avait participé, j'avais découvert que le quotidien de l'épouse de Tonton Ambroise était pensé en termes de pratique, d'économique et… de *statement*. Ce mot dont Tashun avait récemment enrichi son vocabulaire.

Samuel s'était trompé. Édouard Limu, le maire, était en os, tout en os. Visage anguleux, pommettes en saillie, il n'avait rien de l'homme emprunté d'âge mûr que je m'étais représenté en lisant le courrier. Je lui trouvai même quelque chose de Tashun, en plus mince, plus policé. Derrière son bureau éclaboussé de soleil, encombré de paperasse, il nous jetait des regards furtifs. J'avais présenté Samy comme mon frère, tout en précisant qu'il était le « frère même père, même mère de Kizito Pankeu. Vous le connaissez, j'imagine ? — Ici, tout le monde le connaît. » La voix d'Édouard Limu était lourde de sous-entendus. Dix ans plus vieux que Samuel, Kizito enseignait le droit. Il avait créé *Revers*, une revue reconnue pour ses analyses rigoureuses, ses textes mordants, corrosifs à l'égard du gouvernement et parfois repris dans la presse nationale, des publications académiques à l'étranger. La publication mensuelle faisait de l'ombre à celle de l'université. Chargé de cours depuis dix ans, il stagnait professionnellement à cause de ses prises de position politiques.

Édouard Limu fut mécontent d'apprendre que Sennke ne cosignerait pas les documents autorisant l'exhumation et qu'elle n'arriverait que quelques jours avant la cérémonie. À la mairie, ils faisaient face à de nombreuses usurpations d'identité, profanations de tombes, vols d'ossements humains. Il y a seulement deux jours, ils avaient encore attrapé des femmes qui quittaient le cimetière en transportant une brouette remplie d'os. Il téléphona à Tashun, s'assura d'enfreindre le règlement avec sa bénédiction, envoya sa secrétaire aux archives, au service des copies.

« À propos du dîner de ce soir, dis-je en jetant un bref coup d'œil à Samy, est-ce possible d'inviter Kizito Pankeu ? » Les yeux du maire allèrent rapidement de Samuel à moi. La femme du préfet de la capitale, membre du parti du président, demandait à ce que l'on invite l'opposant Kizito Pankeu à dîner, quelque chose lui échappait. Il ne cacha pas sa réticence. Excellence Madame Préfète ne se rendait pas compte, les choses n'étaient pas aussi simples que cela dans la province. « On y tient », insistai-je. Cet Édouard Limu, ses faux airs de Tashun, la déférence poudreuse qu'il répandait sur moi, me donnaient envie d'éternuer. Qu'un maire issu du RFP, le principal parti d'opposition, ne veuille pas recevoir Kizito Pankeu, prenne sa journée pour aider la femme du préfet d'Akriba à trouver un terrain où bâtir leur future maison, ne m'intrigua pas plus que cela. Sans doute battrait-il campagne aux prochaines élections pour le parti du président. Retournement de veste ordinaire.

La secrétaire rapporta les documents, me demanda de vérifier la conformité des originaux avec les copies préparées pour la signature. Les feuillets condensaient en trois actes les trente-neuf ans du passage de Madeleine sur terre. Naissance. Décès. Inhumation. Comme je ne me décidais pas à examiner les papiers, Samuel me les prit des mains et, scrupuleux, contrôla leur conformité avec les originaux. C'est lui qui remarqua la coïncidence. Madeleine était morte un vingt-neuf décembre, jour où, à des années de distance, Axelle et Alix naîtraient. Il attira mon attention. Je tressaillis. Depuis dix ans, depuis l'arrivée des jumelles, la date du vingt-neuf décembre ne représentait pour moi rien d'autre que le jour où avaient éclos dans mon cœur les éblouissantes fleurs mauves du jacaranda.

Le maire voulut savoir à quel moment je souhaitais me recueillir. Comme je ne comprenais pas, il précisa « sur la tombe de votre mère ».

Si impensable que cela puisse être, je n'avais pas un instant songé que ce premier voyage à Fènn impliquerait de me rendre sur la tombe de Madeleine. Je n'allais pas y aller comme ça… Comme ça, sans préparation, sans… Je répondis qu'il n'y avait pas urgence, ce serait pour une autre fois, je gardais le souvenir d'un lieu éloigné, broussailleux, ça prendrait trop de temps pour un séjour si court, la priorité de ce premier voyage était de signer les papiers de la mairie, de trouver un terrain au sommet d'une colline, un endroit où construire la maison, le caveau.

Il se reprit, mais j'avais vu passer dans ses yeux de raton laveur un éclair de sidération. Son père tenait un kiosque à journaux à l'entrée de la mairie, ils ne devaient pas beaucoup se quitter.

« Madame Excellence, demain on peut y aller, d'ailleurs…

— J'ai dit non !!! Ce sera pour une autre fois ! Et par pitié, arrêtez de m'appeler Madame Excellence, d'accord ? Je m'appelle Katmé Abbia. »

Samy intervint : « Enfin, Kat, on peut trouver un moment demain et…

— Arrête ça tout de suite, Samuel, tu veux ? »

Une mère partie comme une voleuse à trente-neuf ans, nous laissant Sennke et moi à onze et treize ans sans rempart contre les jours rêches à venir, ne méritait pas qu'on s'attarde. Il y avait de la lâcheté à se barrer comme ça, sans crier gare, s'enguirlander avec le père parce qu'il baise une amie d'enfance, une de plus, prendre sa voiture, rouler à toute vitesse dans la nuit noire, heurter de plein fouet un camion roulant lui aussi à vive allure, être traînée sur la chaussée, avoir le dos rainuré, les bras et les jambes entaillés, les vêtements en miettes, le visage miraculeusement intact, survivre, apprendre qu'on sera paralysée à vie – qu'importe ! On est vivante, on est lucide, on parle, à Katmé, à Sennke, au propriétaire de la queue baladeuse, à tout le monde ! Et puis, avoir une hémorragie interne non détectée par les médecins, mourir comme ça un matin, un dimanche matin, à onze heures, trois jours après l'accident, trois jours après la dispute avec le père, alors que tout indique qu'on va s'en sortir ; oui, il y a de la lâcheté à cela. Et vingt ans après la mort, rien n'y fait, quel que soit le bout par lequel on prend cette façon de filer, il y a un manque d'élégance, voire de la vacherie pure. Quand on aime ses enfants, on ne part pas. Un point c'est tout. On les accompagne sur le chemin de la vie. On essuie leurs larmes, on panse leurs plaies, on les gronde, on gourmande, félicite, punit, encourage, apprivoise, façonne, instruit, rabroue, morigène, on fait ce qu'on veut, mais on ne se casse pas ! Je sentis ma gorge se serrer. Madeleine était devenue pour moi une parente éloignée morte au loin. Quand je présentais Mama Récia, je disais avec naturel « ma mère ». Ce samedi-là, dans cette brousse, après qu'on avait cassé le carrelage et glissé le cercueil au fond de la tombe, j'avais zippé ma douleur. Il était hors de question que tout se débraguette maintenant sous prétexte que la mairie de Fènn avait envoyé une lettre et que Tashun s'était emballé. Plus que jamais, Mama Récia était la vie, et l'autre, la périssable, la mort. Ce n'est pas aujourd'hui que je mettrais en scène pour entretenir les fantasmes professionnels de mon mari, les attentes de mes interlocuteurs, un chagrin que je ne ressentais plus, un manque dont j'avais guéri. Et ça, Samuel le savait ! Lorsqu'on évoquait Madeleine, je devinais agacée qu'on attendait que je montre mon affliction, éternels regrets disent les plaques mortuaires. Personne n'aime passer pour un monstre, alors j'adoptais le masque convenu, on me consolait. De quoi ? Je les aurais giflés ! En même temps, comment assumer aux yeux des autres que j'avais choisi de m'occuper des vivants ? « Laissez les morts s'occuper de leurs morts » était peut-être la seule phrase que ne je récusais pas du gavage judéo-dogmatique de Mama Récia, dont l'approche de la religion s'apparentait à celle des croisés.

Samy me regardait d'un air fâché. Il grommela : « Comme tu veux. » Plus bas, à mon intention seule, il ajouta : « *Abundans cautela non nocet*, l'excès de prudence ne peut nuire. »

Au dîner, Kizito couvrit de sa voix d'orateur habitué à s'exprimer dans des amphithéâtres bruyants le bourdonnement de la télé dont l'écran mangeait la moitié d'un mur du salon du maire. Il fit rire tout le monde en racontant l'histoire que je l'avais entendu cent fois raconter, l'histoire de cet ancien camarade de faculté devenu juge qui disait apprécier que les deux parties lui donnent la même somme d'argent, ainsi pouvait-il rendre une justice équitable. Kizito ponctuait ses démonstrations sur l'état délétère de l'université et du pays de la même sentence : « Nous poursuivons notre course effrénée vers le Moyen Âge. » Pour satisfaire la curiosité de la tablée sur la naissance de notre amitié, Samy et moi réveillâmes les souvenirs de nos années de lycée, le ciné-club, Bollywood et le kung-fu chassés par l'art et essai, la littérature, les nouveaux auteurs africains. Je dus attendre la fin du dîner pour évoquer l'association d'aide aux jeunes filles mères que Tashun et moi envisagions de créer. Le maire, son épouse, ses principaux collaborateurs, le sous-préfet, Aleksandre Fortès – je ne m'attendais pas à ce qu'il soit présent – écoutèrent sans m'interrompre. Personne ne commenta, ne releva, même pas Kizito, qui cependant me jeta de drôles de regards. Le silence de l'assemblée me donna le sentiment d'avoir proféré des inepties.

L'impression de la veille se confirma le lendemain dans le bureau du chargé de l'inclusion sociale de Mival, Fortès, censé m'aider à affiner le projet. « Ce n'est pas la capitale ici. Ici, on se marie d'abord, on fait des enfants après. » Si on brûle les étapes, la grossesse est « évacuée », ou alors si le bébé naît, le plus souvent, il finit dans une fosse septique ou dans le lac. Les jeunes filles préfèrent en arriver là plutôt que de devenir la honte de leur famille, de la communauté ; le nombre de celles qui ont le courage d'accoucher, de garder un enfant sans avoir de mari est si insignifiant qu'il serait contreproductif de créer une association qui les stigmatiserait. Fortès parla d'une traite, sans me quitter des yeux. Ravalant mon humiliation, je le remerciai de ces « précieux éclaircissements ». La veille, au dîner, que le maire, son épouse, ses collaborateurs, le sous-préfet ne m'aient pas contredite, je pouvais l'expliquer : ils n'avaient pas osé ; que Kizito n'ait pas voulu souligner la stupidité de mon idée devant les autres, je trouvais cela normal ; mais lui ? Il n'avait desserré les dents que pour répondre aux questions qu'on lui posait sur l'évolution des travaux de la route, acquiescer ou rire aux propos de Kizito, parler avec Samy : sculpture, art, expo à venir. Il ne m'avait pas adressé la parole. Il ne savait rien de moi, et le peu qu'il se préfigurait ne plaidait clairement pas en ma faveur. Il nous voyait, Tashun et moi, comme des velléitaires opportunistes. Grâce à Tonton Ambroise, on avait obtenu l'ajournement de la démolition de la tombe de Madeleine. Mival avait bouleversé son calendrier pour nous. Et ça, Fortès devait l'avoir en travers de la gorge. D'accord, Tashun n'avait pas réellement approfondi cette idée de centre pour jeunes filles mères. Il avait pensé : femme, jeune, enfant, précarité ; les conditions se suffisaient à elles-mêmes. Mais cette arrogance, cette condescendance de Fortès ? Depuis combien de temps vivait-il dans le Haut-Fènn ? Il m'avait parlé à moi, moi dont le cordon ombilical est enterré dans ce village, moi, dont les parents sont nés et ont grandi ici, moi, dont l'enfance, l'histoire, sont indissociables de cette région, il m'avait parlé comme à une étrangère motivée uniquement par de prosaïques calculs. À vrai dire, je ne comprenais pas très bien moi non plus pourquoi Tashun avait lancé cette idée de création d'association. Encore une de ses illuminations. Et moi, lâche comme souvent, lasse de rebiquer, j'avais obéi. N'empêche. Tashun avait raison de le traiter de connard. Détestables yeux de chat, balafre de bec-de-lièvre, front aussi carré que la mâchoire ; la nature se trompait rarement, il n'était pas beau.

Fortès en abacost bleu pétrole réalisa-t-il à quel point il s'était montré abrupt ? Lui revint-il en mémoire que j'étais l'épouse d'un homme qui pouvait influer d'une manière ou d'une autre sur le cours du projet pour lequel il travaillait ? Décida-t-il qu'il était temps que je voie un aspect moins raboteux de sa personne ? Toujours est-il que c'est d'une voix plus avenante contredite par la froideur du regard qu'il déclara : « Si vous tenez vraiment à améliorer la vie des populations ici, dites-moi comment je peux vous aider et je le ferai. Le reste n'a pas d'importance. Je n'ai pas à juger vos raisons. » Voilà qu'il faisait preuve de mansuétude. C'en fut assez. Ma voix se fit incisive, mes mots coupants. Que lui dis-je exactement ? Je n'en gardai aucun souvenir si ce n'est que je terminai ma salve par « fin de chargeur ».

Alors que je reprenais mon souffle, s'alluma dans le regard de Fortès une lueur nouvelle et hésitante, une lueur ironique et éloquente. Je prenais vie dans sa conscience. Je perçus nettement la mutation interne qui s'opérait en lui. La digue de présupposés logée dans son esprit étréci fléchissait au premier coup de boutoir que j'assenais. Bizarrement, cela me déplut. Et ce ridicule « fin de chargeur », que j'avais emprunté à Tahsun, l'ancien chasseur de gibier. Avec un haussement d'épaules intérieur, je me dis qu'il y avait toujours un moment où, quoi que l'on fasse, les verrous qui tiennent étanche votre bonde interne dévissent, trahissent quelques interstices.

Le terrain présenté par le maire et que je comptais acheter, au cœur de procédures judiciaires litigieuses, ne pouvait être vendu. Je m'en aperçus au cadastre. Édouard Limu n'avait pas jugé utile de vérifier la situation administrative avant de me présenter le propriétaire du terrain. Il n'avait pas envisagé qu'on puisse le truander, lui, le maire de Fènn. Édouard Limu faisait partie de ces gens persuadés que leur titre suffisait à les mettre à l'abri, non seulement des contingences du quotidien, mais aussi de la filouterie ordinaire. Le propriétaire du terrain se récria, jura sur la tête de ses enfants, il y avait erreur, un honnête homme comme lui, nous insulta violemment, prit le Ciel à témoin, nous maudit, grimpa sur sa moto, la démarra en trombe et s'éloigna dans le bruit et la vapeur âcre du tuyau d'échappement.

Édouard Limu dénoua violemment son nœud de cravate. Sans s'être concertés, Samy et moi éclatâmes de rire. On essayait de reprendre notre sérieux, mais dès qu'on se regardait, ça repartait de plus belle. Le maire s'épongeait le front, les collaborateurs qui l'accompagnaient ne savaient où se mettre. Comment auraient-ils pu comprendre que ce vendeur malhonnête et grossier représentait un spécimen que je n'avais plus l'occasion de côtoyer ? S'en prendre au maire, à moi, sans trembler, sans peur de possibles représailles ; quelque chose qui ressemblait à de la fierté pour le désopilant courage de l'homme vibra en moi ; il me sortait du statut de momie intouchable auquel m'assignait depuis un an ma position d'épouse du préfet de la capitale. Dans le rire de dératé qui nous secouait Samy et moi, j'entendais, cependant, retentir l'écho du dévoiement à peu de frais.

On se mit à la recherche d'un nouveau terrain. Rien ne correspondait aux consignes de Tashun : sommet de colline, vue sur la vallée, les montagnes ou le village. À Fènn, la terre on l'achetait, on ne la vendait pas. Les propriétaires d'espaces en friche déclinaient les offres. Je m'interdis, lorsqu'on me le proposa, d'aller voir du côté du quartier de la Montagne. Mon père y avait construit une maison, la maison où Sennke et moi séjournions pendant les vacances chez la grand-mère, avant la mort de Madeleine. Dans mon souvenir, une grande photo du président de la République barrait le portail d'entrée, ainsi qu'une pancarte au sigle du parti. Au début de la contestation politique, à peu près à la période où mourut Madeleine, mon père avait mis gracieusement les locaux de son entreprise à la disposition de mouvements étudiants protestataires et de leaders de partis non légalisés. Un sévère redressement fiscal le rappela à l'ordre. Il prit sa carte au MPA et, un pin's du parti accroché au revers de la veste, il combattit avec le zèle des derniers convertis *les opposants au régime*. Ses accointances avec le pouvoir, non seulement tempérèrent l'ardeur des contrôleurs des impôts, mais ses affaires prospérèrent. Aujourd'hui, mon père s'était retiré des affaires – ses fils en avaient la gestion – mais mon nom, le nom que je portais avant d'épouser Tashun, restait, à l'heure où les partis politiques non membres de la majorité présidentielle faisaient de la figuration, associé à ceux qui, parmi d'autres, avaient permis au parti du président de résister à la pression de l'opposition pendant ce qui est resté dans les mémoires comme *les années de braise*.

Après une journée de recherches infructueuses, Samy et moi dînions au restaurant de l'auberge Zimanto où nous étions descendus. Les températures étaient basses. J'avais prêté un cardigan à Samy ; ses bras dépassaient largement et nourrissaient les plaisanteries des serveurs. Les néons lumineux rouges, renforcés par un zouk love lascif aux paroles explicites, créaient une ambiance de bordel dans la salle à manger. Un mouvement venu de la porte d'entrée attira notre attention. Fortès en complet abacost blanc fit son entrée avec un groupe de personnes en bleu de travail. Ils s'installèrent à un angle opposé de la pièce. À la diagonale de notre table. Avant que je suggère à Samy de n'en rien faire, il envoya un salut à Fortès qui venait de s'asseoir. Fortès quitta son groupe, vint nous serrer la main. Le maire lui avait parlé de notre déconvenue avec le vendeur de terrain. « J'habite le quartier du Tam-Tam… Le propriétaire de la maison que je loue en possède une autre, pas loin de la mienne, à quatre cents mètres très exactement. C'est un duplex. Inachevé. Il est à vendre, ainsi que la futaie d'eucalyptus autour. Les deux maisons sont séparées par un étang. L'endroit n'est pas mal. Si demain vous ne trouvez rien et n'êtes allergiques ni aux eucalyptus ni à l'eau, vous pouvez toujours aller y jeter un coup d'œil. »

Le lendemain, Samy et moi découvrions le quartier du Tam-Tam et la futaie d'eucalyptus.

DEUXIÈME PARTIE

6

Djama était arrivée au déjeuner du Caz, le Club des Amies du Zambuena, suivie, comme toujours, de la jeune femme qui marchait dix pas derrière elle, portait son sac à main, lui servait d'aide-mémoire et achevait – dès qu'elle pointait le doigt ou levait le menton dans sa direction – ses phrases. La jeune femme appartenait, au même titre que la garde-robe recherchée, les écharpes en satin de soie moiré, les chaussures à hauts talons monogrammées, le soldat en armes assis à côté du chauffeur dans la Bentley, le solitaire en or et diamant princesse, l'alliance en platine et diamants baguettes, les bracelets en or, rubis, saphir et émeraude, les énormes boucles d'oreilles, imitation de pierres précieuses – parce que ça se perd facilement les boucles d'oreilles –, à l'apparat sans lequel la femme de Tonton Ambroise ne se déplaçait pas. Mère de huit filles, gracile, aucune ride sur le visage malgré la soixantaine avancée, Djama était belle et le savait. La position de son mari lui conférait pouvoir et influence, et ça aussi, elle le savait. Hémiplégique d'elle-même, ne se suffisant pas, il lui fallait une démultiplication d'êtres qui la prolongent, la complètent, il lui fallait les autres. Exigeante envers ceux sur lesquels elle jetait son dévolu, elle rendait le lien à elle, sauf lorsqu'elle en décidait autrement, difficilement aliénable. Intriguée au début, fascinée ensuite, Katmé s'était laissé vampiriser. Sa relation à Djama mêlait admiration, crainte, exaspération, incrédulité. En sa présence, elle redevenait la petite fille qui veut plaire, acquiesce, concède. Compliments à la chaîne, renoncement à toute aspérité ; c'était elle en face de Djama. Elle en sortait exténuée, épuisée de ricanement intérieur. Sous le regard de furet de sa nouvelle amie, elle accouchait d'une version d'elle-même qui l'horrifiait. Adolescente, quand Sennke perdait sa gouaille devant un garçon qui lui plaisait, elle se défendait en disant : « C'est parce qu'il marche dans mon cerveau. » C'était exactement cela, Djama marchait dans son cerveau. Bien qu'elle ait tout pour lui déplaire.

Elle se demandait quand elle se mettrait à haïr la femme de Tonton Ambroise pour de bon.

Aujourd'hui peut-être.

Aujourd'hui sûrement.

Le déjeuner se déroulait chez l'épouse du tout nouveau directeur adjoint du cabinet du président de la République. Mme *Dircaba*, autrefois prénommée Ameline, mettait à l'épreuve pour la première fois ses talents d'hôtesse d'accueil du Caz. La précédente Mme Dircaba, du jour où son mari avait été démis de ses fonctions, selon une des règles non écrites du club, avait cessé de venir. Les règles non écrites du club se résumaient en réalité à une seule : le poste du mari. Il y avait là une trentaine de femmes, rassemblées dans le séjour cossu dont la façade latérale vitrée donnait sur les eaux noires du fleuve Zambuena : épouses d'ambassadeurs, de ministres, de directeurs généraux de sociétés publiques, de membres influents du parti. Chics, sobres, parfumées. Katmé ne réussissait pas à se faire à l'idée que ces femmes – comme elle, soit dit en passant – puissent s'être transformées, et sourire aux lèvres avec ça, en excroissances de maris.

Le soleil trompait la vigilance de la fine barrière de cotonnade étendue le long de la baie vitrée, les rayons faisaient étinceler les verres. Les serveuses, la démarche entravée par une longue jupe droite bleu marine, se déplaçaient à petits pas prudents, proposant du champagne, des jus *exotiques* – jus pourtant concoctés avec des fruits locaux. La climatisation gardait la pièce fraîche, loin des trente-huit degrés de l'extérieur.

Tous les vendredis, elles déjeunaient ensemble. Bien sûr, personne *n'était obligé à rien*. Seulement, en cas d'absence, on devait s'expliquer, se justifier, s'excuser de ne pouvoir venir, et la fois suivante s'excuser de n'être pas venue. Élaborer un mensonge crédible ou assister aux interminables déjeuners pompait à Katmé la même énergie, alors, à tout prendre, le vendredi à midi, elle répondait à l'appel. Était-il vraiment possible qu'aucune parmi elles ne s'indigne secrètement de bousiller son temps en vétilles ? De dépenser d'irrattrapables minutes de vie en stupides ateliers patchwork, nouage de turbans, dégustation de samoussas végétariens ?

Comme d'habitude, de petits groupes s'étaient formés. Katmé tendit l'oreille ; les propos de Djama provoquaient l'hilarité de la grappe de femmes qui l'entourait. Comme d'habitude, une dizaine de femmes s'étaient agglutinées autour d'elle. Elle jouait avec le pied de sa coupe de champagne et narrait les derniers exploits de ses petits-enfants. Des histoires de gamins somme toute banales, des mots d'enfants qui prêtaient plus à sourire qu'à rire ; mais c'était l'épouse d'Ambroise Béma qui les racontait, alors forcément, c'était plus drôle, les femmes riaient à gorge déployée.

Les serveurs, drapés et gantés comme le maître d'hôtel, tenaient d'une main un plateau de saveurs salées, de l'autre des serviettes au lin si fin que Katmé avait peur de les déchirer en s'essuyant les lèvres. Elle aurait été en peine de dire ce qu'elle avalait ; ce qui est sûr, c'est qu'elle avalait. C'était le seul moyen qu'elle avait trouvé de juguler le terrifiant ennui qui la saisissait chaque fois qu'elle assistait aux déjeuners du Caz. Décors, personnes, dialogues lui paraissaient parfois si irréels qu'elle se convainquait de leur réalité en en faisant le récit à Samuel.

Un picotement désagréable avait titillé sa nuque lorsque la voix cérémonieuse du maître d'hôtel avait signalé l'arrivée de « Madame Secrétaire générale du Mouvement des Patriotes Alliés ». Elle subodorait la raison de la présence de Djama. Malgré sa position de vice-présidente du club, la femme de Tonton Ambroise séchait les déjeuners qui précédaient ce qu'elle qualifiait d'« escapades de la misère ». Après le repas, le Caz se rendrait en délégation à l'association Vita remettre des dons aux orphelins. « Je n'ai rien contre les sorties organisées par les Blanches, expliquait-elle à Katmé, mais il n'y a pas que les prisons, les orphelinats et les quartiers pauvres dans ce pays. Les sites touristiques, les paysages, ne méritent-ils pas leur attention ? » Une escapade de la misère. Et Djama était là. Fine, altière, robe de brocart bleu outremer et écharpe assortie, sentant bon, souriant avec mesure. Elle n'est venue que pour ça, pensait Katmé en coulant un regard acide vers Djama.

L'exposition de Samuel…

Le sujet de dissension entre elles.

Gertrud, l'ambassadrice de Suède qui les recevait la semaine précédente, avait proposé d'emmener les gamins – elle prononçait *ga-mince* – de l'association Vita visiter l'exposition de Samuel. Katmé avait vu les doigts boudinés de Djama, assise à ses côtés, se raidir sur sa fourchette. Une silhouette de Masai, des mains de bûcheron. « Félicitations pour l'idée ! s'était enthousiasmée Kihiko, la Japonaise. Samuel Pankeu, il est formidable, formidable ! Il inspire ! Il inspire beaucoup ! » Comme on en était au dessert et comme la banane flambée arrosée de vieux rhum se savoure dans la sérénité, comme des interjections teintées de scepticisme avaient été entendues çà et là, la décision avait été reportée « à la prochaine rencontre ».

Aujourd'hui donc.

Un mois plus tôt, elle avait téléphoné à Djama en train d'essayer un énième caftan chez Grand Moké, son tailleur. Samy venait de déposer à la résidence des exemplaires du catalogue de l'exposition. Djama avait promis de passer sitôt qu'elle aurait terminé. Si quelqu'un pouvait donner un coup de pouce à l'expo, c'était elle, ses amies, son carnet d'adresses. Katmé avait tenu à ce que Samuel et Keuna prévoient un pré-vernissage pour les invités de Djama et Tashun ; ça flattait toujours, ça donnait l'impression d'être encore plus privilégiés que les invités du vernissage. Elle remettrait à Djama cartons et catalogues, afin qu'elle invite autour d'elle. Djama arriva accompagnée de la jeune femme porte-sac-à-main-aide-mémoire ; feuilleta avec attention le catalogue, lut les textes, s'attarda sur les images, caressa du pouce la tranche du livre, et interrogea : « Ce Samuel… Ce Samuel Pankeu, il porte le même nom que ce type de l'université du Haut-Fènn, ils ne seraient pas parents ? » Sans se soucier de la réponse, elle poursuivit : « Dis-moi, pourquoi des artistes qui sont nés ici, qui ont grandi parmi nous, qui se sont épanouis au milieu de nous, sans contraintes, sans entraves, mordent la main qui les a nourris ? C'est parce que ailleurs on leur dit ''pour réussir, tu dois critiquer ton pays, sinon tu n'as aucune chance que ton travail s'exporte, qu'on t'accepte dans nos foires'' ? Il paraît qu'en Asie ils exposent de plus en plus les artistes de chez nous, va savoir pourquoi, à mon avis, c'est une sorte de cheval de Troie ; enfin, ça, c'est une autre histoire. Ambroise et moi sommes allés à Moncton en mille neuf cent… » elle pointa l'index vers la jeune femme qui compléta « … quatre-vingt-dix-neuf. — Oui, en mille neuf cent quatre-vingt-dix-neuf, nous sommes allés au sommet de la… » Même manège, la jeune femme acheva « … Francophonie. — Oui, au sommet de la Francophonie. Le Chef avait demandé à Ambroise de le représenter, il m'a emmenée avec lui. Il y avait d'ailleurs tout et n'importe quoi comme pays francophones, l'Albanie par exemple qu'ils ont même acceptée comme membre, on parle vraiment le français en Albanie ? Enfin, ça, c'est une autre histoire. Il y avait un salon d'art contemporain pour les artistes des pays membres. Nous sommes tombés sur un vidéaste d'ici, réfugié politique au Canada. Dans une installation vidéo apocalyptique, il prétendait qu'il avait fui parce qu'on le persécutait pour ses idées. Franchement, Ambroise et moi on se serait écroulés de rire si nous n'avions pas risqué de passer aux yeux des autres chefs de délégation pour les suppôts du pays qui avait persécuté ce soi-disant artiste et l'avait obligé à s'enfuir. Tu sais comment il avait appelé ça ? » Mouvement du menton vers la jeune femme, la réponse jaillit : « … *Pandémonium*. — Oui, *Le Pandémonium*. La capitale supposée de l'enfer. Ici. Ce pays où toi et moi vivons. Son histoire de réfugié politique persécuté ne tenait pas la route, on n'y croyait pas une seconde, il avait réussi à enfumer les Canadiens et à obtenir un titre de séjour, tant mieux pour lui. Tu sais ce qu'il a eu le culot de nous répondre quand on s'est indignés de l'image du pays qu'il donnait à l'étranger ? Il nous a répondu : ‘‘ Le Zambuena, c'est l'enfer, le Canada n'est peut-être pas le paradis, mais au moins on est à côté.'' Nous en enfer, lui au Canada, dans l'antichambre du paradis. C'est pas beau ça ? Tu vois, ton Pankeu, avec son exposition, ne fait pas autre chose. Photographier de pauvres gens en détresse, esthétiser leur misère sous couvert d'art, les vendre comme de vulgaires objets mercantiles, où est la conviction là-dedans ? Où est l'engagement ? Il a donné sa honte au chien, ton copain. » Elle agita le catalogue à la figure de Katmé : « Tu as vraiment cru que je soutiendrais ça ? Que j'associerais mon nom à ce fatras boursouflé ? Tu l'as lu au moins ? »

Elle ouvrit le catalogue, s'arrêta sur une page au hasard et lut à voix haute :

> Dans une singulière déclinaison d'inappartenance foncière, un heureux non-choix entre abstraction et documentaire, conceptuel et factuel, idéel et matériel, l'artiste Samuel Pankeu sculpte l'élégie grise d'un monde antipoétique, un monde anhistorique, réfractaire à l'historique. Les œuvres de Samuel Pankeu manifestent le présent, ébruitent le passé, s'abolissent dans un mouvement identiquement opposé pour s'adjoindre, s'apposer avec effronterie au cœur de l'insondable.

« De la fumisterie, oui. *Ante mortem, thérapies transe-versales*, il n'y avait rien de plus simple comme titre d'expo ? » Elle balança le catalogue sur la table. « Le mille-pattes ne se trompe de route que s'il marche seul, disait mon père. Tu es la fille d'un homme à qui le parti doit beaucoup, tu portes son nom avant celui de ton mari. Si tu recherches des artistes de qualité, ceux que nous respectons, demande-moi, on t'en trouvera. »

D'ordinaire, face à Djama, Katmé jacassait. Moins elle avait à dire, plus ça sortait. Une pluie de mots qui chassait la sensation de béance interne – « de videur totale », disait Samy – qui la saisissait dès qu'elle se retrouvait avec elle. Pourtant, ce jour-là, comme frappée de tétanie verbale, elle ravala jusqu'à l'écœurement les phrases qui lui brûlaient la gorge, et encaissa les dards que Djama lui fichait dans le cœur. Elle dégoisait, et Katmé la voyait empalée. Le supplice du pal. Un pieu enfoncé au niveau du sternum, qui ressort par la bouche et vous muselle à jamais. Ou à défaut, du ruban adhésif. Sangler les faux cheveux, le tissage brésilien, enrubanner le front, les sourcils, les paupières, le nez, les oreilles et la bouche ; s'arrêter sur la bouche, faire plusieurs tours, des tours fermes, serrés ; et enfin Djama la bouclerait. Salope. Salope de Française cachée. Salope dont les enfants et petits-enfants possèdent tous une double nationalité, un second passeport « parce qu'on ne sait jamais… Si ça se gâte un jour dans ce pays… Pensez à faire de même, Tashun et toi, pour les filles. À quinze ans, envoyez-les dans un pensionnat en France, à dix-huit, elles auront la nationalité ». Salope qui se rengorge de posséder un sapin de Noël en plastique saupoudré de fausse neige et qui en guise d'œuvre d'art butine chez Ikea et Conforama lors de ses voyages en Europe.

« En plus, tu ne le sais peut-être pas, mais la galeriste, Keuna Bubinga, je la connais moi ! Elle travaillait à l'ambassade de France, qui l'a virée. Elle a été membre du Caz, un accident, une folie, son admission !

On l'a virée aussi ! Elle avait été cooptée, *intuitu personae*, par cette conne d'ambassadrice, difficile de dire non. Une folie ! Cette pimbêche qu'on avait acceptée alors qu'elle n'est même pas mariée se croyait la seule à avoir un cerveau en état d'irrigation. Rien n'était jamais comme il fallait, elle trouvait toujours à redire. On a fini par l'exclure, et tu sais pourquoi ? » Katmé connaissait l'histoire. Le gala de charité du Caz, les billets vendus au prix d'une centaine de grammes de safran ; Keuna en avait acheté deux ; les *amies* étaient persuadées qu'elle viendrait accompagnée, leur présenterait *enfin* son compagnon. Non seulement Keuna ne s'était pas montrée à la soirée mais, à la table présidée par l'ambassadeur des États-Unis, on avait découvert, dans une robe excentrique, complètement paniquée, sa femme de ménage. Et à celle du ministre de la Justice, en costume vert, chemise verte et cravate verte, son chauffeur.

« Keuna, vociférait Djama, a remis les invitations à une soirée de gala – où des secrétaires d'État, des directeurs généraux, qui s'y étaient pris tard, n'avaient pu accéder faute de place – à sa femme de ménage et à son chauffeur ! » Le Caz avait convoqué une réunion extraordinaire. Keuna, plutôt que de s'excuser humblement comme elles l'espéraient, avait répliqué avec morgue qu'elle ne voyait pas où était le problème ; le Caz vendait des billets, elle les avait achetés, et au prix où elle les avait achetés, ce qu'elle en faisait, à qui elle les donnait, ne les regardait pas ; sa bonne et son chauffeur n'étaient pas, jusqu'à preuve du contraire, des canidés. « Et tu veux que je donne un coup de pouce à une exposition organisée par cette chipie chauve ? Elle nous a giflées aller et retour comme disent les enfants. »

Katmé se mordit la lèvre inférieure pour ne pas éclater de rire. Comme il était doux de s'apercevoir qu'on pouvait avoir été vengé par inadvertance ; car Keuna n'avait rien fait d'autre que cela, sinon les venger Samy et elle par anticipation. Au cours de l'accrochage de l'exposition, Keuna et elle s'étaient jugées d'un œil neuf et étonné. La saine antipathie proposée le jour de leur rencontre par la galeriste avait été la base de relations heurtées qu'elles entretinrent jusqu'à ce fameux jour où elles naquirent l'une à l'autre, si on peut appeler naissance le fait que Keuna décréta révolue leur « saine antipathie ». Angoisses et soulagement partagés, vision convergente sur la scénographie de l'exposition, attendrissement mutuel pour un Samuel au paroxysme de l'anxiété ; Katmé n'avait pas eu besoin d'attendre la déclaration solennelle de fin d'antipathie pour admettre en son for intérieur que cette Keuna, ses façons bourrues, son allure d'adolescente androgyne, son vocabulaire malmenant la pudibonderie, cette Keuna qui l'avait tant agacée, finalement lui plaisait bien. L'admission de la galeriste au sein de ces cariatides policées du Caz demeurerait pour Katmé un mystère aussi déroutant que les trous noirs ou les lois qui régissent la physique quantique.

Parce que les mots qu'elle aurait pu dire, les mots qu'elle *aurait dû* dire, restaient coincés quelque part entre le sternum et le plexus solaire, refusaient d'avancer, de progresser, de s'aligner les uns à côté des autres en courageux soldats de l'armée de riposte verbale ; c'est l'intrusion joyeuse d'Axelle et d'Alix dans le salon bleu, et non le pal ou le scotch, qui signa l'armistice, la fin de la guérilla oratoire de Djama contre Samuel. Les jumelles ouvrirent la porte en coup de vent, se jetèrent dans les bras de Mamie Djama. Mains à plat sur les genoux, dans le salon bleu où un exemplaire de la photo de la Mère de la Nation entourée des membres du Caz trônait sur la desserte, Katmé, un mètre soixante-douze de flegme, éblouie par sa propre veulerie, contempla, terrée dans le silence, ses filles campées sur les genoux de la femme de Tonton Ambroise.

Mme Dircaba revint des cuisines, tendit les deux bras paumes ouvertes en direction du maître d'hôtel, lequel déclara le buffet ouvert. Les serveurs débarrassèrent verres, coupes de champagne, amuse-bouches. Les serveuses formèrent une haie humaine au milieu de laquelle les *épouses* traversèrent pour se rendre dans la salle à manger parfumée à la vanille. Deux longues tables rectangulaires nappées, dressées, fleuries étaient placées au centre de la pièce, à la perpendiculaire d'un spectaculaire buffet derrière lequel les aides-cuisiniers attendaient l'ouverture du service.

Jusque-là, on n'avait pas eu à s'asseoir, et personne, à l'évidence, n'avait renseigné la nouvelle Mme Dircaba sur la chaise à prévoir pour la suiveuse de Djama. Une chaise placée à l'avance par l'hôtesse du jour, permettant qu'elle conserve un contact visuel avec sa patronne tout en demeurant en marge du groupe. En voyant la femme dont personne ne connaissait le prénom, la jeune femme qu'elle ne s'embarrassait pas de présenter, ne pas trouver de siège, Djama haussa les sourcils.

Mme Minsanté voulut s'en mêler, le regard réfrigérant de Djama la figea. Ameline finit par s'apercevoir qu'il y avait un problème. Mortifiée, elle s'empressa de demander au maître d'hôtel d'apporter une assise supplémentaire. Katmé l'aida à trouver l'endroit stratégique, c'est-à-dire loin du buffet, loin des tables, loin d'*elles*, et dans le champ de vision de Djama. Puis, on fit semblant de ne pas entendre les accents paniqués dans la voix d'Ameline suppliant Djama de lui pardonner son « impardonnable négligence » ; ne pas la voir presser la main de la femme d'Ambroise Béma et jurer que « cela ne se reproduirait pas ».

Katmé eut faim.

À table, on mangeait, trouvant tout « très bon, fabuleusement cuisiné ». L'Américaine Gabrielle fit tinter sa fourchette contre un verre et couvrit de sa voix les bavardages. « Les amies, pour la visite des *kids* à Bubinga Project, on peut demander à l'artiste pour faire un atelier avec eux ? » Cheveux bruns, sourcils en croissant de lune, paupières lourdement soulignées au crayon noir, grain de beauté au menton – en réalité, tatouage au henné –, Gabrielle se vivait en avatar de Gloria Swanson dans *Sunset Boulevard*. Les Africaines du Caz ne lui pardonnaient pas de les avoir conviées aux obsèques de son Alapaha Blue Blood Bulldog. Katmé la pensait capable d'avoir trucidé elle-même son chien afin d'exposer sa dépouille près d'un feu, étendu sous un châle en laine imprimé à fleurs bordé d'une frange noire, tel le chimpanzé de Norma Desmond.

« Excellente idée, dit la Belge Aline, Bubinga Project est grand, il y a de l'espace, Keuna peut mettre une salle de sa galerie à notre disposition le temps d'un après-midi. Madame la Préfète, qu'en penses-tu ? Tu pourrais leur demander ? Maintenant que le vernissage est passé, ils ont plus de temps disponible ? »

Katmé mâchait le sanga, des feuilles de manioc mélangées à du maïs frais cuit dans du jus de noix de palmiste. Elle montra sa bouche pleine à Aline, assise en bout de table alors qu'elle-même se trouvait au milieu, et lui fit signe de patienter, le temps qu'elle avale. Une trentaine de paires d'yeux dont ceux de Djama étaient posés sur elle. Elle mâcha lentement, déglutit, s'essuya méticuleusement le contour des lèvres avec la serviette. « D'accord. » Elle leva les yeux sur Djama assise à l'opposé d'elle, légèrement de biais. Leurs regards s'entrechoquèrent.

« Et aussi les *kids* peuvent aussi fabriquer un objet, dit Gabrielle, *a little piece of art*, pour garder le souvenir, quelque chose simple, facile pour faire, *you know what I mean, what do you think? It could be great!* »

La voix de Djama s'éleva : « Voyons, chères amies, que je sache, il n'a pas encore été décidé que le Caz emmènerait ces enfants visiter l'exposition de ce monsieur. »

Les serveurs, impassibles, remplissaient les verres de vin, d'eau, donnaient du sel ici, avançaient le poivrier là. Katmé sentit son front devenir orageux. Comment trouver le courage de remettre Djama à sa place, lui dire le fond de sa pensée ? La femme de Tonton Ambroise, à qui elle se devait de garder, en apparence du moins, un crédit affectif illimité ? Djama dont elle se sentait de plus en plus redevable ?

Érigée « marraine de deuil » par Tashun, Djama apportait des réponses immédiates, des solutions efficaces à des préoccupations qui faisaient sa vie depuis toujours et que Katmé découvrait avec la stupeur d'une béotienne. Marraine de baptême, communion, mariage, elle connaissait ; elle-même était souvent sollicitée – jamais gratuit, il fallait cracher au bassinet, et sévèrement. Mais marraine de deuil ? Tashun ne serait jamais à court d'inventivité. Djama ne payait pas, elle conseillait. Pompes funèbres, service traiteur, pleureuses, décorateur, cartons d'invitation, ordre protocolaire, rationalisation des coûts ; elle avait généreux le partage d'expérience. Les travaux de finition du duplex inachevé acheté à Fènn étaient devenus un sujet récurrent de disputes entre Tashun et elle, avant que Djama ne s'en mêle. Katmé séduite par l'étang à l'orée du terrain et la futaie d'eucalyptus – elle pourrait faire planter des sapins, s'était-elle dit –, la vue sur le village, sur le clocher de l'église, depuis le sommet de la colline, ne s'était pas laissé freiner par l'architecture tarabiscotée, la loufoquerie de l'organisation de l'espace, et le coût final que représenterait la remise en cohérence de la distribution des pièces de la maison. Après le patio, on pénétrait directement dans une salle d'environ soixante mètres carrés. Ouverte sur quatre portes, la cuisine, point de passage obligé pour se rendre dans n'importe quelle autre pièce du duplex, conduisait à l'unique salle de bains – sorte de bain turc revisité –, à la salle à manger, au salon et au couloir longeant les chambres. Les chambres, spartiates, étaient inspirées du modèle de cellules de monastères, rien qui gêne le sommeil, la loge dépouillée, exiguë, pour y placer un lit, une table, rien qui étourdisse l'œil, tout qui engage au repos. Les explications d'agent immobilier de village du vendeur, Vamy Kounkeu, les avaient divertis, Samuel et elle. La bizarrerie, l'originalité de la future acquisition excitaient leur imagination. Un chef de chantier, croyait-elle, recomposerait facilement la cohérence de la demeure en lui conservant son côté biscornu. Le premier démissionna au bout de deux semaines, après avoir encaissé une substantielle avance. Le second, un architecte – c'est Aleksandre Fortès qui le recommanda –, proposa de tout raser, elle refusa. Le troisième, neveu du maire, démolit une aile et se retrouva à court d'idées. Un soir qu'ils dînaient chez Tonton Ambroise et Djama, Tashun évoqua le désastre du chantier. Djama fit ce qu'elle savait si bien faire, elle gronda gentiment Katmé et passa un coup de fil. Un architecte, fils d'une amie, accomplissait des prodiges. Télésphore Zambo se rendit sur le chantier, le prodige eut lieu. « Vous avez fait des miracles », s'était exclamée Katmé éperdue de gratitude. « Je suis condamné aux miracles, madame », avait-il répondu, les yeux rieurs. Il dessina différentes propositions de plans pour le caveau, afin que Katmé fasse un choix. Djama, plus pratique, la confronta à un modèle récent : le sien. Enfin, le leur, à Tonton Ambroise et elle. La mort ne les prendrait pas en traître. Ils avaient tout prévu ; tout prévu y compris les bristols invitant à assister aux funérailles de l'un ou de l'autre, quatre ans après son décès et son enterrement. « Tu comprends, tu dois toi-même veiller à tout. Sinon c'est la honte pour ta famille. L'enterrement, c'est quand même le point d'orgue d'une vie. Il ne faut pas qu'on se moque de vous. » *L'enterrement, le point d'orgue d'une vie.*

Djama était de ceux qui, même morts, se croiraient encore vivants.

La Française Mélanie, épouse du directeur général de la Chocolaterie nationale, qui un jour avait demandé à Katmé si la violence était atavique chez les Noirs (deux de ses employés s'étaient battus pour la même femme et aussi parce que toutes ces guerres, tous ces conflits…), imitant Gabrielle, carillonna fourchette contre verre.

« Vous avez vu ce qui se passe avec cette expo ? C'est en train de devenir un phénomène, j'y suis retournée plusieurs fois, il y a des points rouges partout, tout est quasiment vendu, et chaque jour un nouvel article paraît dans la presse sur Samuel Pankeu. Ce serait un honneur pour le Caz s'il acceptait de donner un atelier aux enfants de Vita.

— Le problème, c'est que nous n'avons pas les mêmes lectures », dit Djama du ton de celle qui mord dans une tranche de citron.

Le problème, se disait Katmé en prenant la coupelle de piment que lui tendait un serveur, c'est que Djama ne perdait pas son temps à lire « les journaux non républicains ». *La Voix du Zambuena*, le journal officiel lui suffisait. *La Voix du Zambuena* qui avait écrit :

> L'approche délibérément fallacieuse de cet artiste sur des questions historiques sensibles pose problème. La sculpture, la photo, la danse, sur un sujet dont les historiens eux-mêmes ne parviennent pas, sans controverse, à démêler l'écheveau ? On a là la preuve qu'extravagance et addition de contrevérités ne sont pas gages de talent. Sommes-nous une dictature, comme Samuel

Pankeu le prétend ? Curieux de la part d'un artiste qui n'a jamais été inquiété et dont l'exposition est autorisée. Concédons, tout au plus, être un pays qui manifeste, qui a manifesté à des moments particuliers de son histoire, de l'autorité. Qui peut nous le reprocher ? Quelle grande puissance s'est bâtie sans faire preuve d'autorité ? L'autorité est nécessaire à la marche du monde.

Mme Minculture, indifférente aux exercices de placidité sociale et diplomatique, lâcha : « Cette exposition est un épiphénomène et rien d'autre ! » Elle reprenait ainsi les propos de son mari, ministre de la Culture et porte-parole du gouvernement, qui avait très exactement déclaré à la télévision nationale : « L'exposition de ce monsieur est un épiphénomène et rien d'autre. »

« On n'est peut-être pas toutes d'accord sur l'esprit de l'exposition, mais le travail de cet artiste est de qualité, de grande qualité, c'est indéniable. En ce qui me concerne, dit Khadidiatou, épouse de l'ambassadeur du Sénégal, si j'en avais eu les moyens, je lui aurais acheté une sculpture le soir du vernissage.

— Moi aussi, et sans hésiter ! » appuya Mélanie.

Katmé observa le regard de connivence entre les deux femmes assises à la table voisine. Aleksandre Fortès leur avait rapporté, à Samuel et à elle, que le soir du vernissage, une dame – pagne noué en coiffe de pharaon sur la tête, rouge à lèvres bleu : la description correspondait à Khadidiatou – s'était écriée en découvrant le prix des œuvres sur les cartels : « *Eyway !* C'est pas un peu cher ça ? »

« Personne ne vous empêche d'acheter si vous en avez envie, mais pourquoi devrais-je mobiliser les moyens de l'État pour ces singeries irrespectueuses ? » Mme Mintransports, jusqu'ici, ne s'était jamais posé la question lorsqu'elle réquisitionnait les bus de transport public pour ses fêtes de famille au village ou les mettait à la disposition du Caz lors des sorties de groupe.

— *Sorry, but what does respect have to do with art?* s'étonna Gabrielle

— Chez vous où toutes les valeurs se sont perdues, rien peut-être, répondit Djama. Mais ici, on ne s'attaque pas à la mémoire collective avec cette désinvolture, ce mépris. Ce monsieur, non seulement travestit la réalité, mais il falsifie l'Histoire. Et ses photos sur les Aquatiques, pourquoi n'explique-t-il pas que ce quartier s'appelle les Flamboyants, et qu'il était en effet flamboyant, que ce sont ses habitants qui l'ont transformé en conglomérat de taudis insalubres ? De belles maisons de cadres construites par la Société immobilière nationale ? »

Katmé plantait nerveusement sa fourchette dans la nappe en coton et dentelle, et créait de petits trous. Elle n'en pouvait plus de ne pas intervenir dans la discussion. Les autres femmes, celles qui ralliaient toujours le parti du mutisme sur les questions dérangeantes, mangeaient, échangeaient des nouvelles des enfants, du prochain poste, des derniers films sortis en salles en Europe, les nouvelles bonnes adresses d'Akriba. Les autres tournaient la tête tantôt à gauche, tantôt à droite, comme sur les gradins d'un court de tennis ou avançaient le cou, les épaules, tendaient l'oreille pour ne rien perdre de ce qui se disait à l'autre table. Katmé dirigea son regard vers l'extérieur ; à travers les lamelles de fenêtres donnant sur le jardin, apparaissaient, disparaissaient au gré de la danse du rideau transparent, frangipanier, roses de porcelaine, oiseaux de paradis, becs-de-perroquet. Qu'elle fasse entendre sa voix et Djama ne lui pardonnerait pas de se désolidariser d'elle devant les Blanches. Son morceau de bravoure, elle l'avait exécuté lorsque Tonton Ambroise, alerté par sa femme, l'exhorta à ne pas minimiser les possibles répercussions politiques de cette exposition, à se tenir éloignée de cette offense au Père de la Nation ; et lorsque Tashun la somma « de ne pas mettre les pieds dans cette galerie, un point c'est tout ». Elle s'était impliquée dans la scénographie, l'accrochage ; et le jour du vernissage, s'était muée en assistante de Keuna et Samuel, répondant aux questions du public, donnant les clés de lecture des œuvres, négociant les ventes. Aujourd'hui, au déjeuner du Caz, elle pouvait s'abstenir sans honte. Samy n'avait plus besoin d'elle. L'exposition attirait des collectionneurs, nouvelle génération d'amateurs d'art, aisés, désireux d'acquérir une œuvre d'un artiste de leur pays, ou fats de dépenser leur argent dans « quelque chose de fantastiquement inutile ».

« *Out of Africa* a laissé des traces, et je ne parle pas seulement de l'adagio pour clarinette de Mozart, déclara d'un ton sentencieux Faith, la Kényane.

— Elle adore le son de sa propre voix », murmura au creux de l'oreille de Katmé Mme Mintravauxpublics assise à côté d'elle.

C'est là-dessus que Gertrud prit la parole – l'idée venait d'elle après tout ; elle ne comprenait plus ce qui était en jeu, de quoi s'agissait-il maintenant ? Elle avait simplement proposé d'emmener des enfants, des orphelins, visiter une exposition, de quoi parlait-on ? Dans ce cas, elle proposait de voter et qu'on en finisse. Katmé croisa le regard de Djama. La femme de Tonton Ambroise avait obtenu ce qu'elle était venue chercher. Le vote. À main levée. Seule une minorité de membres s'étaient rendues à l'exposition de Samuel. Elle pensait gagner.

Peu de temps après sa cooptation, Katmé avait identifié – derrière les sourires, les embrassades, les babillages – les polarités et les forces d'équilibre au sein du Caz, qu'elle baptisait les quatre axes. Local. Occidental. Diplomatique. Non alignées. À l'intérieur de ces axes, il existait de plus petits ensembles, chrétiennes, musulmanes, Blanches, Noires, Arabes, Asiatiques, en couple interracial. Quand les avis divergeaient de façon irréconciliable sur le choix d'une destination, d'une activité, on votait. Les alliances se faisaient, se défaisaient au gré des intérêts de chaque groupe. Alors surgissait le liseré de démarcation des positions qui, autrement, demeurait imperceptible. Les Amies de l'axe local avaient boycotté l'exposition, aucune n'était venue au vernissage, ne s'était excusée de n'être pas venue. À table, le vendredi suivant, elles n'avaient pas non plus participé à la conversation lorsque les expatriées s'étaient extasiées sur le talent de Samuel Pankeu.

On votait rarement au Caz. La dernière fois, il s'agissait de décider si le Caz, en tant que Caz, devait s'afficher aux célébrations du trentième anniversaire de la création du parti du président. La Mère de la Nation était la présidente d'honneur, l'épouse du secrétaire général du parti, la vice-présidente, mais était-il indispensable, pertinent, judicieux que les épouses d'ambassadeurs cousent des tenues à l'effigie du président de la République, les arborent, et assistent vêtues dans un boubou local aux manifestations officielles retransmises en direct à la télévision nationale ?

À la question de savoir si les « *ga-mince* » (c'est Gertrud qui posa la question) visiteraient l'exposition *Ante mortem, thérapies transe-versales* de Samuel Pankeu, puis bénéficieraient d'un atelier d'initiation à la sculpture, les ambassadrices des pays où la liberté d'expression s'écrit à l'encre invisible, l'axe local qui adoptait de façon mimétique les mêmes positions que Djama, et même Katmé dont le vote n'emportait qu'un enjeu de façade, votèrent contre. En dépit de cette forte opposition, contre toute attente, le Caz, à la majorité relative, opta pour la visite de l'atelier et le cours d'initiation à la sculpture.

Une semaine après l'atelier d'initiation artistique donné par Samuel aux orphelins de l'association Vita, parut dans *Tropiques Matin* un article titré :

A-T-ON LE DROIT DE LAISSER NOS ENFANTS ORPHELINS ENTRE LES MAINS DU BEAU-FRÈRE DU PRÉFET TASHUN ABBIA, L'ARTISTE HOMOSEXUEL SAMUEL PANKEU ?

Un article dont on découvrirait plus tard qu'il avait été commandité par l'adversaire de Tashun à l'investiture du parti au poste de gouverneur dans le Haut-Fènn, une femme obèse et vengeresse, membre comme lui du comité central, qu'on appelait à l'époque où elle vendait des bonbons au caramel au quartier Carrefour des Anges : Maman Caramel deux à dix.

7

Interrogatoire de routine. La routine durait depuis trois jours. Le téléphone avait sonné alors que Katmé préparait son sac de voyage pour se rendre à Fènn. Les dernières modifications de la structure de la maison, les plans du caveau attendaient son approbation ; le marbre et les mitigeurs importés d'Italie sur les conseils de Djama et non livrés ralentissaient les travaux de plomberie, de dallage des salles de bains et de la nouvelle cuisine. Surtout, un cousin lointain qu'on surnommait Américain – elle en découvrit un peu tard la raison –, recruté comme superviseur du chantier, en cheville avec les ramasseurs de gravats, volait le matériel. Dès qu'elle raccrocha avec la mère de Samuel, elle composa le numéro de Tashun. C'est lui qui lui parla de l'article de *Tropiques Matin*. Elle démarra sa voiture, fonça au commissariat du quartier des Enseignants. Des années qu'elle n'avait pas mis les pieds dans un commissariat. La dernière fois, c'était avant son mariage, pour se faire établir une carte d'identité nationale. Policiers avachis derrière de minuscules bureaux, étagères croulant sous le poids de formulaires empoussiérés, usagers à l'expression soucieuse. Un agent de la circulation la reconnut, ôta son béret, et après un bref échange, la mena à Samy assis sur un banc avec cinq autres personnes – deux adolescents ivres, un homme âgé somnolent et deux femmes au maquillage criard. La tête collée contre une mince cloison en aggloméré surmontée de plexiglas, pantalon tergal vert dépassant de la blouse pourpre, baskets aux pieds, il resserrait machinalement les pans de sa blouse constellée de taches blanches argileuses comme ses pommettes et son front. Le policier les installa dans un bureau plein de lumière au fond d'un couloir sombre. Personne n'avait notifié à Samuel la raison de son arrestation, expliqué ce qu'il faisait là, ce qu'on lui reprochait. « On n'arrête plus les gens comme ça, sans explication ! » Il avait passé la nuit à l'atelier à modeler une panthère à tête ventrale. En attendant que le premier centimètre sèche pour commencer l'évidage, il fabriquait la barbotine destinée au collage, ils avaient tambouriné pendant qu'il fabriquait la barbotine, il avait fini de poncer la terre sèche et la mélangeait à l'eau, ils avaient tapé à la porte comme si c'était le repaire d'un trafiquant d'armes, « Police, ouvrez ! », il ne sait même pas ce qu'on lui reproche, fallait pas qu'il traîne, la panthère sécherait, il devait la vider avant, elle était encore humide quand il avait quitté l'atelier, prête pour l'évidage, si elle séchait trop longtemps, elle durcirait, si elle durcissait, c'était foutu, la pièce serait perdue, impossible de l'enfourner le ventre plein de bulles d'air, Katmé se souvenait-elle du bras qui avait explosé à la cuisson parce qu'il avait oublié de l'évider ? C'est ça qui se passerait, c'est ce qui se produirait, une panthère d'un mètre sur soixante-huit centimètres, évider, recoller, couper, pour que ça rentre dans le four, le client, celui qui achetait également l'installation vidéo à la galerie serait contrarié s'il ne terminait pas à temps, il avait promis, il devrait tout recommencer si la panthère durcissait, cinq jours et cinq nuits qu'il luttait avec le grès, il était loin d'avoir gagné, la panthère et ses pattes étaient nées, il la patinerait, les pattes seraient bleues, six pattes, elle aurait six pattes, c'est le client qui la voulait aux pattes bleues et décapitée, la tête en lieu et place de l'abdomen comme dans *Ante mortem*, une panthère à six pattes bleues, le client perdrait patience, un tel client il ne devait pas se fâcher avec lui, et la pauvre sculpture, la pauvre panthère elle se lasserait d'attendre si elle ne le voyait pas revenir, elle sécherait, il devait retourner à l'atelier, Katmé pouvait-elle leur expliquer ? Leur dire qu'il ne pouvait pas rester là, rester là à ne rien faire, il pouvait revenir dans l'après-midi, il retourne à l'atelier, finit le travail et il revient, il revient et ils pourront lui poser toutes les questions qu'ils voudront, que lui reprochait-on ? Depuis l'expo, il naviguait entre la galerie et l'atelier, que pouvait-il avoir fait de mal entre la galerie et l'atelier ? La panthère, elle, n'attendrait pas, il devait s'en aller, retourner à l'atelier.

La porte s'ouvrit sur le commissaire. Samy suspendit son soliloque. Prévenu de la présence de « Madame la Préfète » dans les locaux, il les invita à passer dans son bureau, proposa café, thé, bière ; le téléphone sonna, il décrocha, hocha vivement la tête, répétant : « Bien, Son Excellence, pas de problème, Son Excellence, ce sera fait, Excellence », ensuite il tendit le combiné à Katmé. Tashun lui demanda de quitter *immédiatement* le commissariat, il avait donné des instructions, il n'y avait pas à s'inquiéter pour Samuel, « un banal interrogatoire de routine à la suite de l'article de *Tropiques Matin*, la procédure dans ce genre d'accusation », en tout état de cause la présence de la femme du préfet ne pouvait que « compliquer les choses ». Il prit Samuel au téléphone ; Samuel voulut savoir s'il serait rentré pour achever sa sculpture de panthère, il avait fini la barbotine, il pensait commencer l'évidage quand il avait été arrêté, s'il traînait, il faudrait tout recommencer, Tashun ne pouvait pas imaginer la somme de travail que cela représenterait de tout recommencer, et le client, le client verrait rouge, le client, un collectionneur qui aimait son travail, il risquait de perdre sa confiance, il avait un délai à respecter, le client habitait à Dubaï, il comptait repartir avec la sculpture achevée. Tashun réitéra : il n'y avait pas matière à s'inquiéter, il faisait tout pour le sortir de là au plus vite. Au plus vite, oui, mais quand ? D'ici une heure par exemple ? Pourquoi pas, pourquoi pas, c'était envisageable, en tout cas il faisait pour le mieux. Katmé *oublia* une enveloppe sur le bureau du commissaire qui la raccompagna à sa voiture sous un ciel tiède et sec. Dans la cour, il stoppa d'un geste de la main les vendeurs de trombones, enveloppes et timbres fiscaux qui s'approchaient. Sita Félicie surgit d'un taxi, pagne noué au-dessus d'une robe en maille orange, foulard de travers sur la tête. Katmé prit le commissaire à témoin et la rassura. Samy quitterait rapidement le commissariat, inutile de prévenir Kizito.

Le lendemain, la presse publia ses premiers papiers sur *l'affaire Samuel Pankeu.* Les policiers, découvrit Katmé dans les journaux, avant de frapper comme des soudards à la porte de l'atelier de Samy, s'étaient d'abord rendus au collège Félix Éboué, avaient regroupé les élèves qui suivaient son cours d'art plastique dans la salle des professeurs, les avaient interrogés, ils avaient posé « un tas de questions », écrivait *Tropiques Matin*, qui affirmait également : « La police, au moment même où nous mettons sous presse, au moment même où Samuel Pankeu entame sa deuxième nuit dans la cellule du commissariat du quartier des Enseignants, exploite les réponses. » *Émancipations*, le journal où travaillait Ety – Samuel faisait parfois des piges dans leurs pages Culture –, publia un texte court. Le rédacteur, un collègue d'Ety, rappelait que l'exposition *Ante mortem, thérapies transe-versales* fermerait ses portes à la fin du mois, incitait les lecteurs à aller la visiter, et s'étonnait du zèle de la police, « jamais diligente quand il faut, se précipitant quand il ne faut pas ».

Trois jours. S'en mêler serait contreproductif, affirmait à présent Tashun. Ça les desservirait tous, il croyait facilement sortir Samuel de là, il se trompait ; pas pour le moment, pas dans sa position, pas dans une affaire comme celle-ci, dans un pays comme celui-ci où il vaut encore mieux être accusé de détournement de fonds publics ou de meurtre, pas après que Samuel se fut mis à dos leurs amis avec son exposition réquisitoire ; quand on effarouche le régime, on s'arrange pour être exempt de tout reproche ; et puis, Samuel n'est pas la cible, mais lui, lui qu'on veut salir, lui dont on veut briser l'ascension au sein du parti, on n'attend que ça, qu'il intervienne et la presse se jettera sur le protecteur de l'homosexuel, le présentera comme un homosexuel lui aussi, elle sait ce que cela implique pour sa carrière, leur famille ; donc, se tenir loin de tout ça, le temps que l'affaire se tasse, le dossier est vide, de la calomnie, aucune preuve, la détention se prolonge d'accord, mais ça ne veut rien dire, Samuel sera libéré, aucun doute, il sera libéré.

Samuel avait deux ans de plus qu'elle, la dépassait de quinze centimètres ; pourtant, en terminale, dès qu'on l'attaquait, c'est elle qui montrait les crocs. Ses choix vestimentaires – veste et cravate souvent de velours –, son vocabulaire précieux, ses manières affectées, sa réserve, lui attiraient les vexations, les humiliations promptes à germer dans l'esprit actif d'adolescents en mal d'exutoires. Samy était le frère que la vie lui avait donné, le parrain des filles, il faisait partie de la famille. Tashun savait ce que Samy représentait pour elle. Si son mari n'avait pas été cité dans l'article de *Tropiques Matin*, c'est sûr, le papier aurait fait pschitt et Samy n'en aurait pas été là. Mais Samy en était là, et par conséquent, elle aussi. Il était impensable qu'elle se tienne à distance. Ne pas bouger. Attendre. « Tu lis comme moi les articles que publient ces torchons de l'opposition, tu constates comme moi l'acharnement de *Tropiques Matin*, je fais ce que je peux. Ils ne lâcheront pas l'affaire tant qu'il est présenté comme mon beau-frère. »

Elle appela Kizito. Apprit que Samy se portait aussi bien qu'une personne enfermée dans un réduit de six mètres carrés sur quatre avec dix-huit autres personnes, un seau d'urine et de selles qui déborde, peut se porter. L'enveloppe oubliée sur le bureau du commissaire permettait à Samy d'échapper à la *balançoire* et au *café chaud*, deux divertissements ayant la cote auprès des sadiques fonctionnaires de police du commissariat du quartier des Enseignants.

La nuit, les tempes de Katmé vrillaient, ses yeux pépiaient, l'infusion de feuilles de papayer que lui préparait Bambili ne tempérait pas les cavalcades de son cœur. Le téléphone sonnait, elle se ruait, anticipant la bonne nouvelle. Mais les jours passaient et Samy restait en prison. Elle avait beau se promettre de poursuivre les préparatifs de l'enterrement, ne pas annuler les rendez-vous avec Djama, emmener Axelle et Alix à l'école, faire le point sur le fonctionnement de la résidence avec l'intendant, assister aux déjeuners du Caz, se rendre sur le chantier à Fènn ; elle s'avérait incapable de conduire l'ordinaire de sa vie, quand celle de Samy avait cessé de l'être.

Tashun convia les directeurs de publication à une *rencontre discursive* à la préfecture. Le rédacteur en chef de *Tropiques Matin* envoya un mot d'excuse. Le directeur souffrait de diarrhée. Un abus de piment dans le sandwich pain-viande. Il ne viendrait pas. « On sait maintenant de source sûre que c'est cette graisse sur pattes Maman Caramel deux à dix et ses affidés qui paient *Tropiques Matin*, dit Tashun qui refusa de lui révéler combien lui avait coûté la rencontre discursive avec les directeurs de publication. Elle va tout faire pour me mettre dos à terre. » Le nom du Préfet Abbia ne fut plus mentionné dans les articles qui relataient l'affaire Samuel Pankeu. Exception faite, bien entendu, de *Tropiques Matin*.

À la galerie, deux clients exigèrent le remboursement des arrhes versées. « Je ne veux rien avoir à faire avec un homme qui dort avec un autre homme », aurait déclaré l'acquéreur de la sculpture *Tête pensante*, un banquier aux yeux globuleux. L'autre, un concessionnaire auto qui vivait la moitié de l'année à Guangzhou, et avait fait pétiller de rouge quatre cartels pour l'acquisition de photographies, tonna « Qu'il soit contre le gouvernement dans son travail, je suis d'accord. Dans ce pays, on a besoin de gens comme lui pour parler, dire ce qui ne va pas. Mais un homme qui fait ça à un autre homme, alors qu'il y a plein de femmes là dehors, qui sont prêtes, même gratuit, qu'on leur enfonce notre machin dans tous les trous qu'on veut, elles sont d'accord pour nous faire ça comme on veut, quand on veut, où on veut ; et lui, lui, il va faire ça avec un homme. C'est un sorcier. Vous voulez que je mette chez moi quelque chose d'une personne comme ça ? Même si c'est lui Ousmane Sow en personne, pardon, ma sœur, faut seulement me rembourser mon argent. » Keuna martela que l'article de *Tropiques Matin* était un ramassis d'âneries, que les autres médias avaient repris l'information comme des buffles en rut, que Samuel avait une fiancée, et, que de surcroît, la galerie ne rendait pas les arrhes si l'on se rétractait sans raison valable ; rien n'y fit, elle fut obligée, face à l'agressivité des deux clients, de rendre l'argent.

8

« M. Pankeu et mon épouse n'ont pas de lien de sang, pas de parentèle commune. Il n'est pas mon beau-frère. Ne peut être mon beau-frère. *Il est le parrain de nos filles ?* Je ne dis pas que nous ne le connaissons pas, je dis qu'il n'est pas mon beau-frère comme cela a été mentionné dans la presse. C'est un ancien camarade de classe de mon épouse, c'est plus une relation sans profondeur et à éclipses qu'une réelle amitié. Nos filles sont nées grandes prématurées. Elles risquaient de mourir. Mme Abbia et moi-même les avons baptisées dans l'urgence. M. Pankeu passait à l'hôpital ce jour-là, il a été choisi. Pur hasard. Il est devenu le parrain. C'est vieux tout ça, c'était il y a dix ans. Il n'intervient pas dans leur éducation, elles ne le voient jamais. *La présence de mon épouse au vernissage de son exposition ?* Mme Abbia aime l'art, ce n'est pas répréhensible que je sache ? Elle a été comme moi surprise par la nature des œuvres exposées, elle s'était engagée à y aller, elle a tenu parole. *L'arrestation, un règlement de comptes du ministre de la Culture ?* Balivernes. Ce pays est une démocratie. On n'arrête pas les gens simplement parce qu'ils prennent des positions allant à l'encontre de celles du gouvernement. Ce temps-là est révolu. M. Samuel Pankeu a usé du droit à la liberté d'expression, à la liberté de création, mis en place – n'oublions pas à qui nous les devons, s'il vous plaît – par le Père de la Nation. Pourquoi l'arrêterait-on pour cela ? *Ce que j'ai pensé de l'exposition ?* Vous voulez vraiment le fond de ma pensée ? J'ai entendu ici et là parler d'audace, d'originalité. Personnellement, je n'y ai vu que l'expression erratique, spasmodique, les errements d'une créativité jeune – bien que l'auteur n'ait plus vingt ans –, et dénuée de sang-froid. *Mon regard de chrétien sur toute cette affaire ?* Avant toute chose, laissez-moi rappeler que nous sommes une famille de croyants, une famille pieuse, la sœur de mon épouse est moniale chez les sœurs rédemptoristines. Aujourd'hui fleurit en Occident une littérature permissive, pousse-au-crime sur ce sujet. Les forces contraires sont en action pour banaliser des agissements, faire entrer dans la norme, des mœurs, des comportements qui n'ont rien de normal. Les lois de Dieu là-dessus sont claires, il ne s'agit pas d'être dans le vent, mais d'être dans le vrai, on ne fait pas d'aggiornamento avec la parole du Seigneur. Pour en revenir au cas de M. Pankeu, une enquête est en cours. S'il s'avérait que M. Pankeu a cédé à des penchants répréhensibles, il en répondra devant la justice des hommes mais aussi celle de Dieu. Il devra se repentir car, comme vous le savez, Dieu ne veut pas la mort du pécheur mais qu'il vive. Avec quelques cadres du parti, nous organisons une messe célébrée par l'archevêque à la cathédrale. Cette affaire doit tous nous interpeller, nous nous devons de prier sans relâche pour les brebis égarées. *Pourquoi je n'ai pas porté plainte ?* Je me donne entièrement à la tâche à laquelle le Père de la Nation, par la voix du ministre de l'Intérieur, m'a appelé. La gestion d'une ville comme Akriba est exaltante mais accaparante. Je n'ai pas de temps à perdre. Mon temps libre, je le consacre à ma famille et non à réagir aux manœuvres fielleuses de journalistes manipulés et stipendiés. Cela peut vous surprendre, mais les insinuations malveillantes me laissent de marbre. *Pourquoi je m'exprime aujourd'hui ?* Je suis un homme public, être attaqué est dans l'ordre des choses. Je pensais prémunir mon honneur, celui de ma famille, contre la salissure, la fange en gardant le silence. Je constate que ce silence n'a fait qu'attiser les élucubrations d'un titre indigne de porter le nom de journal. Qu'on veuille me discréditer, je peux le comprendre, c'est le contexte qui veut ça ; que mes filles se fassent insulter à l'école, entendent des insanités sur la virilité de leur père, des mensonges sur ses mœurs, là je dis stop, c'est assez, trop c'est trop, la ligne rouge est franchie. Alors, avis à tous les plumitifs qui s'amuseront encore à écrire des élucubrations sur moi, ce sera direct le pénal. »

Katmé débarqua à la préfecture, *La Voix du Zambuena* entre les mains. « Combien de fois dois-je te le répéter ? Dans cette affaire, c'est moi qu'on veut bousiller, pas ton Samuel ! C'est du menu fretin, lui ! Tu as lu comme moi ce que ce torchon a encore publié. » Tashun faisait allusion à un article récent dans lequel *Tropiques Matin* insinuait que le préfet avait acheté le silence de ses confrères.

« Les filles se sont fait insulter à l'école ? On ne connaît pas Samy ?

— Ça va, ça va, j'y ai été peut-être un peu fort, je le reconnais.

— Comment peux-tu mêler nos filles à ça ? Tu y as été *un peu* fort ? Tu es le roi de l'euphémisme, non ? »

Il lui vint un instant à l'esprit que son mari, opportuniste aguerri, avait peut-être lui-même orchestré la publication du premier article de *Tropiques Matin*, afin que « l'écueil Samuel Pankeu » lui revienne sous forme de boomerang vertueux et serve sa carrière. « Les lois de Dieu là-dessus sont claires, Dieu ne veut pas la mort du pécheur, mais qu'il vive » ; Mama Récia n'aurait pas fait mieux. Son mari ne manquait jamais la très courue messe du dimanche à onze heures à la cathédrale où se retrouvaient ceux qui « avaient compté », ceux qui « comptaient », et ceux qui « espéraient compter un jour ». Au sortir de l'office, sur le parvis, sous le crucifix géant en pierre de Mbigou du Gabon, on se saluait, on s'embrassait, on échangeait des informations futiles ou d'importance ; l'archevêque embrassait, saluait, s'attardait auprès des généreux contributeurs à la quête du dimanche. Le président de la République se vantait d'être croyant. Le samedi soir, à dix-huit heures, une dizaine d'élus assistaient à la messe dans la chapelle privée de la présidence. Tonton Ambroise en était. Tashun obsédé d'en être un jour. Son mari, chantre de la vertu chrétienne, père indigné. C'était petit, c'était mesquin, c'était rusé, c'était bien vu.

« Autant te le dire tout de suite, tu ne tarderas pas à le découvrir, Samuel a été transféré à la prison centrale hier. »

Katmé sentit ses jambes flageoler.

« Qu'est-ce… Qu'est-ce que tu viens de dire, Tash ? » Elle parla si bas qu'elle n'entendit pas le son de sa propre voix.

« Ce que j'ai dit. Samuel a été transféré à la centrale hier. C'est aussi la raison pour laquelle mon interview paraît aujourd'hui. D'ailleurs, qu'est-ce que tu me reproches ? Que tu le veuilles ou non, il n'est pas ton frère et il n'est pas mon beau-frère, Kat. Et puis, ce n'est pas comme si j'avais dit au journaliste que Samuel l'était effectivement. Parce que pour être pédé, il l'est, n'est-ce pas ? Il l'est et tu le sais, et tu as toujours pensé que je ne le savais pas. Tu connais votre problème à ton Samy et toi ? C'est que vous me prenez pour un abruti. »

Il était assis. Elle se tenait debout, face à lui. Son cœur tambourinait. Elle allait défaillir. Elle tira le fauteuil visiteur, se laissa lourdement choir dedans. Quinze jours. Quinze jours qu'elle n'avait pas vu Samy. Quinze jours à se tenir « loin de cette affaire ». Quinze jours d'aveuglement. Quinze jours de naïve, absurde, irrationnelle imbécillité. C'était peut-être lui l'abruti, mais c'est bien elle qui s'était fait avoir. Oui, depuis quelques jours il était au courant que Samuel serait transféré à la centrale ; non, il n'avait pas jugé utile de lui en parler, elle prenait déjà toute cette histoire tellement au tragique ; il ne voulait pas l'alarmer « plus que de raison », le transfèrement pour la centrale ne signifiait rien en soi, les cellules des commissariats de quartiers sont exiguës ; Samuel avait été emmené de nuit, sa famille n'était pas encore au courant.

« À présent, la justice doit suivre son cours.

— La justice ? Quelle justice ? Quatorze jours de garde à vue, ensuite la prison à partir des délires d'un journal que tu qualifies toi-même de torchon, et tu parles de justice ? La perpétuité peut-être en cas de condamnation et tu me parles de justice ? On ne peut pas laisser Samy là-bas ! Dis à Tonton Ambroise de le faire libérer.

— Il n'y a aucun risque que Samuel soit condamné. Aucun ! On doit attendre. Je ne peux pas accélérer le mouvement. Je ne vais pas prendre un tel risque.

— Mais il n'y a aucune preuve ! Aucune ! J'ai lu la loi, l'article 16, il faut un flagrant délit. On n'est pas chez Kafka ! C'est une arrestation arbitraire, une incarcération abusive !

— Woh… ! woh… ! woh… ! Tout de suite les grands mots. Apparemment, tu n'as pas lu l'article 16 jusqu'au bout. Un flagrant délit, une dénonciation, ou un faisceau d'indices. Nous sommes dans le cas de figure d'une dénonciation. La consigne n'a pas changé, on se tient à distance de cette affaire. Maman Caramel-abdomen d'éléphant veut me faire la peau. Elle ne nous lâchera pas. Elle sait que Tonton Ambroise propose ma candidature comme prochain gouverneur du Haut-Fènn.

— Qu'est-ce que tu racontes ? Gouverneur du Haut-Fènn ? Toi !? C'est quoi, cette histoire ? »

Tashun croisa les bras sur la poitrine, un air de défi sur le visage.

Abasourdie, elle s'enfonça plus profondément dans le fauteuil.

Presque douze ans qu'ils étaient mariés. Elle s'était faite à la soif inextinguible de revanche sur la vie qui dévorait son mari. « Si mon père à moi avait fait les mêmes choix que le tien sur le plan politique, mon avenir professionnel n'aurait pas autant bégayé », répétait-il. Au début des mouvements de revendication démocratique, alors qu'il était ministre des Finances et de l'Économie, le père de Tashun avait démissionné et créé son parti politique, convaincu que l'ère de l'alternance au pouvoir était enfin arrivée. Il s'était retrouvé ostracisé par le président – le même depuis trente ans, son ancien camarade d'internat ; Abbia, leur nom de famille, était devenu synonyme de félonie. Bien que sorti major de sa promotion à l'École des Administrateurs civils du Zambuena, la carrière de Tashun avait végété jusqu'à ce qu'il soit nommé, peu avant les précédentes élections municipales, sous-préfet à Maboma, une ville insignifiante et aride du Nord, gérée par l'opposition depuis plus d'une décennie. Tashun y vit une opportunité à saisir, s'investit dans la campagne, fit ce qu'il fallait, et le MPA, le parti du président, à la surprise générale, l'emporta. Maboma, la ville, n'était rien ; le symbole était tout. Tashun eut droit à ses premiers papiers dans la presse. Ambroise Béma, Tonton Ambroise, son parrain, autrefois ami de son père, ancien ministre de l'Administration territoriale, actuel secrétaire général du parti, qui avait coupé les ponts avec la famille Abbia au moment de la « félonie », reprit contact et prit son filleul sous son aile. Dix-huit mois après, à trente-trois ans, Tashun était nommé au poste très convoité de préfet d'Akriba, la capitale. Un an seulement. Et déjà ça n'était plus assez. Tonton Ambroise lui faisait à présent miroiter le poste de gouverneur du Haut-Fènn. Ce serait quoi la suite ?

Dans le Haut-Fènn, il était courant d'entendre dire : « Si tu tombes sur un Mének et un serpent, tue le Mének et laisse la vie sauve au serpent. » Tashun était Mének. Le gouvernorat du Haut-Fènn, entre les mains de l'opposition depuis les premières élections multipartites, c'est-à-dire une vingtaine d'années. Il n'avait aucune chance.

« Le gouverneur actuel est malade. Il ne se représente pas. C'est ma fenêtre de tir. C'est la province où les candidats à l'investiture du parti se précipiteront le moins. Ils sont persuadés qu'on n'a aucune chance de gagner là-bas. Si le parti m'investit, sur la tête de nos filles, je te le jure, je la gagnerai cette province ! L'enterrement de ta mère va lancer ma campagne, le centre de santé créera un lien avec la population.

— Je ne vois pas comment inviter la terre entière à un événement privé qui ne regarde que ma famille pourra t'aider à te faire élire, dit-elle sèchement.

— *Un événement privé ?* L'enterrement de ta mère, un événement privé ? Tu fais ta Blanche ou quoi ? Depuis que tu fréquentes les Blanches du Caz, elles t'ont retourné le cerveau ? Tu ne vis pas dans ce pays comme moi ? Purée de purée, projette-toi un peu pour une fois !

— Me projeter dans quoi ? Une mascarade ? Ton délire électoral ? Fais sortir Samy de la centrale, il n'a rien à voir avec tout ça !

— Le Vieux m'a repéré, Kat, je vais être accepté au comité central puis proposé comme candidat du Haut-Fènn. Tout ça n'arrive pas comme ça – il fit claquer son pouce contre son majeur –, je ne vais pas tout foutre en l'air pour Samuel. Il doit supporter cette épreuve en homme, il ne va pas en mourir. Dès que je suis officiellement investi, on le fait libérer. »

La prison centrale. Elle y était allée avec le Caz. Une « escapade de la misère ». La cour puante, les murs lépreux, les prisonniers mal en point qui supplient : « On a faim, aide-nous, madame, voici les coordonnées de ma famille, dis-leur que je suis vivant, madame, je suis malade, achète-moi les médicaments, madame, madame, madame… », les mineurs qui racolent : « Ta bouillie de maïs, et tu m'encules ; ton bol de haricots, et tu m'encules. » Et Samy là-dedans.

Ce jour en classe de terminale où il s'assit sur le même banc qu'elle et dit : « Je ne suis pas un garçon comme les autres », ces jours où ensemble ils quittaient le lycée, prenaient le raccourci de la décharge publique pour rentrer chez eux, se racontant des histoires qui ne faisaient rire qu'eux, ces jours où ils animaient le ciné-club, ces jours où il l'admettait dans l'arbre de ses fantasmagories, de ses chagrins, ces jours où son père est mort dans son sommeil à cinquante-neuf ans, ces jours où il s'oublia dans la ouate d'un amour puis en revint lacéré, ces jours saumâtres où il fuyait Folcoche aigre et détestable, ces jours où il avouait : « C'est d'une fille comme toi que je serais tombé amoureux si j'en avais été capable », ces jours où il disait : « Tu ne sais pas ce que c'est que d'être dans ma peau, Kat », ces jours où ils se disaient à tour de rôle : « C'est toi la meilleure part de moi », ces jours de solitude après le départ de Sennke chez les rédemptoristines, ces jours caoutchouteux où le meilleur était forcément à venir, ces jours où ils furent l'*aéropor*t, la seule piste d'atterrissage possible l'un pour l'autre, ces jours où il embrassa la sculpture de façon professionnelle, exultant d'y être arrivé, ces jours d'allégresse, ces jours d'échec, ces jours d'absence, ces jours de promesses, ces jours de déréliction, ces jours d'exaltation ; ces jours-là et tous les autres, ils ne s'étaient jamais fait défaut. Il l'enivrait de sa culture générale, de sa maîtrise des concepts philosophiques, de son amour passionné de la sculpture, de l'art, l'emmaillotait dans une affection totale, entière. Et elle, elle se comportait en petite maman, en sœur d'élection, en grande sœur tutélaire qui aime, veille, protège.

Elle se sentait comptable de sa remise en liberté.

Alors elle implora son mari.

D'appeler le ministre de la Justice, Jean Tafeng, qu'il ordonne la libération immédiate de Samy. Il avait raison, c'est lui qu'on voulait atteindre, Samy n'était qu'un hochet. Un hochet enfermé à la centrale à cause de lui, d'eux. On ne pouvait pas abandonner Samy. Samy risquait au minimum vingt-cinq ans de prison, huit millions d'amende, Samy risquait la perpétuité. On ne pouvait remettre la vie de Samy entre les mains d'un juge. S'il faisait libérer Samy, elle ne l'oublierait jamais, jamais ; elle se dévouerait dans la campagne électorale, il verrait, il n'en reviendrait pas. Elle draguerait chaque centimètre carré de terre, de maison du Haut-Fènn ; c'est lui qui avait raison, il ferait un excellent gouverneur, et elle le soutiendrait, elle se ferait coudre des kaba ngondo, des boubous aux couleurs du parti, à l'effigie du Vieux ; oui, il allait la gagner cette élection ! Rien ne pourra t'empêcher de gagner, mais s'il te plaît, je t'en supplie, Tash, fais sortir Samy de la centrale. Elle ne vit pas les traits de son mari se durcir, ses yeux se voiler, ses poings se serrer. Il repoussa son fauteuil, se leva. Ainsi donc, répéta-t-il trois fois, elle était prête à faire campagne à ses côtés, à draguer chaque centimètre carré de terre, à frapper à chaque porte, pour qu'il soit élu. Pas pour lui, pas pour leurs filles, pas pour leur avenir. Pour Samuel. L'expression du dépit se peignit sur son visage. « Laisse-moi travailler, Kat, rentre à la maison. » Elle se leva à son tour. Il n'allait pas bouger ? Il laisserait Samy en prison ? Très bien. D'un pas vif, elle se dirigea vers la sortie, arrivée près de la porte, elle fit volte-face. « Je ne resterai pas les bras croisés en attendant que Samuel crève à la centrale. Je vais voir Jean Tafeng. Je cognerai à toutes les portes qui peuvent m'aider à le sortir de là, que cela te plaise ou non ! »

Il la rattrapa avant qu'elle ne franchisse le seuil de la porte, l'attira violemment à lui, claqua la porte derrière elle, la poussa sans ménagement vers la chaise qu'elle venait de quitter, la força à se rasseoir, la maintint de force assise en faisant peser tout son poids sur ses épaules. « Laisse-moi réfléchir une minute à ta demande. » Il regagna son fauteuil, retroussa la manche de sa veste en laine et fixa le cadran de sa montre. « Tic, tac, tic, tac, tic, tac ; une minute, voilà ! Je vais t'expliquer les choses une fois pour toutes : je ne prendrai aucun risque pour ton copain. Il y a des tas de gens qui n'attendent que ça, je fais ça, et je suis cuit. Tu sais grâce à quelles acrobaties Tonton Ambroise a réussi à imposer ma candidature à ces caïmans ? Quand je serai investi, la graisse sur pattes et ses acolytes ne pourront plus rien contre moi. Tu veux que j'envoie valser mon avenir pour un têtard, un prétendu beau-frère qui, depuis des années, me sort par tous les orifices ? Mais c'est qu'il va se démerder tout seul le champion des citations latines. » Elle lui avait imposé un pseudo-frère dont il s'était accommodé par amour pour elle, parce qu'il songeait à son équilibre à elle, elle qui n'avait pas de mère, pas de père, pas de sœur, alors il avait fait comme si Samuel était vraiment le frère, parce que Samuel faisait partie de son bonheur à elle et que son bonheur à elle comptait pour lui ; bien sûr qu'il savait qu'elle payait le loyer de l'atelier, qu'elle lui achetait son matériel de travail ; il était au courant et il fermait les yeux ; le cher frère détaché des contingences du monde mais qui n'avait aucun scrupule à se faire entretenir par le fric d'un salaud de préfet corrompu et ambitieux. « Aller voir Tafeng ? Essaie, vas-y, essaie ! *La meilleure part de toi*, tu vas la négocier, Katmé. Oh, que oui, cette fois tu vas la négocier. Si j'apprends que tu as mis les pieds à la centrale, tu verras ce que tu cherches. Tu sais à quel point le pataquès fait avec son arrestation aurait pu me détruire sans Tonton Ambroise ? Je ne suis pour rien dans ce qui arrive à ton ami, mais s'il doit déguster la dose adulte, payer le tarif de nuit, pour s'être fait défoncer le trou de balle ou avoir défoncé celui d'un autre alors que nous savons tous que c'est interdit par la loi de ce pays, tant pis pour lui, il paiera. Il connaissait la loi, non ? Tu sais ce qu'il vous dit, le *vulgum pecus* ? Il vous dit : *dura lex, sed lex*, tiens, une citation latine ! Il doit la connaître celle-là, ton Samuel. »

Avec son mari, dans leur nouveau monde, elle était si peu, sans lui elle n'était rien. Braver Tashun et aller voir

Samy en prison ? Demander un rendez-vous au ministre de la Justice ? – Ils s'étaient reçus à dîner, Mamiton Tafeng, sa femme, était membre du Caz. Contacter un avocat ? Un juge ? Le régisseur de la prison ? Et l'argent ? Kizito, un salaire modique de chargé de cours à l'université, une épouse infirmière, six enfants. Sita Félicie, une pension de retraite aléatoire, le tricot pour boucler les fins de mois. Samuel, enseignant vacataire au collège Félix Éboué, chaque franc gagné investi dans la sculpture. Et elle ? En disponibilité de la fonction publique, sans salaire, financièrement dépendante.

Son père ! Mais oui, son père ! Innocent Patong parlerait à Tashun. Devenus proches, beau-père et beau-fils discutaient politique, beaux vêtements, beaux souliers, cigares – son mari, qui ne fumait pas, s'y était mis. Innocent Patong promettait de l'introduire auprès des notables de Fènn. Son père connaissait la place de Samy dans sa vie. Elle lui avait expliqué. Il l'avait compris pendant l'exposition. Il plaiderait en sa faveur auprès de Tashun, il le presserait d'aider Samy, de le faire sortir de prison. Il persuaderait Tashun, oui, il le persuaderait.
« *Soubanalaï !* Ton mari joue son avenir, votre avenir, Katmé. Tu dois comprendre ça.
— Samuel joue sa vie, papa. Vous ne pouvez pas comprendre ça !?
— Ton mari et toi êtes actuellement un tiercé dans l'ordre, disons même un quarté dans le désordre ; il ne tient qu'à vous de devenir un quinté. Si vous devenez quinté, votre vie change radicalement. Vous n'êtes pas éloignés du quinté dans l'ordre. Tu es la femme du préfet de la capitale. Ce garçon, ce Samuel, c'est un tocard,

un cheval non partant, il est ton passé. Comme on dit chez les anciens ivrognes du Pari mutuel du Zambuena : on ne sèche pas la lessive du jour avec le soleil d'hier ! Ma fille, tu dois avancer. »

Il avait fallu l'annonce du déterrement de Madeleine, les retrouvailles dans la ville de l'albatros et du cormoran, les week-ends à la résidence avec Tashun et les petites-filles, qu'il souligne la part qu'elle tenait de lui : l'endurance invétérée, le menton en galoche, les doigts, des doigts, fins, longs, semblables, le défaut de prononciation commun, la lettre R avalée quand ils étaient fatigués : « tain » pour « train », « arbe » pour « arbre », « fesque » pour « fresque », le même débit, rapide, saccadé, le bégaiement quand ils s'énervaient ; la même indifférence à touiller le passé, à ramener à la vie les souvenirs défunts ; il avait fallu qu'il l'entoure de ses bras, l'admire d'avoir outrepassé l'interdiction de Tashun de se rendre à l'exposition de Samy, félicite son sens de la loyauté, de l'amitié ; qu'il dise les mots, ces mots qu'elle n'attendait plus, des mots qui coûtent à quelqu'un comme lui, un homme de cet âge-là, de cette génération-là, pour que s'évanouissent les années de violentes interrogations, les nuits maussades à essayer de comprendre pourquoi il avait fugué de leur vie à Sennke et elle, pour que s'estompe enfin en elle la misère de se sentir une feuille dans le vent. Son père de retour dans sa vie. Il avait le goût des beaux vêtements, des chaussures, des montres de luxe, assortissait sa voiture du jour à la couleur de son costume, chaussait des souliers qui avaient fait dire à Tashun : « Un homme qui porte des consuls lézard aux pieds ne peut être qu'un homme bien. » Au petit déjeuner, il buvait du champagne – millésimé –, mangeait son omelette sans jaune, son pain sans mie, buvait son café sans sucre, saupoudré de zestes de citron. Tant qu'on ne lui servait pas la sauce gombo-foufou de manioc, il considérait n'avoir rien mangé. Il se coupait les cheveux tout seul devant le miroir, se tapotait le nez de l'index quand il riait, cirait lui-même ses chaussures, râlait contre Motto le valet de chambre s'il s'en approchait. À table, il avait le goût des récits invraisemblables et vrais ; les dîners auxquels il participait chez eux se terminaient plus tard qu'à l'ordinaire. Même assis, il restait grand, très grand. Son père oubliait les prénoms des jumelles, ne parlait jamais de Sennke, s'informait poliment de l'avancement de la préparation de la cérémonie de Madeleine, arrivait chez eux les mains vides, repartait avec une provision substantielle de whisky japonais tourbé et de cohibas. Il n'appelait pas, c'est elle qui prenait des nouvelles, lui téléphonait à Tashun.

Comment avait-elle pu imaginer qu'Innocent Patong lui serait d'un quelconque secours ?

Elle décida de fuir. Fuir la capitale, fuir son impuissance, fuir ses filles déstabilisées devant l'irritabilité de leur mère ; fuir et se perdre dans les travaux de la maison, le façonnage du caveau. Avant de réserver la chambre aux motifs de jacaranda à l'auberge Zimanto, avant de se mettre au volant de sa voiture, avant de se l'être clairement dit, Katmé téléphona à Aleksandre Fortès et lui annonça sa venue.

9

Une fin d'après-midi, Samy et elle avaient croisé Fortès en contrebas de la colline, il les avait invités à prendre un verre chez lui. La maison, reproduction modernisée de case ronde au toit de chaume conique de chef de village, n'était pas très chaleureuse. Un sofa, deux fauteuils en fer forgé, une étagère vide en bambou, une table à manger, deux chaises en bois incrustées de cauris et de pièces de monnaie en laiton ; seule fantaisie suspendue au mur, à la verticale, un tapis en raphia tissé, le velours du Kasaï. Mais leurs regards, à Samy et elle, furent attirés par la quantité spectaculaire de DVD qui colonisaient à mi-hauteur deux pans de mur du salon. Ils finirent par lui demander s'ils pouvaient s'en approcher, en retour il leur proposa de rester regarder un film. Au dîner chez Kizito, il avait entendu parler de ciné-club au temps du lycée. Lui, son grand-père blanc qui l'avait élevé à Paris, lui avait transmis l'amour du cinéma ; les séances du mercredi après-midi à la Pagode, au Normandie, aux Sept Parnassiens. Une fois adulte, il s'était initié aux rares films d'Afrique visibles à Paris. Tous les deux ans, il se rendait au

Fespaco à Ouagadougou. On était aux alentours de dix-neuf heures, la nuit était tombée, personne ne les attendait à l'auberge Zimanto, alors… Fortès tira de son étui *Le Camp de Thiaroye.*

Quand Samy l'accompagnait à Fènn, Aleksandre Fortès les recevait à dîner chez lui, sur les hauteurs, au quartier du Tam-Tam, à quatre cents mètres du caveau et de la maison en chantier. Un repas, un film ; et ces soirs-là ne ressemblaient pas aux soirs blafards où, attablés devant un maïs et des safous dans la semi-pénombre rouge du restaurant de l'auberge Zimanto, ils avalaient les heures les séparant du retour à Akriba. Au fil des séjours à Fènn, les soirées ciné chez lui devinrent, mine de rien, prétexte à s'entrebâiller avec réserve. On parlait art, politique, travaux routiers, caveau en construction, création du centre de santé. Tashun et elle avaient fini par abdiquer l'idée de centre d'accueil pour jeunes filles mères, et opté pour un centre de santé. Fortès avait dîné deux fois chez eux à Akriba avec le directeur général de Mival. Si Tashun venait à Fènn, ce qui arrivait rarement, il invitait Aleksandre à se joindre à eux, chez le maire ou le sous-préfet. Fortès faisait valoir, la plupart du temps, qu'il était pris ailleurs ; Katmé savait qu'il fuyait le concours de platitudes auquel nul n'échappait chez le maire et le préfet. Dans son salon à lui, à trois, après le film, on buvait du thé, du vin, beaucoup de vin ; et Samy évoquait librement Ety ; elle, à son corps défendant, Madeleine ; et lui, entre fatalisme et dérision mélancolique, sa mère ivoirienne volatilisée trois jours après sa naissance à la maternité de Port-Royal à Paris. « Bâtard par la mère, c'est moins commun », dit-il la nuit où sur l'écran défilait le générique de fin de *Rue Cases-Nègres*.

Lorsqu'il s'absentait de Fènn, en mission à Akriba ou en déplacement à Paris pour voir ses enfants, il encourageait Katmé à récupérer les clés de sa maison auprès d'Inga la femme de ménage, à profiter de sa cuisine, du vidéoprojecteur. Bien qu'elle eût préféré passer la soirée en compagnie de cinéastes tourmentés, de films inédits, elle choisissait toujours le tête-à-tête avec elle-même ou Samy à l'auberge Zimanto. Être chez Aleksandre sans lui n'avait aucun sens, elle se serait sentie déplacée dans ce froid décor, un décor vide de lui. Elle ne se faisait toujours pas à ses yeux verts, à sa cicatrice de bec-de-lièvre sur la lèvre supérieure, à sa manie de ravaler brusquement sa lèvre inférieure en margouillat qui lampe un insecte, à ses traits d'humour énigmatiques, à l'odeur du ganja qui imprimait les vêtements qu'elle portait lorsqu'elle dînait chez lui et qu'elle devait impérativement faire laver à l'auberge avant le retour à Akriba ; la sauce d'arachide-riz qu'il cuisinait systématiquement. Pourtant, lorsqu'elle ne prenait pas elle-même le volant pour se rendre à Fènn, si Célestin, le chauffeur de Tashun, les conduisait Samuel et elle, elle annulait la soirée prévue chez Fortès. Elle annulait en dépit de la sensation de perte qui affleurait en elle.

Les abat-jour en forme de gros peignes, achats récents, nimbaient d'une lumière lascive le séjour d'Aleksandre. Il lui avait servi une infusion citronnelle gingembre, elle comprimait entre ses mains la tasse en grès pour se réchauffer et se raccrocher. Assise dans l'inconfortable fauteuil en fer forgé non rembourré qui laminait son postérieur, elle se rendait compte que s'il n'avait pas été là, lui, elle n'aurait eu personne auprès de qui déverser son monologue enfiévré et circulaire, personne à qui dire que Samy était enfermé à la centrale avec les rats, les punaises et les chiques, enfermé pour une durée indéterminée, qu'elle n'avait pas le droit d'aller le voir, et que ça, ça la tuait. Il l'écouta dire son impuissance, sa fureur, son épouvante à l'idée qu'il y ait un procès. L'humiliation, la condamnation possible. Il l'écouta raconter l'interpellation, le commissariat, le mandat de dépôt, les rebuffades de Tashun. Il l'écouta sans demander comme les Amies du Caz, Mama Récia, les anciens collègues du lycée, le directeur du collège Félix Éboué : « C'est vrai ou pas ? *Tropiques Matin* dit vrai ou pas ? » Comme si la réponse importait, comme si elle suffisait à décider que Samy méritait ou non la crucifixion publique dont il était l'objet, comme si le problème n'était pas la dégueulasserie d'un journal, l'intrusion d'un État défaillant, déliquescent, critiquable en tout point, dans la sphère privée d'un citoyen, un État à la prétendue vertu morale qui, selon son bon vouloir, protégeait les uns et dévorait les autres.

Aleksandre retroussa les manches de son abacost anthracite, croisa haut ses jambes et rompit le silence auquel il s'était astreint depuis qu'elle avait commencé à parler. « J'ai vu que le ministère public s'est constitué partie civile. Je croyais qu'il fallait un flagrant délit ?

— La loi, dans ce pays… dans ce genre d'affaire un coup de fil anonyme à la police suffit pour que la justice s'en mêle, une simple dénonciation. Alors vous pensez, quand c'est publié par un journal…

— Mais ils n'ont rien contre Samuel ? Je veux dire… Il ne s'est pas… » il hésita un instant « il ne s'est pas affiché ? »

Elle secoua la tête en signe de dénégation.

« Mais il suffit que les policiers et le procureur jugent que les manières de Samy ne sont pas » elle dessina les guillemets avec les doigts « ‘‘suffisamment masculines’’, pour qu’il soit renvoyé devant un juge d’instruction, et placé sous mandat de dépôt. On ignore combien de temps peut durer la détention préventive avant la décision formelle d’intenter un procès.

— Vingt-cinq ans de prison minimum, huit millions d’amende, une condamnation à perpétuité possible… Tout ça parce qu’on est homosexuel… On marche sur la tête dans votre pays…

— Accuser quelqu’un de ce genre de délit est de loin la plus simple façon de régler ses comptes…

— Vous dites : délit, affaire…

— Je ne comprends pas…

— Votre meilleur ami est en prison parce qu’il est accusé d’être homosexuel. Pas une seule fois, vous n’avez prononcé le mot. Je trouve ça curieux, c’est tout…

— C’est votre remarque qui est curieuse. Pour tout dire, je la trouve déplacée… »

Aleksandre lui jeta un regard perçant. « Désolé. Cela m’a frappé, voilà tout. N’en parlons plus. »

Un silence pesant s’installa entre eux.

S’était-elle trompée ? Avait-elle eu tort de s’ouvrir à lui ? Pourquoi la poussait-il à s’embourber dans la vase de l’introspection douteuse ? Ce refus inconscient d’énonciation trahissait-il quelque chose d’indicible qu’il débusquait en elle ? Ou était-ce simplement du même registre que la pruderie qui lui avait fait oblitérer certains mots de son vocabulaire ; des mots qu’elle entendait, lisait, et jamais ne disait – sauf la fois où, s'y étant essayée dans leur lit, Tashun l'avait sèchement rappelée à l'ordre. Bien sûr, elle prêtait l'oreille aux récits de Samy, bien sûr, elle portait ses secrets ; mais l'éducation religieuse qui lui avait gardé les jambes serrées jusqu'à ce que Tashun les entrouvre, des années de fréquentation d'Harlequin et de Barbara Cartland, avaient nourri une pudicité que les réalités de la vie, deux enfants, et plus de onze ans de mariage n'avaient pas entièrement vaincue. Samy aimait les garçons. Elle aimait Samy. C'était sa vie, ses désirs, ses élections. Elle l'acceptait. Qu'y avait-il à claironner ? Dire le mot, cette abstraction, cette immatérialité que son esprit figurait à tâtons, à laquelle il ne donnait pas corps, ancrerait-il davantage en elle ses sentiments pour lui ? Peu importe ce que Samy faisait, ce qu'on l'accusait d'avoir fait, elle l'aurait défendu avec le même instinct protecteur si on lui avait appris qu'il avait commis un homicide. Samy, elle l'aimait de cet amour du cantique *si haut qu'on ne peut le surmonter, si bas qu'on ne peut le côtoyer, si large qu'on ne peut le mesurer.* Seulement, Samy n'avait tué personne. Il aimait les garçons, c'était là son crime aux yeux de la loi du Zambuena, et elle ne parvenait pas à prononcer le mot homosexuel.

Comme s'il avait suivi le mouvement de ses pensées, il dit à nouveau : « Je vous prie d'oublier ce que j'ai dit tout à l'heure. Je n'en avais pas le droit. Quand comptez-vous aller voir Samuel ?

— Je vous l'ai expliqué, Tashun m'interdit d'y aller.

— Personne ne peut vous interdire de rendre visite à Samuel, si vous le voulez réellement. On a toujours le choix.

— On a toujours le choix, c'est vite dit. Vous avez eu le choix quand il a fallu céder aux injonctions de mon mari et modifier votre calendrier ? Et tous les micmacs auxquels vous vous livrez pour rester dans les petits papiers du ministre des Travaux publics, vous l'avez, le choix ?

— Oui. Mival l'a, ce choix. La boîte aurait pu dire non, maintenir que nous avons signé un marché avec un bailleur de fonds international, que c'est lui qui finance le projet, que c'est à lui qu'il faut s'adresser pour des demandes particulières, que nous ne sommes pas censés avoir de relations directes ou recevoir d'instructions de la part du gouvernement partenaire. C'était ma position. Le siège a fait un calcul rationnel, financier et cynique. La boîte veut décrocher d'autres marchés ici. À partir de là, le choix à faire était évident. Vous n'êtes pas dans cette situation, Katmé. Loin de là.

— Je dois convaincre Tashun que c'est dans son intérêt de faire libérer Samuel, sous un prétexte comme, je sais pas moi, un truc comme “la justice triomphe après une affreuse méprise”.

— Vous espérez encore sérieusement que votre mari va lever le petit doigt pour sortir Samuel de là ? Allons donc, vous êtes plus intelligente que ça.

— Avec ce qui m'arrive avec Samuel, je…

— … Pardon de vous le dire, Katmé. Mais à vous, à proprement parler, il n'arrive rien du tout. C'est à Samuel qu'il arrive quelque chose, quelque chose de terrible. Si vous continuez à vous aveugler, vous ne lui serez pas d'un grand secours. »

Aleksandre décroisa ses jambes, et comme pris d'une impulsion subite, se leva d'un bond, abandonna son siège, se planta devant elle, l'air malin.

« Vous tenez vraiment à voir Samuel ? Déguisez-vous !

— Comment ça ?

— Pour entrer en prison. Dans ce pays où tout s'achète, vous trouverez bien quelqu'un pour vous fabriquer de faux papiers avec une tête méconnaissable. Ça ne changera pas la situation de Samuel, mais au moins vous le verrez, le soutiendrez moralement, et vous pourrez aviser, c'est déjà ça. »

Se déguiser… Les épaules de Katmé s'affaissèrent. Elle vida sa tasse de citronnelle gingembre, le remercia de l'avoir écoutée et rentra à l'auberge Zimanto.

Sans enlever les espadrilles, le jean noir et la chemisette couleur citrouille qu'elle avait enfilés pour se rendre chez Aleksandre, elle se jeta sur le lit, se prépara à une nuit où elle fixerait jusqu'au brouillard du petit matin les murs de la chambre peints de papier fleuri. Avant l'escale chez Fortès, elle avait discuté ciment et fer à béton avec les ouvriers sur le chantier, décompté le nombre d'interrupteurs fixés au mur par l'électricien, s'était engueulée avec son filou de cousin qui se faisait appeler Américain et refusait d'être viré du chantier parce qu'elle n'avait pas le droit « de faire ça à son propre sang » ; elle avait brûlé d'échapper à la froide chaleur du soleil, d'avaler les couleurs du jour, voir le soir se profiler, retrouver Aleksandre et alléger le poids qui lui lestait le cœur. Se déguiser. Et puis quoi encore ? Comme quoi, il ne suffit pas d'avoir ensemble regardé *Muna Moto*, s'être indigné devant *Chef !* de Teno, partagé du riz trop cuit baignant dans une sauce à l'arachide. Fortès était un étranger. Il travaillait pour Mival, une compagnie étrangère. D'ici vingt mois tout au plus, il plierait bagage, disparaîtrait de sa vie, de celle de Samy. La pression du cœur avait débordé sur ses lèvres ; elle lui avait livré des morceaux de sa vie, comme s'ils avaient été véritablement amis. Elle méritait un brevet dans l'art de se fourvoyer. L'incarcération de Samy signait aussi, semble-t-il, la fin des séances de cinéma à Fènn.

10

La première fois qu'elle se rendit à la centrale sous les traits d'Eulalie Nana, chanteuse de cabaret, l'œil du gardien au premier poste de contrôle l'évalua hargneusement : tresses rasta, jupe paysanne en jersey bariolé, chemise kaki en coton délavé, grosses lunettes rectangulaires, lèvres peintes en noir, fard violet sur les pommettes, bottes usées, léger embonpoint, allure gauche. L'œil crut reconnaître la semi-pute, la même pas vraiment pute qui ne lui refilerait rien. L'œil la catalogua parente impécunieuse qui n'allonge pas de bakchichs, rallonge la queue des contrôles et encombre de son inutile présence la cour bondée où les nombreux prisonniers et leurs visiteurs entassés se marchent sur les pieds. La pauvreté des familles n'attendrissait guère les gardiens de la centrale ; elle dopait leur inclination naturelle à rudoyer. À chaque étape qui la rapprochait de Samuel, Katmé refermait le poing dans la paume des gardiens. Des coupures de cinq, dix mille francs. Les parents de prisonniers incarcérés au quartier VIP donnaient rarement plus de trois mille, ceux des quartiers des droits communs entre cinq cents francs et deux mille. « Tout cet argent, rien que pour voir un cousin… » La semaine suivante, à la prison centrale, on l'accueillit en vieille connaissance.

Deux fois la semaine, elle démarrait sa voiture, la garait chez Ety. Troquait pantalon, chemise, mocassins, pour les vêtements informes et défraîchis d'Eulalie Nana. Tenue de camouflage, contraignante acrobatie, bouffonnerie indispensable pour déjouer la vigilance de son mari et de tous ceux qui, comme lui, pensaient qu'il fallait laisser Samuel se dépêtrer seul de ses ennuis. Tashun avait répété la mise en garde, si elle essayait de le voir, si elle fourrait son nez dans cette affaire, elle verrait ce qu'elle verrait. Pour une visite de quarante-cinq minutes, Katmé devait compter un peu plus de trois heures à partir du moment où elle quittait la maison, roulait jusque chez Ety, se changeait, sautait dans le taxi qui l'attendrait pendant la visite dans le terrain vague, un parking sauvage de l'autre côté de la route, face aux hauts murs de la prison. Après la visite, elle repartait chez Ety, se démaquillait, remettait ses vêtements et rentrait chez elle. C'est Ety qui avait eu l'idée de l'accoutrement. Gaine à rebondir les fesses et le ventre, tresses démesurément longues, maquillage tapageur ; pas étonnant que le gardien l'inspecte comme un faux billet de banque. Ety était allé à la Douane, le secteur du quartier de la Joie où l'on achetait toutes sortes de faux documents officiels. Belong, qui avait tuyauté Ety au cours d'une série de reportages consacrés au quartier de la Joie, délivra une carte d'électeur sur laquelle Katmé avait la tête d'une chanteuse de cabaret.

Samy tremblait que sa perruque tombe, qu'elle perde ses lunettes, qu'on la reconnaisse. « Au moins accoutrée comme ça, tu ne risques rien avec le régisseur », disait-il. Tazi Djamen, le régisseur, qu'on appelait aussi Tonton Sucette, adoucissait la vie des prisonniers affligés du double malheur d'avoir des parentes jolies et pauvres, grâce à un tarif spécial. Deux minutes son pénis dans la bouche, et on ne fouillait ni ne prélevait une quote-part du repas ; cinq minutes, on avait droit à l'isolement avec le prisonnier dans un débarras quelconque ; il éjaculait, et on exemptait le détenu de corvée pendant une semaine ; on avalait, et le détenu dormait deux nuits de suite dans une cellule individuelle dans un lit propre, des draps frais. Autrement, on devait payer.

Parce qu'elle payait, et qu'elle payait beaucoup, Samy migra du quartier des détenus de droit commun vers le quartier VIP, eut droit à la visite d'un médecin, à des médicaments pour soigner son anus déchiré, guérir la gale et la dartre, et à l'extraction de chiques entre ses orteils. Efflanqué dans une chemise et un pantalon trop larges, les lèvres, deux lignes étroites desséchées, les iris voilés, la peau couverte d'une pellicule blanchâtre, Samy ressemblait à un épouvantail ahuri. Il rejetait le menthol pour ses lèvres, l'huile de palmiste pour sa peau, le beurre de cacao pour ses talons crevassés. Il portait à la bouche deux cuillerées de haricots rouges, un beignet de banane préparé par Bambili, et murmurait : « Je suis repu. » Ce n'était pas encore la saison, mais Sita Félicie avait trouvé des sauterelles, des termites, des hannetons ; les avait assaisonnés avec de l'ail, du sel, du piment, du poivre blanc, du gingembre, du basilic, les avait laissés mariner, avant de les rôtir à la poêle sans huile pour les hannetons, quelques gouttes pas plus pour les termites et les sauterelles. Samy, en d'autres temps, se serait laissé empoisonner plutôt que de renoncer à manger les larves de palmier ; il en piquait deux, trois, mâchait lentement, très lentement, et au bout d'une éternité, murmurait : « Je suis repu. »

La veille de son transfèrement à la centrale, un gynécologue l'auscultait, lui enfonçait deux doigts dans l'anus, inspectait la distorsion de son rectum, le relâchement de son sphincter, et équipé d'un anneau, mesurait la circonférence de son anus. Dans le bureau de l'enquêteur, une prostituée se trémoussa nue devant lui, se caressa le pubis, et ceux qui étaient présents dans la pièce – le commissaire, les officiers de police judiciaire – munis d'une règle graduée lui tapotèrent le pénis : « Alors ça se réveille !!!? Un vrai homme bande devant une femme qui se caresse la chatte, tu vas bander, oui ? » « Ça » étant demeuré sourd aux pressions, ils avaient joué à pile ou face. Pile, le café chaud, face la balançoire. La pièce tombée sur la tranche, Samy gagna un panaché des deux. Poignets entravés et attaché aux chevilles, suspendu à une barre comme au jeu du cochon pendu, et ensuite fouetté à la machette. « As-tu déjà sucé le pénis d'un homme ? Combien de fois ? Et tu aimes ça ? Réponds ! Est-ce pour des pratiques mystiques ? Tu es né comme ça ? Personne ne naît comme ça ! On te paie pour ça ? Réponds ! Tu te fais payer ? Pourquoi tu fais ça si on ne te paie pas ? Tu veux réussir dans ton travail, c'est pour ça que tu fais ça ? » Une heure après son admission dans la cellule de la centrale – il était vingt heures –, il avait été placé par ses codétenus au milieu d'un cercle et sodomisé jusqu'au petit matin.

Dodelinant de la tête, mains jointes entre ses maigres cuisses, il racontait à Katmé le rêve, le même, qu'il faisait depuis son incarcération. Il pétrit la glaise, prépare des sculptures d'enfants, dans un coin de l'atelier, une panthère aux pattes bleues chante :

Tu as demandé à me voir, alors me voici,
Vois-moi donc ! Zimanto !
Je suis la panthère qui tombe sur le flanc droit,
Je suis la panthère qui tombe sur le flanc gauche,
Je suis la panthère qui lève les pattes,
Me voici donc ! Zimanto !

Ensuite la panthère s'approche de lui, lui tourne autour, s'allonge par terre, lève ses pattes d'argile sans cesser de chanter.

« Elle chante et moi je sculpte des enfants, je ne veux pas sculpter des enfants mais toutes mes sculptures deviennent des enfants. Tu te rappelles cette interview de Giacometti où il expliquait que ses mains avaient une volonté propre, sculptaient en dépit de lui ? Il sculptait des modèles vivants, réels, mais les êtres rapetissaient sous ses doigts, contre sa volonté, devenaient tout petits, leur corps filiforme, amenuisé, et il avait beau essayer de les restituer tels qu'il les voyait à l'œil nu, à la fin le résultat était celui qu'on connaît, corps anorexique, tête réduite. Tu te rappelles ? Moi dans le rêve c'est pareil ! Au début, je commence une sculpture différente, et à la fin j'ai des petites statues d'enfants, les enfants des voisins, ceux du quartier de la Joie, ceux de Kizito, l'autre nuit c'étaient Axelle et Alix, souvent ce sont mes élèves de Félix Éboué. Toutes les nuits, je les vois ces enfants encore et encore, ça me rend fou, ça me rend fou, Kat, je sais bien que ce n'est qu'un rêve mais ça me rend fou. La chanson aussi va me rendre fou, je l'ai en permanence dans la tête, je la fredonne même parfois dans la journée :

Tu as demandé à me voir, alors me voici,
Vois-moi donc ! Zimanto !
Je suis la panthère qui tombe sur le flanc droit,
Je suis la panthère qui tombe sur le flanc gauche,
Je suis la panthère qui lève les pattes,
Me voici donc ! Zimanto !

« Au commissariat du quartier des Enseignants, je n'avais pas le temps de rêver, je m'imaginais à l'atelier, terminant la sculpture. À mon arrivée chez les droits communs, je restais éveillé, le boucan, les odeurs, la terreur d'être violé à nouveau, Dieu merci je n'avais pas faim, je n'avais jamais faim, si j'avais eu faim, j'aurais mangé les rats comme les autres, les rats et les cafards. Les gardiens interdisaient à ma mère et à Kizito de m'apporter à manger, heureusement je n'avais pas souvent faim, je me contentais du demi-bol de maïs, ou des haricots, ou du demi-bol de riz, on m'a dit que si j'étais arrivé en septembre, il y aurait eu les sauterelles, on les ramasse sous les lampadaires de la cour, on m'a dit que les prisonniers se battent pour les ramasser, tu m'imagines avec mon gabarit me disputant des sauterelles avec les autres détenus ? C'est moi qui aurais fini dans leur assiette, finalement j'ai eu de la chance que l'article ne paraisse pas en septembre, j'ai peur des cafards, je ne mange pas de rats mais tu sais combien j'aime les sauterelles, alors peut-être me serais-je fait poignarder pour elles, les prisonniers ils appellent ça poignarder, on t'enfonce les doigts dans les yeux et on t'arrache les orbites, ici on t'exorbite pour des sauterelles.

« Le matin, je me réveille, je regarde mes mains, elles sont propres, nettes de toute trace de terre, et pourtant, la nuit elles ont dansé avec la pâte, elles l'ont caressée, lui ont donné vie, le matin elles sont là, amorphes, inutiles, mortes. À quoi me sert-il d'avoir des mains si je ne fais rien naître au monde ? Si je ne peux pas sculpter, à quoi je sers ? Si je ne peux pas être à l'atelier, pourquoi je vis ? Me torcher les fesses, m'essuyer après le caca, elles me servent à ça mes mains, je me gratte, je me masturbe, je me mouche, parfois je me gifle, je me gifle avec ces mains, regarde-les. Je donnerais un an de ma vie pour retourner quelques minutes à l'atelier, quelques minutes seulement, et reprendre force, vigueur comme Anté touchant la Terre-Mère. Mon cœur va éclater, Kat, mon âme suffoque, elle va mourir si elle ne peut plus s'envoler à travers mes mains. Je deviens fou, Katinétou. Je deviens fou, *Bindi.* »

Katmé vit l'obscurité se déchirer le jour où Mamiton Tafeng lui rendit visite à l'improviste. Son mari désapprouvait le maintien en détention provisoire de Samuel Pankeu – consigne donnée aux juges par certains membres du MPA. Il prenait sur lui de le faire libérer. Impossible de donner une date précise. Mais bientôt. N'en parler à personne, et surtout pas à Tashun qui, avec Ambroise et les autres rétrogrades, ne supportaient pas la moindre critique à l'égard du Vieux. Les temps avaient changé, eux ne le savaient pas. On ne s'était pas libéré du joug de la colonisation pour vivre jusqu'à la fin des temps sous celui d'Ambroise Béma et de sa clique. La place d'un créateur n'est pas en prison, nom de Dieu ! « L'effronterie créative » d'un tel artiste, voilà ce dont ce pays a besoin !

Jean Tafeng, ministre de la Justice, avait ordonné, deux mois avant la dernière visite du pape au Zambuena, l'arrestation et la déportation à l'extérieur de la capitale d'enfants de la rue, de déficients mentaux, de mendiants. Les journaux de l'opposition soutenaient que les déficients mentaux avaient été exécutés puis jetés dans une fosse commune, les enfants de la rue et les mendiants transférés dans une prison à six cents kilomètres de la capitale. Au cours d'un déjeuner du Caz, à Aline Dubois qui l'interrogeait là-dessus, Mamiton avait répondu : « Même si c'est vrai, je ne vois pas où est le problème, on nous débarrasse des improductifs. » Quelques jours plus tard, à un dîner, Mamiton en avait reparlé à Katmé : « Ah ces Blanches, elles me fatiguent ! Qu'elles mettent donc leur indignation dans des choses qui en valent la peine. » Katmé chassa ces réminiscences parasites. Personne n'était fait d'une seule coulée. Jean Tafeng allait faire libérer Samy !

11

Comme tous les matins, du lundi au vendredi, *le point quotidien* avec l'intendant se termina par les comptes. Combien d'argent avait-il encore en sa possession, qu'avait-il fait de la somme remise la veille, combien fallait-il rajouter ? Additionner, soustraire, multiplier ; cinq jours sur sept. Les yeux de Katmé zigzaguaient sur le livre de comptes où l'intendant, d'une écriture de maître d'école, tenait à jour recettes, dépenses, fond de caisse, liste de courses. Elle comptait, calculait, se trompait, s'emmêlait. À effectuer ces comptes absurdes, un creux se logeait en elle. Les prisonniers de la centrale mangeaient un demi-bol de riz ou de haricots, et elle calculait. Samy gardait les yeux ouverts la nuit de peur de voir la panthère resurgir dans ses rêves, et elle recalculait jusqu'à la nausée. Ses amies du Caz, depuis plus longtemps dans le métier qu'elle, lui avaient expliqué comment s'y prendre pour s'assurer que le personnel ne dérobait pas les courses. Contrôler les stocks par surprise, peser le sac de riz, le kilo de viande, les paquets de lessive, tracer au stylo le niveau d'huile sur la bouteille et les bidons de produits ménagers, faire fouiller leurs sacs par les gardiens lorsqu'ils s'en allaient, faire fouiller les sacs des gardiens par l'intendant, fouiller elle-même le sac de l'intendant, garder le trousseau de clés du garde-manger en permanence sur soi. Un travail à temps plein. Soit on y était formé, soit on n'y était pas. Elle n'y était pas.

Après la séquence intendant, elle accueillit, là aussi comme tous les matins, cinq jours sur sept, une dizaine de personnes venues solliciter « une main levée du préfet et de maman ». Avant elle, aucune femme de préfet ne s'était transformée à une cadence aussi effrénée en distributeur automatique de billets de banque. Le personnel de la résidence la baptisait Caritas. Dans le minuscule bureau aménagé pour elle dans une aile de la résidence, un homme en face d'elle : mâchoires carrées, dents jaunies par la kola, collier de barbe drue caca de chèvre. Elle l'avait reçu il y a un mois de cela. Sa femme arrivait au terme d'une grossesse difficile. Layette, frais médicaux – une césarienne. Elle lui avait remis une enveloppe. Une petite Katmé était née. Une redevance à vie. Maman Préfète était le dernier espoir le dernier il jure Maman Préfète devait l'aider Maman Préfète elle a un bon cœur elle a le cœur des enfants du bon Dieu Maman Préfète est une maman elle comprend. Maman Préfète, Maman Préfète… Les mêmes revenaient, se rajoutaient aux nouveaux. C'était décourageant, c'était sans fin. Elle revit l'image de son père exécutant un bras d'honneur dans le dos de son propre frère, le traitant de parasite. « Personne ne lui a dit de pondre des enfants un peu partout, pourquoi c'est à moi de payer ? » Madeleine avait ri. Parce que Madeleine riait à tout ce qu'Innocent Patong disait. Katmé espérait ne jamais en arriver là, voir en ces nécessiteux matraqués par la vie, qui faisaient du matin au soir le siège du portail de la résidence, des « parasites ». Qu'avait-il dit Samy déjà ? « La fin de la redistribution des richesses entre apparatchiks du MPA pour les donner aux populations. » Elle ouvrit le tiroir du bureau, compta quelques billets, Bambili entrebâilla la porte, sans s'interrompre, elle lui fit signe de la main de patienter, glissa l'argent dans une enveloppe et la donna au jeune père.

L'homme parti, Bambili lui tendit un mot. Keuna avait essayé de la joindre.

Dans une robe rouge à franges turquoise, couverte du crâne aux orteils d'une pâte vert sombre fétide, recroquevillée en position fœtale, Keuna claquait des dents. Katmé mit sa main en coupe sur le nez et la bouche. L'odeur de caca séché. La galeriste avait reçu la visite de huit jeunes hommes, la vingtaine, jeans, T-shirt, sac à dos, chaussures de sport. Les garants de la morale. Venus exprimer leur « moi d'artiste ». Ils la giflèrent avec rigueur et détachement, lui ordonnèrent de baisser le rideau métallique et de fermer la galerie. Les deux gardiens sexagénaires qu'elle employait par compassion saucissonnés au fil à linge, bâillonnés avec les chiffons à poussière, avaient été enfermés dans le garage. Les garants de la morale avaient pissé sur les photos, massacré au marteau l'installation vidéo et les collages, chié sur les sculptures, les avaient enveloppées dans du film alimentaire, et créé une œuvre baptisée « sarcophage de caca ».

Ensuite, expliquait Keuna, celui qui semblait être le chef de bande s'attaqua aux murs sous la dictée des sept autres. Il trempa un pinceau dans les déjections et, d'une écriture déliée, calligraphia des slogans. « Non au déterminisme sexuel », « On ne naît pas pédé, on le devient », « Homosexualité, on te vaincra ! », « Vive la restauration (ils hésitèrent sur le mot "restauration" certains lui préférant "avènement") d'une société sans pédérastes », « Homosexualité, opium de la bourgeoisie décadente », « La perversité des Blancs ne gagnera pas » (là aussi ils eurent du mal à se mettre d'accord sur le choix de « Blancs » ou « Mal ». Quelqu'un objecta que le message devait être direct, frapper fort, il eut gain de cause, et ils optèrent pour « Blancs »). Dès qu'ils étaient en rupture de stock, l'un d'eux baissait son pantalon, s'accroupissait et fournissait du matériau de peinture. Chier sur commande, elle n'aurait pas pensé ça possible. Le calligraphe se mordillait la lèvre, reculait, index en crochet sur le menton, appréciait le travail, les lettres qu'il traçait, tournait sur lui-même, donnait des ailes aux E, aux H, dessinait des nuages au-dessus des I. « On se serait cru en plein milieu d'une performance artistique scatologique, tu vois, Piero Manzoni fabriquant sa *merda d'artista* devant le public ; ou prendre ces malades pour un groupe d'artistes contemporains baroques transgressifs. » L'enjolivure des murs de la galerie à la matière fécale terminée, le *calligraphe* lui avait lancé : « C'est toi le clou de l'expo, la pièce maîtresse, déshabille-toi, maquerelle du diable. » C'est là qu'elle s'était mise à claquer des dents. « Hé, pourquoi tu trembles comme ça ? Tu crois qu'on va te violer ? » Ils avaient éclaté de rire. « On va te montrer ce qu'est une vraie œuvre d'art, pas les bêtises que tu fais avec Pankeu, *Ante mortem* on ne sait même pas quoi là, tu vas voir l'art vrai, tu nous remercieras. »

Ils enfilèrent chacun une paire de gants, la firent monter sur un strapontin. Elle ferma les yeux, sentit qu'on lui tripotait la fesse. « Tu peux même d'abord violer quoi sur elle ? entendit-elle, Mingili[1] fesses, mingili seins, hanches y a pas, cheveux y a pas, les os rien que les os, on peut faire quoi avec ça ? — Mama ! dit une autre voix, regardez-moi ça, la chatte rasée ! – ich, c'est moche ô ! Qui peut toucher une fille comme ça ? Pas un seul poil sur la chatte ? Ich ! — Il paraît que c'est la femme du Blanc, lança quelqu'un sur le côté, vrai de Dieu, épouser ça ? Ces Blancs, c'est vraiment des pervers. » Elle reconnut la voix du calligraphe : « Pourquoi tu pleures ? On ne va pas te toucher si c'est de ça que tu as peur. — Qui vous dit qu'elle n'espère pas ça ? » suggéra un autre avant de partir d'un rire égrillard. À tour de rôle, avec ce qui leur restait d'étrons, ils la badigeonnèrent, pétrirent ses seins, forcèrent l'intérieur de ses cuisses de leurs mains, titillèrent son clitoris : « C'est bon ? tu mouilles ? tu aimes ça, hein ? » En guise de signature finale, ils se débraguettèrent, sortirent leurs sexes et l'arrosèrent d'urine. Comme ils ne parvenaient pas à se mettre d'accord sur le titre de l'œuvre, « Maquerelle du diable » ou « Galeriste de merde », ils tirèrent au sort. « Tiens, voilà. » Keuna pointa du doigt la feuille de papier A4 posée à ses pieds « C'est écrit là. Galeriste de merde. Il n'y a qu'à poser les yeux sur moi pour se dire que c'est tombé juste, n'est-ce pas ? Ils ont

1. Maigres.

menacé de revenir si je ne mets pas fin à l'exposition du sale pédé qui offense l'éthique morale et sexuelle de ce pays. *L'éthique morale et sexuelle*, c'est exactement les mots que ces petits cons ont prononcés. »

Après le départ des petits cons, Keuna s'était rhabillée, avait détaché les gardiens qui n'ignoraient plus rien de l'anatomie et du pubis rasé de leur patronne, et téléphoné à la résidence. Pour la première fois depuis son arrestation, Katmé se consola de savoir Samy en prison. Il ne verrait pas ses œuvres dévastées, les salles d'expo saccagées. Le « sarcophage de caca », la version excrémentielle des créations de Samy intéresserait peut-être quelque collectionneur ? Dans les yeux que Katmé posait sur Keuna – Vénus païenne, totem sacrificiel, défaite, rabougrie, ointe de la tête aux pieds d'excréments –, elle s'efforçait d'insuffler ce qu'elle pouvait de compassion. Mais quelle idée, quelle imbécillité ! Prendre deux vieux souffreteux comme gardiens, alors qu'il y a des sociétés de sécurité aguerries à Akriba. « Comment cela peut-il m'arriver ? geignait Keuna. Ici ? À moi ? Dans mon pays ? J'ai tout quitté pour revenir vivre dans ce pays de merde, cet égout, ce cloaque ! Heureusement que Xavier est à l'école. Qu'aurais-je fait s'il avait été là ? J'imagine que ce n'est même pas la peine d'aller à la police ! Comment peuvent-ils me faire ça ? À moi !? Ici !!?

— On se fait agresser partout », murmura doucement Katmé qui, surmontant sa répulsion, lui prit la main.

Dans la veine de l'affaire Samuel Pankeu, un journal, *L'Insolent*, publia dans son édition de fin de semaine la

« liste des homosexuels de la République ». Ministres, gouverneurs, directeurs généraux, nommément cités. Le rédacteur de l'article fut arrêté, le journal saisi, et les locaux mis sous scellés. La justice à deux vitesses, en vigueur au Zambuena, n'indignait que les béotiens, les étudiants en droit, les jeunes filles en fleur et Kizito Pankeu. Lequel se fendit de deux articles ; l'un dans *Revers*, la revue qu'il dirigeait : « La théorie du bouc émissaire au pays du soleil » ; l'autre dans *Émancipations* : « Du délit de célibat, l'ère du soupçon. » Il ne citait pas son frère. Ceux qui lurent sa prose lurent également entre les lignes. Quelques jours plus tard, il s'avisa d'en écrire un troisième : « De l'homosexualité en politique, Janus Bifrons ou le monstre à deux faces. » Le texte eut un écho plus large que les deux précédents, et lui valut d'être convoqué par le recteur de l'université. Lui qu'on tolérait parce que ce pays était une démocratie, lui qui se permettait de critiquer ouvertement et régulièrement l'État sans être inquiété, se devait de ne pas confondre largesse d'esprit et mollesse, se devait de retrouver mesure et réserve, autrement il lui faudrait présenter sa démission. Kizito consentit à tempérer ses ardeurs de chevalier en guerre contre la justice et l'ordre établi, et redoubla d'énergie pour trouver un avocat qui défende Samuel. Jusqu'ici, tous avaient refusé. Ils ne voulaient pas perdre leur clientèle.

Sur les antennes de la radio nationale, un communiqué du directeur du collège Félix Éboué somma M. Samuel Pankeu, enseignant d'arts plastiques, de regagner son poste de travail sous vingt-quatre heures, sinon il serait considéré comme démissionnaire. Soixante-douze heures plus tard, un deuxième communiqué informait le grand public, l'ensemble des établissements privés et publics, les enseignants, les parents, les partenaires traditionnels et amis du collège Félix Éboué, de la radiation de son corps enseignant de M. Samuel Pankeu, enseignant vacataire d'arts plastiques.

Katmé découvrit le visage de l'avocate de Samy au cours de l'émission *Échauffourées* sur la chaîne Zam2. Le programme hebdomadaire, diffusé à dix-neuf heures, faisait concurrence aux telenovelas brésiliennes. Le présentateur introduisait l'émission en expliquant qu'il passerait l'invité « sur le gril », puis ce serait au tour des téléspectateurs au téléphone. Deux fois grillé donc, l'invité. Katmé qui ne regardait pas les émissions de Zam2 – « Trop populaire pour toi, c'est ça ? » raillait Tashun – réserva néanmoins son début de soirée à Me Cécile Bessonguè, et à ce qui relevait, constata-t-elle, du malentendu. L'avocate de Samuel, quadragénaire, nattes fines sur la tête, lunettes à monture circulaire, menton fort, mafflue, tailleur-pantalon noir, chemisier tabac, entendait parler loi, abus, injustice ; le présentateur-rôtisseur en chef, la cinquantaine, cravate rose à fleurs, veste noire, sourire de bon père de famille, dépliait une question, la même. Samuel Pankeu est-il oui ou non homosexuel ? Cécile Bessonguè esquivait, délayait des notions juridiques dont il se fichait éperdument. Les téléspectateurs au téléphone hurlaient : « Maître Bessonguè, vous savez que ce sont les Blancs qui ont apporté ce satanisme chez nous ? Vous croyez en Dieu ? — Maître Bessonguè, vous faites ça pour l'argent ? Je plains ceux qui vous ont mise au monde, j'espère pour vous qu'ils sont morts. — Maître Bessonguè, le Pédé-Samuel a-t-il le remords de ses actes ? — Maître Bessonguè, pourquoi avoir accepté d'être l'avocate d'un homme immoral comme le Pédé-Samuel ? » Mains jointes sur la poitrine, l'avocate renonça à répondre. Le présentateur, lui, s'amusait. Le téléphone crépitait, avertissant d'un nouvel assaillant au bout du fil. « Maître Bessonguè, vous n'êtes pas mariée vous-même, vous êtes une femme sans mari, êtes-vous une lesbienne, une homosexuelle comme le Pédé-Samuel ? — Maître Bessonguè, êtes-vous une adepte des pratiques du Pédé-Samuel ? — Maître Bessonguè, en défendant le Pédé-Samuel, vous êtes une honte pour la gent féminine, une honte pour notre société. — Maître Bessonguè, craignez-vous Dieu ? Vous savez qu'il a détruit Sodome et Gomorrhe ? » L'émission se déroulait comme se déroule ce type d'émission sur ce type de chaîne. L'avocate affichait la mine d'une chrétienne antique livrée aux lions. À quoi s'attendait-elle ? Ce qu'elle ne semblait pas réaliser, songeait Katmé, c'est que pour les téléspectateurs qui tremblaient de colère et de haine au téléphone, dans l'arène, le fauve c'était elle ; l'avocate qui avait accepté de défendre le « Pédé-Samuel ».

Cinq minutes avant la fin, on diffusa un micro-trottoir. « A-t-on raison d'arrêter les homosexuels ? » demandait la voix du reporter. « Les arrêter seulement ? Il faut leur arracher l'anus, après on verse la soude caustique sur ça, déclara un jeune homme torse nu, en sueur qui transportait des régimes de plantains dans un pousse-pousse. — Si mon fils est homosexuel, je vais moi-même le dénoncer à la police, assura une dame qui s'apprêtait à monter à l'arrière d'un taxi et s'était interrompue pour apporter sa pierre à la réflexion commune. — Ces gens-là, ces gens-là, c'est comme le cancer, il faut les éradiquer, chimiothérapie intégrale des parties génitales, préconisa l'homme au nœud papillon orangé. — Les homosexuels sont des sorciers, ils pratiquent la magie noire, il faut les exorciser, exhorta un autre. — Bien sûr, quelle question vous posez même là ! » s'indigna la jeune femme aux lèvres brûlées par l'alcool. Une seule personne s'essaya à la nuance, une femme en boubou et foulard : « Qui sommes-nous pour juger ? Le Très-Haut est seul juge. Mais bon, faut pas les laisser approcher de nos enfants. »

De retour sur le plateau, le présentateur, sourire aux lèvres, boucla la séquence par un « *Vox populi, vox dei* ».

« *Vox populi, vox dei* ? s'agaça Cécile Bessonguè. Ce micro-trottoir a été réalisé dans des quartiers où les populations sont sociologiquement prédisposées à tenir ce genre de propos, cela ne reflète absolument pas…

— Vous voulez dire que le niveau social des gens que nous avons interviewés ne leur permet pas d'avoir une opinion valable sur ce sujet ? coupa le présentateur. Que ces concitoyens n'ont pas fait suffisamment d'études pour savoir ce qu'ils approuvent et ce qu'ils réprouvent ? Que la différence entre le bien et le mal est fonction du milieu dont on vient ? Du quartier où l'on vit ? Que les riches savent ce qui est bien, et les pauvres non ? Qu'il ne faut pas interviewer les gens qui n'ont pas passé leur doctorat ? »

Bessonguè secoua la tête, écœurée. Katmé était consternée. Kizito s'était rabattu sur la première avocate qui avait dit oui. Recrutement par défaut. Avant de clore l'émission, le présentateur remercia les chers « téléspectateurs conscients », intéressés par les enjeux de société, qui n'ont pas peur de mettre les pieds dans le plat, de poser des questions percutantes, donna des indices sur le nom de l'invité à griller la semaine prochaine en laissant planer ce qu'il fallait de suspense. Le générique sur le point de défiler, il ajusta son épingle à cravate et demanda nonchalamment à l'avocate si Samuel Pankeu plaiderait non coupable à son procès. *In cauda venenum*, aurait dit Samy, dans la queue le venin. « Vous le saurez le jour de l'audience », rétorqua l'avocate d'un ton mystérieux. Katmé bondit de son fauteuil. Déjà, plutôt que d'affirmer : « Non, il n'est pas homosexuel », Bessonguè s'était enlisée dans des phrases kilométriques, des tournures vaseuses. Réponses contingentes, prestation à l'économie, si elle assurait la défense de Samy pendant le procès, même en payant les juges, elle pourrait réussir à le faire condamner. Katmé brûlait de rencontrer l'avocate. Une rencontre à visage découvert, il fallait oublier. Quelle raison invoquerait l'épouse du préfet d'Akriba pour demander des comptes à l'avocate de Samuel Pankeu ?

12

C'est que Katmé ignorait tout de la tentation héroïque qui sommeillait en Samuel. Elle jeta un regard vers la porte de la cellule qui devait demeurer ouverte pendant les visites. Sous la perruque, la peau de son crâne démangeait. Elle recula vers la partie la plus sombre de la minuscule cellule, celle qui échappait à la curiosité extérieure, et dos contre le mur, se débarrassa de la cascade de mèches tissées qui emprisonnait ses cheveux et grattouilla entre les lignes son cuir chevelu. De la cour, leur parvenait l'écho du match de football. La pièce aveugle laissait passer entre les jambes de Samuel l'ombre courte du soleil. Deux équipes de prisonniers s'affrontaient autour d'un ballon neuf offert par une association d'aide aux détenus. À son arrivée, elle avait eu du mal à progresser dans la seule allée laissée libre par les spectateurs. Un gardien lui ouvrait la voie, repoussait la foule, empêchant qu'on la bouscule, arrache son sac à main. Samy sur le matelas de paille à une place, dos droit, visage hiératique, mains enchevêtrées, n'excluait plus de borner son horizon à ces misérables murs, n'excluait plus de les obliger, Ety,

Sita Félicie, Kizito, elle, à affronter ce cadre lépreux chaque semaine. À lui apporter des livres. À manger. Des vêtements. À se tourmenter. À payer les gardiens, Tonton Sucette, à supporter les blagues graveleuses, les prisonniers jaloux. Au cours d'une visite, dans le couloir lugubre conduisant à la grande cour, un prisonnier de retour de corvée à l'extérieur avait ralenti le pas quand il l'avait vue arriver. « Ma chérie, tu n'as rien trouvé d'autre que ce mingili pédé pour te faire l'affaire-là ? Tu baises avec ton cousin ? Viens me voir si tu veux goûter un vrai plantain bien dur, tu as de l'argent, non ? Tu veux que je te montre, tu veux toucher ? Pourquoi tu ne nous fais pas tous profiter de ton argent, sale bordelle ? » En général, elle fermait ses oreilles aux commentaires attrapés au vol entre les gardiens ou les prisonniers sur son passage. « Si elle est sa cousine, moi je suis le caleçon du pape. — Ah mon frère, peut-être qu'il la lime bien, tu sais s'il lime bien comme il faut, même si c'est en enfer, elle va aller le trouver. — Quel enfer ? Là-bas chez les VIP, c'est le paradis, mon frère, le paradis je te dis ! » Une explosion de joie retentit à l'extérieur. Un but. Un brouhaha mêlé d'injures suivit.

Samy n'excluait plus d'emprisonner leurs vies en même temps que la sienne.

« On se démène comme des fous, on cherche à t'obtenir une audience, c'est tout ce qu'il nous faut pour que tu sois libéré, Kizito est sur une piste sérieuse. Ta mère et ton frère sont persuadés que ton arrestation est un prétexte pour te faire payer l'expo. Tu comptes leur expliquer quoi ? Tu penses à ce que cela signifierait pour eux ? Pour nos vies ?

— Que crois-tu ? Évidemment, j'y pense. J'y pense même depuis l'âge de onze ans, quand je me faisais horreur, me dégoûtais d'être quelqu'un de monstrueux, depuis ce jour où à la catéchèse j'ai levé les yeux au Ciel et j'ai prié : ''Seigneur, mon bon Seigneur, faites que je ne tombe pas amoureux d'un garçon, que je ne tombe pas amoureux d'Antonin.'' Je ne laisserai plus personne me faire chanter comme cet enfoiré d'Antonin. Puisque mon bon Seigneur ne m'a pas écouté, je réfléchis à me faire entendre au tribunal. »

Dans l'angle le plus éloigné de la porte où elle se trouvait, dos contre le rugueux Crépitex, Katmé se grattait le cuir chevelu avec fureur, récapitulant les événements des derniers jours, recherchant sur le visage de Samy ce qui l'avait amené à ne pas « exclure de plaider coupable ». Il affichait un air affreusement résolu.

« Kizito n'a pas écrit ces articles parce qu'il défend le droit de son petit frère à être homosexuel si cela lui chante, Samy. Il a écrit ces articles parce qu'il est persuadé que son petit frère n'est pas homosexuel. Tu sortiras d'ici. Tu recommenceras la sculpture, la photo, les cours avec les élèves, les enfants du quartier, tu reverras Axelle et Alix. Tu prépareras une nouvelle expo, tu t'installeras avec Ety si tu en as envie. Tu feras ce que tu voudras. Tout ce que je te demande, c'est un peu de patience. Dès qu'on a une date d'audience, on paie le juge, les magistrats, et le jour même, tu retrouves l'atelier. Bientôt, tu reprendras une vie normale, je te le garantis.

— Une vie normale !? » Le regard de Samuel était plein de colère. « Quand est-ce que j'ai mené une vie normale, tu peux me dire ? Même toi, au lycée, tu as d'abord proposé de m'emmener voir un prêtre.

— Je pensais que tu voulais de l'aide !

— Tu t'entends ? Le procès, on s'en fout, je suis déjà condamné ! Ne fais pas comme si tu ne le savais pas.

— C'est toi qui te condamnes tout seul en voulant jouer les héros ! »

Il quitta le lit, se plaça devant elle. Les traces de matraque avaient disparu, le visage avait retrouvé sa paisible obscurité, l'index de la main gauche demeurerait tordu, il eût fallu le plâtrer après les coups au commissariat. « Socialement, je suis mort, Kat, et tu le sais, ne dis pas le contraire.

— Tu as l'atelier, ton talent, les années à venir, personne ne peut te prendre ça, personne. »

Elle se félicita silencieusement d'avoir convaincu ceux qui venaient le voir de lui cacher l'attaque de la galerie, la destruction des œuvres.

« Dans ce pays, quoi que je fasse désormais, je suis mort. La panthère, toutes les nuits elle est là, elle ne me lâche pas :

Tu as demandé à me voir, alors me voici,
Vois-moi donc ! Zimanto !
Je suis la panthère qui tombe sur le flanc droit,
Je suis la panthère qui tombe sur le flanc gauche,
Je suis la panthère qui lève les pattes,
Me voici donc ! Zimanto !

« Si tu entendais sa voix. La nuit elle est là, dans mes rêves. La journée elle est là, dans ma tête. Le requiem de la panthère. Tu veux que je te dise, Katmé ? Plus je le vois ce rêve, plus je crois au cauchemar qui vient.

— Oh, Samy, sois pas si tragique ! Ton rêve est simple à décrypter : tu sculptais une panthère quand on t'a arrêté, l'article était à propos des orphelins de Vita. Il n'y a rien de plus. Des tas de gens vont en prison tous les jours, leur vie n'en est pas finie pour autant.

— Dans notre cher et beau pays, combien d'homos ont repris le cours normal de leur vie après avoir été descendus par les journaux, après avoir fait de la taule ? Tu me cites des noms ? Des statistiques ? C'en est fini de moi, arrêtons de nous raconter des histoires. Si cette chienne de vie qui est mienne peut servir à en épargner d'autres, alors je dois tenter quelque chose. Tu ne sais pas ce que c'est que d'être dans ma peau, Kat, non, tu ne sais pas. »

Il s'éloigna vers la porte, pieds nus sur le seuil, mains des deux côtés du chambranle, il barrait l'entrée de son corps, lui offrait son profil. Elle remit la perruque sur sa tête. Comment faisaient les femmes comme Djama pour supporter en permanence de faux cheveux, elle aurait bien aimé le savoir. Elle se détacha du mur, s'installa sur le lit. Samy se retourna, gardant la même position mais donnant cette fois le dos à l'extérieur. On entendait le sifflet strident de l'arbitre qui se faisait huer.

« J'espère qu'ils ne vont pas se battre à la fin du match. L'infirmerie est fermée à cette heure.

— Samy, tu ne sauveras personne si tu fais ça. Tu peux recommencer ta vie ailleurs. Il n'y a pas que le Zambuena sur la terre. Elles sont nombreuses au Caz qui t'admirent et sont choquées par ton arrestation, elles t'aideront pour le visa. Tu peux repartir à zéro, tout recommencer ailleurs.

— Un visa pour que j'aille vivre ma quarantaine illimitée sous d'autres cieux ? Au paradis des homosexuels ? Merci, mais c'est non. Je ne me cacherai plus. Nulle part sur cette terre, il n'existe de paradis pour les gens comme moi.

— Et voilà le tragique qui se ramène à nouveau. Parce que tu crois que les hétéros eux ont un paradis sur cette terre ? T'obtenir un visa pour partir dans un pays où on ne pourchasse pas les homos ne sera pas difficile. Tu peux prendre un nouveau départ, accroche-toi à ça, ne fous pas tout en l'air. Tu es un artiste, tu peux travailler et vivre n'importe où. Je suis ton aéroport ou bien ? Fais-moi confiance, je t'en supplie.

— Une vie de réfugié, c'est ce que tu me proposes ? Qu'irais-je foutre ailleurs ? Mon inspiration, c'est ici que je la puise. C'est ici que je veux vivre. Ici. Dans ce foutu pays. Si tu es toujours mon aéroport, ça doit être évident pour toi. Ton visa pour l'exil ? C'est non merci. »

En promettant ce visa, elle s'était beaucoup avancée. Les amies de l'Axe occidental du Caz « adoraient » l'artiste Samuel Pankeu. Leurs maris ambassadeurs connaissaient, fréquentaient le ministre de la Justice. Mais l'universalité des droits de l'homme s'arrêtait aux portes du Zambuena et Katmé s'était fait répondre que malheureusement l'affaire Samuel Pankeu étant une affaire interne au pays, il serait malvenu de se mêler d'une histoire qui ne les concernait pas. Des relations diplomatiques confiantes sont difficiles à établir, se mêler de cette affaire c'était risquer de se fâcher avec les hautes autorités du pays et d'ailleurs, et puis, en d'autres termes, cela dit, mais enfin, la société, la population du Zambuena est largement favorable à la pénalisation, à la condamnation, aux sanctions, il n'est évidemment pas question de faire du relativisme juridique ou culturel mais tout de même, cependant, quoi que l'on dise, en regardant les choses en face, froidement, sans pathos, sans gaspillage d'énergie émotionnelle, si les lois d'un pays répondent aux aspirations de son peuple, il est malvenu de les bousculer, d'importer une vision extérieure, d'imposer une approche « prêt-à-porter », déconnectée des réalités locales, après tout les lois sont faites pour le peuple, pas contre lui. Juliana, l'épouse de l'ambassadeur de l'Union européenne, avait promis que son mari en toucherait quand même un mot au ministre de la Justice. Katmé attendait encore. Lorsque Mamiton Tafeng la croisait à des manifestations officielles ou au Caz, elle se débrouillait pour ne jamais se retrouver seule avec elle. À ses regards interrogateurs, la femme du ministre opposait une expression indéchiffrable. Katmé en venait à se demander si elle n'avait pas rêvé la promesse du ministre de la Justice et de sa femme.

« Le vin est tiré », dit Samuel, la sortant de ses pensées.

Elle se dressa devant lui.

« Ta décision est prise ? Réponds-moi ! »

Il détourna le regard.

« Je t'ai présenté à tout le monde comme mon frère, tu es le parrain de mes filles. Tu sais ce qui va se passer pour moi, pour Tashun, mon mari, le père d'Axelle et d'Alix, si tu vas à la barre jouer les hérauts de la cause homosexuelle ? Dans ton appétit de vérité, tu diras que nous étions au courant – délit de non-dénonciation –, que je connais tes amis, Ety, que je l'ai reçu chez moi – délit de complicité ? Il y a peu de temps, tout ce que tu voulais, c'était sculpter, pousser la porte de l'atelier, sentir l'odeur de la glaise, pétrir la pâte ; tu retrouveras cela. Bon sang, Samy, ne sois pas aussi autocentré, ressaisis-toi !

— C'est à moi de me ressaisir ? »

Il éclata d'un rire glacé. « Ça t'effraie, hein, ta position sociale qui vacille, tes privilèges qui s'effondrent, tout ça à cause de ta pédale de copain.

— Oh, Samy, comme tu es devenu amer. Tu parles comme si tu voulais me faire payer quelque chose. Il ne s'agit pas seulement de moi, Samy, il s'agit aussi de ta famille, de Sita Félicie, de Kizito, il s'agit de ta vie ; si pour toi elle ne vaut plus rien, pour moi elle vaut encore beaucoup. Tu vas être condamné, et ça ne va rien changer à rien sauf tous nous crucifier, est-ce bien cela que tu veux ?

— Je ne veux plus vivre au rabais de moi-même, Katmé. Les compromis mis bout à bout ne font pas une vie. Regarde-toi, regarde-moi. Au départ, cette Maman Caramel deux à dix, c'est à Tashun qu'elle voulait régler un compte, non ? Pourquoi je suis ici ? Pourquoi ne me fait-il pas sortir… ?

— Mais il te fera sortir après son investiture !

— Tu y crois vraiment ? Moi non. Je n'en peux plus d'être un poids pour moi, pour les autres, pour toi, de vivre à tes crochets, à mon âge. Tout cet argent que vous gaspillez, toi, Kizito, ma mère qui finira aveugle à force de tricoter, tricoter ces affreux trousseaux pour nouveau-nés en laine alors qu'on crève sous trente-huit degrés. Pourquoi dois-je accepter cela ? Sans toi, ma place serait chez les droits communs. On ne peut pas vivre éternellement au rabais de soi-même, Katmé.

— Mais qui te parle de vivre au rabais de toi-même ? Je te parle… » Katmé posa les mains sur ses épaules, et le regarda bien en face. Leurs visages n'étaient pas loin de se frôler. Il soutint son regard sans qu'elle pût deviner ce qu'il pensait. « Je te parle de patience. De ne pas vendre ta peau, notre peau à l'encan. »

Un long coup de sifflet ponctué d'une acclamation générale signala la fin du match, des vociférations montèrent. Elle avait toujours les mains sur les épaules de Samy, quand les détenus du quartier VIP qui avaient assisté au match regagnèrent leurs cellules. L'un d'eux s'arrêta devant eux. Dos à la porte, Samy ne pouvait le voir. Elle reconnut en tenue de gardien de but l'ancien ministre des Sports. Arrêté pour avoir planqué les sacs contenant la prime des joueurs participant au dernier Mondial de football chez sa maîtresse ; laquelle avait eu la bonne idée de convertir l'argent en chèques de voyage, de prendre un vol pour les États-Unis et de disparaître dans la nature. Presque collés l'un à l'autre, la position de leurs corps accréditerait la thèse de deux amants. Samuel lut dans ses yeux, se retourna. L'ancien ministre leur serra la main, fit signe à Samuel de venir un instant, il demanda de l'excuser et s'éloigna avec lui.

Katmé s'assit sur le rebord du lit. Samy voulait jouer les croisés. Dans ce pays. Dans ce pays où un juge pouvait dire : « Je peux rendre une justice équitable quand les deux parties me donnent la même somme. » Si elle ne parvenait pas à ramener Samy à la raison, qui d'autre y parviendrait ? Ety ? Elle en doutait. Était-il seulement au courant ? Kizito, Sita Félicie ? Leur en parler reviendrait à trahir Samy de mille manières. Il allait plaider coupable parce que : « Sais-tu seulement ce que c'est d'être dans ma peau, Kat ? » Un jour qu'il était torturé comme souvent, elle avait proposé de l'emmener voir père Évariste, son père spirituel. Père Évariste aussi intraitable que les Tables de la Loi, hurlait depuis sa chaire le dimanche à l'église : « Un enfant est une rivière qui a besoin de deux rives opposées pour s'écouler. » Elle avait découvert que la phrase, comme les versets de la Bible qu'il s'attribuait volontiers, ne venait pas de lui. « Tu crois que ça se guérit par la prière, comme une maladie incurable ? » avait demandé Samy furieux. Dans une brochure, il avait lu que c'était une question de domination du yin, le principe féminin, ou du yang, le principe masculin. « Chez moi, le yin est dominant, donc je suis attiré par les garçons, chez toi aussi le yin domine, c'est pourquoi les garçons t'attirent mais comme tu es une fille, tu es hétérosexuelle. Si ton yang prédominait, tu serais attirée par les filles et serais par conséquent homosexuelle. — Si je te suis bien, ton identité sexuelle est féminine, c'est pourquoi tu t'intéresses aux garçons. Ce qui veut dire qu'en apparence tu es un garçon, mais en réalité tu es une fille ? Donc si on suit ta logique, tu es hétéro et les apparences sont contre toi ? — Si ça te fait plaisir, disons que je suis un hétéro dans un corps de mâle qui fantasme sur les personnes de même sexe que lui. » Ils étaient dans la chambre de Samy, assis sur la natte, près du ventilateur bloqué sur six tellement il faisait chaud. Ses parents étaient au salon. Samy, malgré sa voix de castrat qui n'avait pas mué à l'adolescence, ses hanches étroites, son amour suspect des fleurs, de la cuisine, du tricot, fréquentait une fille, l'emmenait dans sa chambre, passait l'après-midi avec elle dans une pièce fermée à double tour ; tout le monde était content, tout le monde y trouvait son compte. Sauf Mama Récia, qui au début ne vit pas d'un très bon œil ce garçon peau goudron, mince comme un spaghetti qui traînait avec sa nièce et qu'elle soupçonnait d'intentions impures.

Samuel revint. Visage fermé, il s'allongea sur le lit, prit entre ses bras le petit oreiller beige en forme de lapin qu'elle lui avait offert pour rire le jour de ses vingt-cinq ans. Il s'en servit pour rehausser sa tête.

« Que pense Bessonguè de ta décision ? Je ne peux pas croire qu'elle t'encourage dans cette folie. »

Il se redressa sur les coudes.

« Elle est prête à me suivre. Elle dit que tout le monde ne peut pas hausser les épaules et dire que les choses sont ainsi, qu'après tout ces gens n'ont pas à être homosexuels. Elle veut se battre pour faire changer la loi.

— Elle, faire changer la loi ? laisse-moi rire. Elle se fait ratatiner dans une simple émission de télé et elle croit pouvoir changer une loi ? On est au Zambuena, Samy. Va faire le malin à la barre, et tu es fichu. FI-CHU ! Nous avec, d'accord, mais toi d'abord. Alors s'il te plaît, Samy, réveille-toi !!! »

Elle vit flotter une lueur d'incertitude dans les yeux de Samy. La mèche de l'espoir se ralluma en elle. Il battit les deux mains d'un coup bref. « Je ne pensais pas avoir à te poser cette question un jour, Katmé. Seras-tu à mes côtés quoi qu'il arrive ? » Il ne manquait plus que cela ! La mousson souffla sur la mèche, l'éteignit. « Je ne pensais pas avoir à te le dire un jour, Samuel, mais les homosexuels du Zambuena, et de la terre entière, je m'en fiche, et m'en contrefiche, tu m'entends ? » La colère faisait trembler sa voix. « Je ne mène pas un combat pour la reconnaissance des droits des homosexuels ou la dépénalisation de l'homosexualité dans ce pays. Chacun fait ce qu'il veut de son corps, je m'en fiche. Mais plaider coupable, c'est de la folie, du suicide ! Je me bats pour que tu sortes de ce trou puant, infect où je n'en peux plus de venir te voir de plus en plus amaigri, de plus en plus méconnaissable chaque semaine ! Je ne me bats pas pour une cause, Samy. Je me bats pour toi.

— ''Les peuples somnolaient, le destin prit soin qu'ils ne s'endormissent point.'' Hölderlin. Cette cause, c'est moi aussi, Kat.

— Samuel Pankeu, remballe tes citations de merde et va te faire foutre ! »

Il perdait la tête, ça ne tournait plus rond dans son ciboulot, quelque chose avait pété, court-circuit d'une synapse ou d'elle ne savait quoi mais ça avait pété, un mois de prison et ça avait pété. Elle ne paierait plus les honoraires de Cécile Bessonguè, on verrait à quelle hauteur d'altruisme l'avocate plaçait son idéal de justice. Samy devait comparaître libre à l'audience, c'était la seule solution, le seul moyen de lui faire recouvrer ses esprits. Remis en liberté provisoire une à deux semaines avant l'audience, l'air du quartier des

Enseignants inhalé, l'atelier réinvesti, les doigts dans la glaise, l'esprit, le corps plongés dans une nouvelle œuvre ; la panthère aux pattes bleues à recommencer, à parachever, à peaufiner, elle ne voyait que cela pour annihiler la croisade de Samy contre les législateurs du Zambuena. « Cette cause c'est moi aussi, Kat » ? Elle trouverait l'argent, tout l'argent qu'il faudrait, elle puiserait s'il le faut dans le compte bancaire du centre de santé. L'urgence n'était plus aux seringues, aux médicaments, aux tables de consultation, aux blouses blanches, l'urgence était à Samuel. Le centre de santé ne verrait pas le jour de sitôt, le temps des explications à fournir à Tashun viendrait, le temps était à la libération de Samuel. Oui elle était lâche, oui elle vivait au rabais d'elle-même. À treize ans, sur la tombe de sa mère, elle avait compris que la vie promettait beaucoup et donnait chichement, il faut s'arc-bouter au peu qu'elle vous laisse lui arracher. C'est ce qu'elle ferait.

13

Katmé rognait sur le budget mensuel de la résidence, sur l'enveloppe destinée aux obsèques, la construction de la maison, du caveau ; elle rognait et engraissait, par le biais de Kizito, le moindre avorton jurant posséder la solution, connaître la bonne combine, avoir le bon contact qui éjecterait Samy hors des murs de la prison. Kizito adhérait modérément à son ardeur décuplée de sortir Samy de prison coûte que coûte avant l'audience. « La date d'audience fixée, on aura à payer les juges, et ils seront gourmands, tu peux me croire. Ne dispersons pas nos forces, nos poches ne sont pas un puits sans fond. » Elle avait essayé d'emprunter de l'argent à son père, il en avait été perplexe. « Mes biens appartiennent à tes frères, ma chérie, je n'ai plus rien à moi, tes frères me versent chaque mois de quoi m'acheter des cigares et du champagne. Ton mari est le préfet d'Akriba, et tu es à court d'argent ? Je vais lui parler, moi ! Un homme qui ne s'occupe pas bien de sa femme n'est pas un homme. » Katmé s'était dispensée de lui rappeler à quel point lui-même avait été homme avec Madeleine. Aleksandre avait proposé de lui avancer de l'argent, elle avait refusé. C'était assez qu'il l'écoutât, qu'il fût une oreille bienveillante, une épaule potentiellement hospitalière – elle ne s'en était pas servie jusque-là ; elle ne rajouterait pas à une relation dont elle avait parfois du mal à discerner avec clarté les contours, les questions d'argent, scélérates. Mama Récia était membre de plusieurs tontines, Katmé se risqua à lui dire que Samuel, qu'elle appelait « mon fils », avait besoin d'elle. Que sa pourvoyeuse de fonds devant l'Éternel tente de la délester de ses économies choqua moins sa tante que l'usage qu'elle envisageait d'en faire. « Ces gens-là n'entreront pas au Royaume des Cieux. Si Samuel est un sodomite, prie pour lui et tiens-toi éloignée. Ne mélange pas le bon grain à l'ivraie, pense à ton âme, à celle de tes enfants. » La file des quêteurs devant le portail de la résidence ne désemplissait pas ; beaucoup repartaient bredouilles. Keuna avait renoncé à sa commission, et reversé intégralement à Sita Félicie l'argent récolté de la vente des sculptures réchappées de l'expédition vengeresse des artistes en herbe, garants de la morale. Katmé ne se rendait plus qu'une fois par semaine à la centrale, elle apportait des livres, à manger, des vêtements ; restait un quart d'heure et s'en allait. Entre Samy et elle, quelque chose s'était brisé. Ety admirait le cran de Samuel. Depuis l'emprisonnement, ils partageaient une intimité, une proximité que l'atelier ne contrariait plus. Ety rapportait des saintpaulias en pots, les fleurs parfumaient la chambre, Samy fermait les yeux, se retrouvait au pied de l'escalier de l'atelier. À la barre, expliqua Ety à Katmé, Samy ne donnerait aucun nom, ne dénoncerait personne, il plaiderait sa cause à lui, leur cause. Personne n'a jamais plaidé coupable dans ce genre de procès, Samy sera le premier, d'autres suivront, cette loi doit changer, nous ne sommes pas des criminels, cet État fait de nous des hors-la-loi, quelqu'un doit avoir le courage de défier cette législation.

C'est l'anniversaire de Samuel, le jour de la fête nationale, le 30 avril, qui mit fin aux incursions de Katmé à la centrale. « C'est férié aujourd'hui, on ne travaille pas, parce que c'est mon anniversaire », avait-il coutume de faire croire à Axelle et à Alix quand elles étaient plus petites. Le jour de la fête nationale, sous un soleil coriace, les jumelles – chemisette jaune, jupe marron, cravate verte – défilèrent fièrement sur le boulevard du Trente-Avril avec leurs camarades de classe, à la suite des forces de l'ordre, des fonctionnaires, des représentants de partis politiques et de la société civile. Grâce à Tonton Ambroise, Katmé et Tashun échappèrent aux tribunes adjacentes et à leurs toits de tôle impitoyables ; ils assistèrent au défilé assis à la dernière rangée de la tribune présidentielle. À la fin du défilé, Djama et son mari offrirent chez eux le traditionnel déjeuner de fête nationale qui précédait le cocktail de dix-huit heures donné par le Vieux dans les jardins de la présidence.

Au retour du déjeuner, ils retrouvèrent leurs filles à la cuisine, tablier autour de la taille sur une robe en coton à volants bleu ciel pour l'une, et crème pour l'autre ; elles avaient confectionné, aidées par Bambili, un gâteau à la mangue en forme de cœur pour leur parrain. « Tonton Samy arrive à quelle heure, M'man ? » demanda Axelle. Le lendemain de la visite de Mamiton Tafeng, alors qu'elle-même y croyait, Katmé avait promis à ses filles que Samuel serait de retour de voyage « au plus tard le jour de son anniversaire ». Le regard de Katmé croisa celui de Tashun. « Tu ferais mieux de leur dire la vérité », avertissait-il depuis un moment.

« M'man, tu avais déjà promis que pour son anniversaire il allait revenir, dit Alix. Pourquoi il ne vient plus jamais nous voir, maman, il est fâché contre nous ?

— Mais non ! Il est parti travailler loin, je vous l'ai dit, et ça prend du temps. Là où il est parti, on lui a commandé des sculptures géantes, dès qu'il aura terminé, il reviendra, et on fera un gâteau gigantesque pour lui.

— Bon, puisque votre parrain n'est pas là, vous me faites goûter ce gâteau ? dit Tashun. Je vais être jaloux moi, le premier gâteau que vous préparez, c'est pas pour votre papa, hum… ? Allons, ne faites pas cette tête… Il est où le couteau ? »

Les jumelles échangèrent un regard. « M'man, on peut congeler le gâteau ? Comme ça quand il revient, ça sera son vrai, vrai, gâteau d'anniversaire », dit Axelle.

Tashun aida ses filles à emballer le gâteau dans du papier d'aluminium, et le rangea avec elles dans le bac à congélation du réfrigérateur ; ensuite Axelle et Alix quittèrent tête basse la cuisine en se tenant par la main, suivies par Bambili.

« Pourquoi leur as-tu dit qu'il serait rentré pour son anniversaire ? » questionna Tashun dès qu'ils se retrouvèrent seuls.

Elle haussa les épaules.

« Il fallait bien que je leur dise quelque chose.

— Ton histoire de voyage ne tient pas la route. Pourquoi il n'appelle jamais s'il est en voyage, hein ? Que feras-tu si quelqu'un à l'école ou si un des employés ici, malgré tes consignes, lâche le morceau ? Elles ont neuf ans, tu ne peux pas leur cacher la vérité indéfiniment.

— Ce n'est pas mon intention. Samy finira bien par sortir de prison quand vous aurez fini vos magouilles. Il est pour elles une part de rêve, on n'a pas le droit de gâcher cela.

— Tu vas arrêter de faire l'avion par terre, oui ? Explique-leur, si ça te fait plaisir, que leur part de rêve est une pauvre et innocente victime d'un système inique. Mais bon sang de bon sang, dis-leur qu'il est en taule ! Tu as tort de leur raconter des mensonges, ce n'est pas sain. »

Axelle et Alix seraient-elles revenues à la charge, auraient-elles exaspéré leur mère comme savent le faire les enfants pour obtenir ce qu'ils veulent, qu'elle y aurait coupé court avec humeur, leur aurait intimé de ne pas jouer aux bébés capricieux, que ce n'était la faute de personne si leur parrain travaillait loin, et que maintenant les jérémiades ça suffisait comme ça. Que ses filles ne lui fassent pas le reproche d'avoir fait naître chez elles un faux espoir, veuillent faire bonne figure, lui dissimulent leur chagrin en s'efforçant de lui sourire lorsqu'elle les croisa les yeux humides assises au pied des marches de l'escalier marbré, ébranla Katmé. La poussa à se défaire de la prudence qui ne la quittait jamais depuis qu'elle endossait les habits d'Eulalie Nana. Tashun, monté à l'étage faisait une sieste.

Elle regarda sa montre. Elle avait environ deux heures devant elle, même si son mari se réveillait, il ne redescendrait pas avant le départ pour le cocktail à la présidence. La centrale se trouvait à vingt minutes, quarante minutes l'aller et le retour, soixante avec les bouchons ; vingt, trente minutes sur place pour ce qu'elle avait à faire, elle serait, en comptant large, de retour dans une heure et demie. Les jours de fête, le nombre de visiteurs triplait à la prison ; les gardiens, débordés par les cadeaux, les victuailles, les quadruples files à contrôler, étaient moins regardants, ne feraient pas attention à elle. Maintenant qu'elle les connaissait tous, du plus cupide au plus gentil, elle ne perdrait pas de temps, elle donnerait tout de suite l'enveloppe à Janvier ; on était mercredi, le mercredi il était de garde à l'extérieur, elle rajouterait deux ou trois billets pour qu'il lui remette rapidement le badge d'accès, elle n'avait pas le temps d'aller chez Ety se changer, elle nouerait ses cheveux dans un turban, mettrait ses verres de lecture, ça passerait, elle dirait qu'elle avait oublié ses papiers d'identité à la maison, elle se montrerait convaincante, elle paierait, ça passerait.

Devançant la question de Samuel, Katmé, que personne n'avait reconnue, à qui personne n'avait envoyé dans les tympans l'irritant « Madame Préfète », entrouvrit le panier en osier qu'elle tenait à la main. « Eulalie Nana n'a pas pu venir, je la remplace. Ton gâteau d'anniversaire, préparé par tes filleules. Trouve-nous un endroit tranquille, on fait une photo et je file. » Elle n'avait pas les mêmes passe-droits qu'Eulalie Nana. Pour accéder aux cellules, Tonton Sucette délivrait un laissez-passer spécial. Le photographier mangeant un morceau de la pâtisserie comme elle en avait l'intention requérait discrétion et intimité. À côté d'elle, une femme, la tête rongée par une alopécie avancée, tailleur-pantalon gris, chaussures noires en cuir ciré, sermonnait un prisonnier aux jambes couvertes de cloques, son fils sans doute. La cour bondée de paniers en osier comme le sien dégageait l'effervescence d'un vingt-cinq décembre ou du jour de l'An. L'air était saturé d'odeurs de nourriture et de transpiration. Elle ne regrettait pas d'être venue, elle ne s'était pas trompée, dans la masse qui les entourait, personne ne faisait attention à elle.

« C'est insensé, gronda Samuel, ça n'en valait pas la peine… »

Elle jeta des regards incertains autour d'elle. « On peut accéder à ta cellule ? » Il fit non de la tête. « Je m'en doutais. Tu nous trouves quelque chose ? J'ai peu de temps. » Samuel se dirigea vers un gardien, elle reconnut Auguste, il essayait à chaque fois de lui soutirer le maximum de sous. Avec six autres, il surveillait, arme au poing, la foule. Samy murmura à son oreille et glissa un billet dans sa poche. Cinq minutes après, ils étaient assis sur des casiers de bières vides dans la buanderie, au milieu de draps jaunis et rapiécés, empestant l'eau de Javel.

« C'est toi qui as eu cette idée, j'imagine ?

— Alors là, tu te trompes. Je n'étais même pas au courant. Nous étions au défilé le matin, comme elles d'ailleurs. Après, nous sommes allés déjeuner chez Djama et Tonton Ambroise, elles sont rentrées à la maison avec Bambili. On a découvert le gâteau à notre retour.

— Elles ont eu cette idée toutes seules ? De faire un gâteau pour un pauvre type comme moi ? »

Les yeux de Samuel s'embuèrent. Katmé sortit le plateau du gâteau et le polaroid du panier, repéra un drap un peu moins déchiré que les autres, plaça le gâteau entre les mains de Samy. Fond neutre, impossible à identifier, inventer un mensonge plausible, bâtir une histoire crédible, et montrer la photo aux filles, à elles seules, leur demander de garder le secret. Elle appuya sur le déclencheur de l'appareil à impression instantanée. Samy souriait d'un sourire qu'elle ne le lui avait pas vu depuis longtemps.

« Tashun me reproche de les laisser croire que tu es en voyage. Peut-être a-t-il raison ? Tu as disparu de leurs vies si brutalement, elles commencent à penser qu'elles ne comptent plus pour toi.

— On a déjà eu cette discussion. C'est non. Tu ne leur dis rien, dit-il d'une voix suppliante. Sinon je ne pourrais plus les voir quand je sortirai, je ne pourrais plus, je ne pourrais plus. »

Elle pressa de nouveau le déclencheur. « Et à la barre, quand tu feras ta déclaration officielle de sortie de placard puisque tu ne veux plus vivre au rabais de toi-même, tu crois que je vais continuer à leur raconter que tu es sur Jupiter ?

— Kat, s'il te plaît… Pas aujourd'hui…

— Je te demande d'être cohérent, c'est tout. »

Un bruit à la porte les fit sursauter. « Auguste nous a accordé dix minutes », dit Samy.

Exactement cinquante-six secondes après leur retour dans la cour, elle en voulut méchamment à Bambili d'avoir préparé le gâteau à la mangue en forme de cœur, elle en voulut à Tashun de laisser Samy croupir en prison, elle en voulut à cette fiente de corbeau noir de Maman Caramel de ses manigances, à *Tropiques Matin* de ses articles de merde, et enfin elle s'en voulut méchamment pour son irraison. Elle venait de dire au revoir à Samuel, quand deux anciens ministres soupçonnés d'avoir passé des marchés fictifs et vidé les caisses de l'État en vue de créer leur propre parti politique – Tashun et elle avaient dîné plusieurs fois chez eux avant leur arrestation – fondirent sur elle : Katmé Abbia, la femme du Préfet Abbia ! À qui pouvait-elle rendre visite ? L'information voleta à travers la cour, rampa dans les couloirs, traversa les grilles, surmonta les murs, échoua haletante aux oreilles du régisseur, présent à son poste de travail un juteux jour de fête nationale. Tonton Sucette accourut, présenta « ses hommages », demanda des nouvelles de « Son Excellence ». Un groupe de détenus du quartier VIP s'était formé autour d'elle, l'ancien ministre de la Communication, le directeur général de la société de raffinerie, le directeur général de la Société de Prévoyance sociale – qui avait pris des vacances sur la Côte d'Azur avec les pensions des retraités comme Sita Félicie mais surtout avait médit du Vieux. À l'écart, mains nouées derrière la tête, Samuel catastrophé contemplait la scène.

« M'man, papa te cherche, l'accueillirent Axelle et Alix dès qu'elle gara sa voiture devant le perron de pierre de la résidence. Il t'attend en haut, dans la chambre. » Elle gravit l'escalier au pas de course, les filles sur ses talons. Dès qu'elle franchit le seuil de la chambre, présageant la suite, elle leur referma la porte au nez, fit coulisser le loquet pour les empêcher de rentrer. Tashun, de dos, se retourna en entendant la porte claquer. « Tu sors d'où ? »

Avant qu'elle ait le temps d'ouvrir la bouche, de fournir une explication quelconque, le plat de la main droite de son mari s'abattit sur une joue, le revers sur l'autre.

« Tashun, qu'est-ce qui te prend !!!? Tu es fou !!!? » Katmé levait les bras pour se protéger le visage.

« Je suis fou ? C'est moi qui suis fou ? C'est toi la folle !!! Oui, tu es folle !!! Tu es allée à la prison centrale ? hurlait-il en frappant, réponds-moi !!! Tu es allée à la centrale ? »

Comme elle le repoussait de ses bras, de la main gauche, il lui emprisonna les poignets, l'empêchant d'échapper à la main droite qui s'abaissait durement.

« Que dois-je faire pour que tu comprennes ? Je suis ton mari !!! Ton mari, tu m'entends ? Je vais te sortir ce chien vert de Samuel Pankeu de la tête ! Tu m'exposes pour cet asticot ? Ce moins que rien ? C'est la sorcellerie ? Tu as perdu la tête ? Tu veux me bousiller, c'est ça ? Ton comportement est indigne de la femme d'un préfet d'Akriba, indigne !!! Je te jure que si tu me refais ça, je te montre le kaki fluo, le kaki fluo, tu m'entends ? Sur la tête de mes parents, si tu refais ça, je vais te montrer ce que tu n'as jamais vu. »

La tête de Katmé oscillait d'un côté puis de l'autre. Tashun frappait, des coups secs, des coups pleins. Elle domptait les cris, les pleurs qui montaient dans sa gorge. Les filles étaient peut-être de l'autre côté de la porte, dans le couloir. Ses joues brûlaient, elle les enduirait de crème, Bambili connaît toutes les recettes du monde, ou plutôt de la crème achetée pour Alix la fois où l'huile de friture du plantain lui avait brûlé le pouce, la crème devait être dans l'armoire à pharmacie, pourvu qu'elle ne soit pas périmée, elle mettrait de la crème, et non le sel comme suggérait souvent Mama Récia, parce que le sel ça cause des œdèmes après coup, « le sel après coups », elle rirait plus tard, c'est sûr elle rirait, ses joues ne brûleraient plus, et elle rirait, elle penserait à la chaux vive qui lui incendiait présentement les joues, et elle rirait, elle trouverait ça drôle.

Elle perdit connaissance.

Le lendemain après-midi, dans le salon bleu, Djama s'éventait avec l'exemplaire de *L'Insolent* qui caricaturait Katmé en ambianceuse de prison. Joséphine Baker à ceinture de bananes, seins nus, dansant une danse nerveuse ; Samuel en joueur de balafon, le sexe en érection, devant la mine réjouie et les applaudissements frénétiques du régisseur, des prisonniers parmi lesquels on reconnaissait les ministres en disgrâce. « Tu es une B, Katmé. Une B ne régresse pas en C ou D. Avec les cartes que tu as en main, tu seras un jour une A. Mon père avait coutume de dire, je te l'ai déjà dit, je crois, que le mille-pattes ne se trompe de chemin que s'il marche seul, s'il n'est pas accompagné. Tu t'égares, ma fille. Tu n'as pas le droit d'oublier qui tu es, ni où tu veux aller… Comment peux-tu nous mettre dans une telle situation ? Tu sais que les gens murmurent que ce garçon est ton amant ? J'ai parlé à Tashun, la colère lui a fait perdre la tête, il aurait pu te tuer. Il t'avait interdit d'y aller, non ? » Katmé leva les yeux sur le cadre 80 x 120 accroché au mur. Un sourire naquit à la commissure de ses lèvres. Djama devint du fond sonore. La photo avait été prise lors d'un déjeuner du Caz. La Mère de la Nation, comme on appelait sans rire l'épouse du président de la République, au milieu d'un groupe de femmes en robes élégantes, à l'exception d'une seule – Katmé qui portait un jean blanc et une chemise bleu nuit à manches courtes. La Mère de la Nation n'assistait pas aux rencontres du Caz. Toutefois, il arrivait qu'elle leur fasse la surprise d'« apparaître » avait dit d'une voix ruisselante de gratitude Juliana – l'épouse de l'ambassadeur de l'Union européenne, qui les recevait ce jour-là. *Apparaître*, tel un être transcendant. Apparitions, avait pour sa part constaté Katmé, réservées aux seules ambassadrices occidentales. Tashun, qui avait fait encadrer la photo et l'avait suspendue à côté de celle du Vieux, le Père de la Nation, se croyait obligé d'expliquer, chaque fois qu'un invité regardait avec insistance la photo, que Katmé n'avait pas été prévenue du code vestimentaire ni de la présence de la Mère de la Nation, sinon elle se serait habillée. Pas « habillée différemment ». Non, « habillée ». Pour son mari, être vêtue comme elle l'était en pareille occasion équivalait à être nue. Sacré Tashun. Elle oublia complètement Djama, quitta son fauteuil, se rapprocha du mur. « Qu'est-ce que tu fais !!? Je te parle ! » hurla Djama. Katmé sursauta et regagna son fauteuil comme la petite fille prise en faute qu'elle était devant la femme de Tonton Ambroise. « Tu veux compromettre l'honneur de ta famille, la carrière de ton mari, l'avenir de tes enfants pour ce garçon qui est moins qu'un D ? Pour quelqu'un qui est hors classement, un zéro, un zéro, Katmé ! Les zéros sont nos subalternes, Dieu merci, ils existent, car on a besoin d'eux, pour nous servir, pour être occasionnellement dans notre entourage, mais c'est tout. Dieu lui-même n'a pas établi une hiérarchie au Ciel sans raison. Dieu le Père, Jésus-Christ, la Vierge Marie, les anges, les archanges, les saints, les messagers de lumière et je ne sais pas quoi d'autre, ne se valent pas, non ils ne se valent pas, crois-moi, et ça n'est pas un hasard. Tu es jeune, tes filles sont petites, concentre-toi sur elles, leur éducation, leur bien-être… Plus tard, si le moment arrive… Je te parle là comme ta propre maman l'aurait fait si elle vivait encore… lorsque tu auras besoin de ce que les femmes de mon âge appelons ''ce qui calme le corps'', lorsque ce jour arrivera, et il arrivera, ma fille, choisis un A, et rien en dessous. Choisis un A dans le silence, la discrétion. C'est quoi cet étalage d'amitié qui se retrouve dans les journaux ? Ça me dépasse, vraiment, ça me dépasse. Avec tout ce que tu as à faire, où trouves-tu le temps de vadrouiller en prison… ? Nous avons beaucoup d'ennemis, y compris au sein du parti, tu le sais. Tu ne dois pas être un caillou dans la chaussure de ton mari ou dans la nôtre. Ton mari a une image à préserver, une campagne à mener, ça signifie que toi aussi. Tashun a ses défauts, mais tu peux compter sur lui, c'est un mari, un vrai mari, les hommes qui sont des maris ne courent pas les rues. »

À la fin de la journée, Mama Récia aida Bambili à préparer la mixture pour adoucir le feu de ses joues et maugréa : « Toutes les femmes mariées passent par là au moins une fois dans leur vie, tu ne vas pas en faire un drame. »

Cinq jours plus tard, Eulalie Nana, foulard noué autour d'un visage bouffi, rendit visite à Samuel en prison.

« Préviens Eulalie Nana de ne plus jamais, je dis bien jamais, remettre les pieds en prison. Tu lui diras que la chanteuse de cabaret, c'est fini, terminé. J'ai manqué de vigilance. » Tashun, les traits tordus par la fureur, était arrivé au milieu du repas. Elle dînait avec les filles à la cuisine.

Il leva les yeux sur le plafonnier. « Cette lumière orange date des fêtes de Noël ! Tu n'as rien d'autre à fiche que de t'exhiber à la centrale ? T'occuper de ta maison par exemple ! Désormais la préfecture se fera envoyer la liste de tous les visiteurs, je dis bien tous les visiteurs du prisonnier Samuel Pankeu.

— Papa, tu parles de tonton Samy ? Pourquoi tu dis qu'il est prisonnier ? » demanda Alix.

Katmé chercha le regard de son mari. « *Moïndjamoto*, ce que papa veut dire c'est que… Tonton Samy… » Il la coupa abruptement : « Ce que papa veut dire, c'est que votre parrain, il est en prison.

— Tonton Samy est en prison ?

— Il n'est pas en voyage, maman ? »

Deux paires d'yeux où se lisait l'anxiété se posèrent sur elle. Face au mutisme de leur mère, elles tournèrent la tête vers leur père. « Fifilles, votre parrain est en prison. »

Katmé, coudes sur la table, essayait de ralentir les battements de son cœur.

« Maman, c'est vrai ? » Les voix d'Axelle et d'Alix se confondaient, on y pressentait des débuts de sanglots. « Tu dis toujours que ce sont les méchants qui vont en prison, il est méchant, tonton Samy ? Tonton Samy, il est gentil, pourquoi il est prisonnier, maman ? »

Katmé défit le nœud du foulard sous le menton, elle étouffait. Tant pis, les filles verraient les traces laissées sur ses joues par la main de leur père. Elle oubliait que l'éclairage orangé de la cuisine adoucissait les âpretés marquant sa peau.

« Pourquoi tu nous as menti, maman ? Tu nous dis tout le temps qu'on ne doit pas mentir, Dieu nous voit si on ment, et tu as menti, maman ? »

Elle aspira une grande bouffée d'air. « *Moïndjamoto*… je… je… Tonton Samy est gentil, il sera toujours gentil… il… il est… »

Elle posa des yeux suppliants sur Tashun. Pour leurs filles, elle le suppliait. En dépit de tout bon sens. Ignorant la trêve demandée, bras croisés sur la poitrine, renversé sur sa chaise, lui aussi semblait attendre ses explications. Mieux encore que les gifles, cette fois sans même la toucher, il frappait là où il savait que ça lui ferait le plus mal.

« Maman, c'est vrai ce que papa dit ? Tu es fâché contre tonton Samy, papa ? »

Axelle et Alix pleuraient.

Tashun se leva, fit le tour de la table, se pencha entre leurs chaises à hauteur de leurs épaules, les entoura de ses bras. Sa voix prit l'accent de la confidence : « Vous voyez, votre oncle, votre vrai oncle, c'est tonton Henri, mon frère, et votre vraie tante, c'est la sœur de maman, tantine Sennke, qui est au couvent, vous la verrez à la cérémonie organisée pour votre grand-maman. Tonton Samy a fait de vilaines choses. Papa va vous trouver un autre parrain, un parrain encore plus gentil que Samuel. Est-ce que les grandes filles pleurent ? Vous faites confiance à votre papa ? Allez, on ne pleure plus. Vous êtes des grandes ou bien ? »

Il se redressa et, avant de quitter la pièce, lança à Katmé un regard chargé de haine.

14

Samedi, un autre, peu importe, racontait une histoire, et les lèvres de Katmé s'étiraient. Samedi, le menuisier, licencié en lettres modernes françaises qui n'avait pas trouvé de travail dans l'enseignement, possédait, mieux que les maçons, les peintres, ou les serruriers, le sens du récit, la variété du répertoire de voix, la chute inattendue et retenait l'attention de son auditoire. Ils étaient dans la cour, certains assis sur les casiers de boissons vides qu'on avait oublié de rendre. C'était le début de l'après-midi, le soleil se mutinait, et les paupières de Katmé s'agitaient dans un vibrato continu. Fasciculations bénignes, avait diagnostiqué le Dr Abba de la clinique des Hommes Capables. Il avait prescrit une cure de magnésium. En dépit des petits losanges blancs qu'elle glissait sous la langue deux fois le matin, deux fois le midi, deux fois le soir, les frétillantes paupières battaient la mesure d'un bendskin dissipé. Samedi avait terminé la pose des étagères de la chambre qu'elle occuperait la semaine prochaine. Il avait fini sa journée, de même que l'ensemble des travaux de menuiserie du duplex, c'était son dernier jour, et avant de s'en aller, il narrait l'histoire de son oncle douanier qui, de retour d'un stage de six mois en Suisse dans les années soixante-dix, s'était mis à serrer d'un peu trop près les jeunes filles de la famille, à les embrasser sur les lèvres en tentant d'introduire sa langue dans leur bouche car « chez les Blancs, les gens civilisés, on se salue comme ça ». Katmé, genoux à terre, gants à la main, paillait au carton, à la toile de jute, les pieds d'épicéas nains qu'elle avait plantés. « Qui trouve-t-on dans les églises aujourd'hui en Europe ? rouspétait Samedi, imitant la voix du frère de sa mère qui avait banni les objets religieux de sa maison et menacé de trancher la tête à sa femme et à ses enfants s'ils remettaient les pieds dans une église. Nous, pauvres couillons de Nègres ! Nous chez qui rien ne va, c'est nous et le reste des tiers-mondisés de la terre qui remplissons leurs églises ! Quand on a triomphé de la mouche tsé-tsé et de la sorcellerie, est-ce qu'on peut encore croire en Dieu ? Comme dit l'autre, ''si Dieu existait, il se montrerait, il ne se démontrerait pas''. Alors, fini chez moi toutes vos amulettes de Saint-Pierre de Rome, c'est ça qui apporte le *badluck* dans ma maison. » Six mois en Suisse, et l'oncle était revenu lubrique et incroyant. Katmé rit de bon cœur, et chacun y alla parmi les ouvriers de sa petite histoire sur les comportements aberrants d'un parent rentré d'Europe ou d'Amérique.

Maintenant qu'elle venait trois fois par semaine à Fènn, arrivait la première sur le chantier, passait la journée en bottes de caoutchouc, pantalon large, T-shirt jauni sous les bras, partait la dernière, connaissait le prénom de chacun, leurs situations familiales, *coupait* de temps à autre une bière avec eux pendant la pause de la mi-journée, puisait de l'eau au puits ou à l'étang pour la leur apporter, s'était intéressée à la fabrication des parpaings – en avait fabriqué un, avait planté toute seule une colonie de sapins autour de la maison, les ouvriers délaissaient le Madame Préfète et l'appelaient Maman Katmé. Elle travaillait à leurs côtés et le bourdonnement métallique à l'intérieur d'elle depuis son éviction de la prison, depuis les coups de Tashun, s'apaisait. De temps à autre, le maire venait s'assurer qu'elle n'avait besoin de rien, le préfet l'invitait à dîner avec sa famille. Ils la surprenaient en tenue de *bayam-sellam*, engagée dans des discussions passionnées avec le chef de chantier, les ouvriers, les artisans. Elle préparait le béton – gravier, sable, ciment –, humidifiait les moules, surveillait le coffrage, aidait au décoffrage. Le maire s'était risqué à demander si elle s'était rendue sur la tombe de sa mère ; Katmé avait levé la tête vers lui avec une lenteur calculée, puis affiché une mine faussement contrite.

La semaine prochaine, lorsqu'elle reviendrait à Fènn, elle ne logerait pas à l'auberge Zimanto. Elle emménagerait au premier étage, dans la chambre avec la salle de bains au carrelage gris veiné, à côté du petit salon, et de la cuisine d'appoint. De la terrasse, elle verrait le soleil se coucher sur l'étang, la futaie d'eucalyptus, les jeunes plants de sapin, la maison à l'architecture vernaculaire d'Aleksandre, sa cour arrière, son toit de chaume conique. Aleksandre en vacances avec ses enfants au Portugal. Ça lui allait qu'il soit absent, elle ne se figurait pas lui relater – ni à quiconque d'ailleurs – ce qu'il s'était passé le jour de l'anniversaire de Samuel, les jours d'après. Elle-même ne se le figurait pas encore.

Le bannissement de la prison, l'injonction adressée à Ety de ne plus approcher d'elle, Belong arrêté pour faux et usage de faux, le réseau de trafiquants de papiers d'identité du quartier de la Joie démantelé, les admonestations de Djama l'échasse à langue en peau de cactus et au cœur sec, Axelle et Alix sculptant à la terre autodurcissante des bonshommes longilignes estropiés qu'elles dissimulaient sous leur lit, les céphalées continues dès qu'elle rentrait à Akriba, les fasciculations des paupières, et pour couronner le tout, dans leur lit, Tashun s'enfonçant en elle, susurrant comme si de rien n'était : « Si je meurs maintenant, c'est que je dors. »

Katmé amassait la terre sur les cartons pour les maintenir au sol, la toile de jute se fixait sans charge au pied du sapin. Samedi disait au revoir, il ne reviendrait pas. Elle se releva, ôta son gant, et dans la poignée de main qu'elle échangea avec lui, mit la force du regret qu'on ressent pour un collègue qui prend sa retraite, qu'on promet de revoir, et qu'on sait qu'on ne reverra pas. Promis, on le contacterait s'il y avait à nouveau du travail pour lui. Elle se remit à genoux et poursuivit sa tâche au pied des épicéas. D'après *Sapin malin*, le livre que Samy lui avait offert après le premier voyage à Fènn, le paillage captait l'humidité, empêchait les mauvaises herbes de pousser, stimulait la pousse des sapins, permettait de gagner un an de pousse au bout de deux ans de plantation. À Akriba, quand les légions d'ombres se levaient en elle, elle reprenait le livre, le relisait depuis le début, s'assurait qu'elle faisait tout bien comme il faut afin que les sapins poussent « sains, beaux, vite ». Si le livre ne suffisait pas à repousser la horde, elle faisait asseoir Axelle et Alix, dénattait leurs tresses pourtant récentes, et malgré les protestations de ses filles – elles en pleuraient d'exaspération –, peignait énergiquement leurs cheveux et les nattait. Ses filles protestaient également – cette fois de dégoût –, quand leur mère, au moment de les quitter pour se rendre à Fènn, postillonnait sur leur poitrine en marmonnant des paroles définitives de bénédiction, de protection, puis les étreignait avec une douloureuse fermeté, comme si elle craignait qu'à son retour une loi interdisant de prendre ses enfants dans ses bras ait été promulguée. Les jumelles avaient écrit une lettre, elles ne voulaient pas changer de parrain, elles attendraient que tonton Samy sorte de prison : « Quand sera-t-il libre, maman ? » Tashun regardait tout cela avec indifférence, surveillant simplement par le biais de ses multiples informateurs que Katmé n'enfreignait plus l'interdiction d'aller à la prison centrale, ne rentrait pas en contact avec Sita Félicie, Kizito ou Ety.

Un jour que les légions s'étaient montrées plus agressives qu'à l'accoutumée, Katmé s'était mise au volant de sa voiture. Aller trouver Keuna, parler. Depuis l'épisode des *Garants de la morale*, le bain qu'elle lui avait donné dans son appartement au dernier étage de l'immeuble abritant la galerie, la tisane citronnelle-miel-citron préparée, Xavier, son fils, qu'elle était allée chercher au collège à la sortie des classes et avait ramené chez elle, le temps que sa mère congédie les grelottements, se recompose une figure, elles s'étaient encore rapprochées. Soit. Mais voir Keuna, et lui dire quoi ? Que Tashun avait testé ses talents de joueur de tambour sur la peau de ses joues ? Katmé n'était guère de celles qui s'épanchent facilement. Son amitié totale, exclusive, son amitié sur brûlis avec Samy, avait stérilisé les velléités de fraternité, de sororité autour d'elle. Avant son emprisonnement, elle n'avait jamais imaginé faire des confidences à quelqu'un d'autre que Samuel. En se dépossédant de bribes d'informations sur sa vie au profit d'Aleksandre, elle avait franchi un cap qui n'avait de cesse qu'il ne la stupéfie. Ajouter Keuna à la liste ? Elle ne se sentait pas de penchant pour l'addition de confidents. Keuna l'écouterait, c'est sûr, mais elle ne déclarerait pas comme Mama Récia : « Toutes les femmes mariées passent par là au moins une fois dans leur vie, tu ne vas pas en faire un drame. » Keuna se tenait à distance de la femme qui vous écoute, vous plaint, vous dit que depuis que le monde est monde, depuis que les hommes sont hommes, c'est ainsi, et pour vous aider à dédramatiser, certifie que le mariage c'est la *supportation* ; la femme qui sait très bien que vous n'avez aucune intention de changer quoi que ce soit à votre vie, que vous cherchez juste une oreille féminine compatissante qui, elle-même, peut-être, connaît un sort moins enviable que le vôtre. Après le passage des *Garants de la morale*, Keuna avait fermé la galerie, et s'était déclarée « officiellement en dépression pour un mois minimum ». La dépression dura quarante-huit heures. Elle fit tout nettoyer, renforça la sécurité, signa un contrat avec la meilleure agence de gardiennage d'Akriba, et dans le cahier central d'*Émancipations*, traita ses agresseurs de « bites de poulet bicyclette ». Ça lui ferait une belle jambe si Keuna, la peur de rien, la femme à la cigarette et au whisky – whisky sans glace –, se mettait en tête de la convaincre de porter plainte contre son mari, voire de le quitter. Keuna ne tolérerait pas qu'une femme comme elle, instruite, diplômée, enseignante, capable de gagner sa vie, jeune encore, poursuive tranquillement sa vie de couple ; surtout que d'amour, son mari, il y a un moment qu'elle ne l'aimait plus. Il n'y avait pas à tergiverser, Keuna et elle n'étaient pas faites du même plumage. Au volant de sa voiture, sur l'avenue du Trente-Avril, en route pour Bubinga Project, elle avait songé que sans le tricotage patient, adroit, renouvelé du compromis et les ajustements perpétuels, sa vie, celle de tant d'autres femmes, seraient tout simplement impossibles. Qui peut se prévaloir d'être totalement entier ? Notre vie à tous est une boiterie permanente, aimait à dire Samy. Ça, c'était avant « les compromis mis bout à bout ne font pas une vie ». On ne met pas sens dessus dessous son existence, celle des êtres qui lui sont liés, à cause de quelques baffes. On s'en arrange comme des règles douloureuses ou de l'éjaculation précoce. Là-dessus, elle avait enclenché la marche arrière, et fait demi-tour.

Malgré le ciel sans soleil, le visage de Katmé était inondé de sueur ; du moins en était-elle persuadée. En cherchant au fond de la poche de son pantalon d'alpaga deux fois trop grand un mouchoir, elle ne réalisa pas, avant que Dieunedort, le serrurier, ne demande d'une voix inquiète : « Maman Katmé, ça va ? », que la sueur perle rarement des yeux pour couler à verse sur les joues.

15

Rentré du Portugal, Fortès ne posa pas de question. Le foulard enrubannait encore ses joues, et ses paupières, sans faillir, continuaient de jouer la partition de l'ivresse. Il proposa ce qu'il proposait toujours : regarder un film. Là où le magnésium n'avait pu tenir en échec les paupières, *Bal Poussière*, Demi-Dieu et ses six femmes, les ramenèrent en quatre-vingt-huit minutes à la raison. La dernière fois que Katmé avait ri, de ce rire élastique et affranchi, de ce rire qui fit rire Aleksandre – il trouvait le film plutôt moyen et s'étonnait qu'elle rie autant –, c'était le jour où Samy et elle, accompagnés du maire, avaient essuyé le tombereau d'injures du vendeur de terrain véreux. Elle aurait aimé qu'il soit là ce soir, Samy. Qu'il voie le film avec eux. Hypermnésique comme il l'était, il aurait retenu les dialogues les plus drôles du film, les aurait ressortis pour la faire rire. Il avait remporté six fois de suite le trophée *Telle réplique, quel film ?* mis en jeu deux fois par mois par le ciné-club du lycée. Katmé nota la disparition soudaine des fasciculations. Après le rire, elle dénoua le foulard, le laissa glisser sur ses épaules, et livra à Aleksandre son visage, cru, nu, hâve, son visage strié de l'empreinte des doigts de Tashun.

La maison d'Aleksandre se transforma en relais postal. Katmé consignait l'argent, Kizito le récupérait, rapportait les courriers de Samy remis à Ety.

Jamais, elle n'entendait Aleksandre dire : « Désolé, ce soir je n'aurai pas le temps de dîner avec vous, de regarder un film, de récupérer l'enveloppe de Kizito. » Il se montrait disponible, ne manifestait aucun ennui à l'écouter ressasser sa colère, ses frustrations en évoquant Samuel. Ils se rappelaient les soirées visionnage avec lui, ses arguments pour ou contre tel film, ses divagations après quatre verres de vin, du vernissage de l'expo, des détails sans intérêt qui importaient à Katmé et qu'elle ranimait pour garder Samy présent parmi eux. Jamais, même en se rendant chez Aleksandre sans prévenir, elle ne croisait quelqu'un – une femme ? – chez lui. « Ma période de thérapie sexuelle est derrière moi », commenta-t-il le jour où elle l'interrogea là-dessus. Il s'était marié deux fois. Deux fois de trop, d'après lui. En retrait de la vie sociale de la communauté expatriée de Fènn, il se rendait dans son éternel abacost – elle ne l'avait jamais vu habillé autrement – chez les habitants du village lorsqu'ils l'invitaient à partager un plat local, à assister à un baptême, ou à un mariage.

Un soir, il ne l'entendit pas entrer. Elle le trouva assis à sa table de travail. Jambes croisées, lunettes sur le nez, studieux, tapant fiévreusement les touches du clavier de son ordinateur. Scène éphémère. Irréductiblement éphémère. Un soir arriverait où Aleksandre ne serait pas assis jambes croisées devant son ordinateur, pensa-t-elle.

Un soir arriverait où Aleksandre serait mort. Comme Madeleine. Enterré, pourrissant, squelette.

Aleksandre était mortel.

Là se situait le curseur de Katmé.

L'aiguillon à partir duquel elle arbitrait son degré d'attachement. Son coiffeur par exemple, personnage à la périphérie de son existence, lui qui en démêlant péniblement sa tignasse crépue disait, découragé : « Ma chérie, Dieu nous a tout refusé, même les cheveux. » Du jour où elle eut peur qu'il meure, elle sut, elle qui éclusait les salons de coiffure, qu'elle n'en changerait plus. Des morts sur pattes, voilà ce qu'étaient les vivants pour elle. Des cadavres dotés durant quelques années du pouvoir de respirer, rire, gesticuler, faire l'amour, se disputer, aimer, haïr. Elle regardait une personne et pensait : combien de temps encore ?

Comment entame-t-on une carrière dans l'adultère ? En choisissant le lieu du crime et les armes comme les gangsters ? À quel niveau de mensonge, de distorsion de la vérité faut-il se préparer ? Le bec-de-lièvre d'Aleksandre, le renflement de la chair, en éprouver l'épaisseur, la dureté, ses lèvres fines sur les siennes, le contact de ses lèvres, visions fragiles et pesantes des ailes d'un papillon de fer. Comment passe-t-on du premier homme au second ? Du mari à l'amant ? Comment jongler entre les deux ? Chacun son jour, chacun sa semaine ? Les deux le même jour, par souci d'équité ? À combien d'heures de distance ? Et les impairs ? Et si on était découvert ? Et la morale ? Et le péché : véniel ou mortel ? Elle ne croyait plus à toutes ces billevesées, mais sait-on jamais, Dieu merci ce bon J.-C. depuis deux mille ans condamnait la lapidation des femmes adultères. Et Axelle, Alix ? Oh, misère ! Des questions que Tashun ne s'était sûrement pas posées, lui. Aleksandre la recevait avec l'invariable urbanité, l'ineffable patience, qui désormais l'horripilait, la poussait à se demander s'il ne voyait en elle qu'un bon camarade de vidéoprojection. Tout de même, il notait parfois ses changements de coiffure, et pour l'embrasser sur les joues lorsqu'elle arrivait et s'en allait, il la prenait par les épaules, réduisant la distance entre leurs deux corps. C'était bien mince. La peau sous l'abacost, assouvie à jamais par « deux mariages de trop » et « la période de thérapie sexuelle » ? Insensé. Avec qui parler de cela ? C'est là qu'une amitié féminine – une femme comme Djama, plus âgée, plus expérimentée, sans le versant Ginger Jones de la personnalité – lui aurait été utile. Avec Keuna, elle ne parvenait pas à surmonter l'impression d'être de la fausse monnaie, du similicuir.

« Pourquoi t'es-tu séparée de ton mari ? » s'était-elle enhardie à lui demander. Dans son entourage, une femme sans mari, divorcée, qui élevait seule son fils, fumait ouvertement, buvait du whisky, du dry gin tout aussi ouvertement, n'était pas un phénomène qu'on pouvait qualifier de banal.

« Parce que Aurelien était moins intelligent qu'il n'en donnait l'air, et parce qu'on ne suce pas la queue d'un mec qui vous tape du fric. » Elle tirait sur son cigarillo. « Tu comprends, me taper un mec qui ne branlait rien de la journée en dehors de lui-même était devenu au-dessus de mes forces. Un jour, j'ai pris mon fils sous le bras et je me suis barrée. Je devais être au taquet matin et soir. Avant le boulot, après le boulot. Au début, je te dis pas,

tu sais comment c'est. » Katmé pensa qu'elle ne savait pas comment c'est. « On baisait comme des possédés. Le pied ! Il fallait une urgence vitale pour nous sortir du pieu. Le mec en avait tout le temps envie, et moi donc ! Quand j'ai compris que sorti de ''prends-moi encore dans ta bouche, s'il te plaît, mets-toi à quatre pattes, s'il te plaît'', il n'y avait plus personne, nous étions mariés, et j'étais enceinte. Il avait toujours une bonne raison pour démissionner, boulot trop ceci, pas assez cela ; imagine le mec qui te sort sa quéquette tous les matins pour te la fourrer dans la bouche alors que tu dois cavaler entre le gamin à déposer à la crèche et le RER de sept heures cinquante-cinq à attraper pour ne pas être en retard au taf. Je bossais dans une galerie d'art du Marais, tu vois où c'est ? » Katmé dit que oui, c'est le quartier où vivait le frère de Tashun à Paris ; en transit pour Rome, ils y avaient logé. « J'étais curatrice des expositions sur l'Afrique subsaharienne, Aurélien savait que je paierais les factures quoi qu'il arrive, moi ou *son papa ou sa maman*. Il est fils unique d'un couple dont la mission de vie est d'empêcher leur rejeton de couper le cordon ombilical. Aujourd'hui encore, dès qu'il est fauché, papa et maman, qui n'attendent que cela, rappliquent en le remerciant presque de les taper. Aurélien n'avait pas fini d'être l'enfant de ses parents, comment pouvait-il être mari et père ? Quand je lui ai dit que je me tirais, tu sais la question qu'il m'a posée en pleurnichant ? ''Keuna, tu ne m'aimes donc plus ?''
— En fait, c'est que je m'aime plus ! ai-je répondu. Dix mois plus tard, je rentrais au pays, après huit affreux mois à taffer pour l'ambassade de France, j'ai démissionné, enfin, été virée ou tout comme, et un an après

j'ouvrais Bubinga Project. » Katmé n'avait pu se retenir de lui demander si elle n'avait retrouvé personne, ne craignait pas de rester seule. « Non seulement je n'ai pas peur, mais je suis libre, libérée de la servitude des liens obligés. »

Vivre au rabais de soi-même ; les compromis mis bout à bout ne font pas une vie… Keuna vivait à hauteur d'elle-même, c'était certain.

Nue devant la glace, Katmé faisait l'inventaire implacable d'un corps à la géographie accidentée. Seins jadis vallonnés aujourd'hui en dépression topographique ; ventre et postérieur en sentier de vergetures ; fesses en plateau ; hanches en fleuve ; bras en ruisselet ; touffe du pubis en forêt grisonnante ; cuisses et jambes étranglées de mottes de cellulite. À quoi pouvaient ressembler ces « autres », celles chez qui Tashun faisait un détour avant de rentrer ? Étaient-elles mères comme elle ? Leur ventre, plat ? Leurs seins, montagneux ? Leurs fesses, plaine ou colline ? Trente-trois ans, deux enfants, et voilà qu'elle se posait des questions de retraitée de l'attirance physique. À l'époque de la foi incandescente, sous le toit de Mama Récia, chaque enfant avait l'obligation de déléguer les rênes de son âme à un père spirituel. Père Évariste, qui prônait comme de bien entendu l'abstinence, décourageait la sexualité avant mariage, et assenait : « On peut sentir sans consentir. » En les préparant des années plus tard au mariage religieux, Tashun et elle, il ne cessait de répéter : « N'oubliez pas, mes enfants, même dans le mariage, vos corps devront se saluer d'une manière qui honore Dieu. » Tashun la trompait et elle ne pouvait rien y faire, même pas se venger si tel avait été son but. Pas à l'idée d'un regard inaccoutumé, celui d'Aleksandre par exemple, posé sur elle. Condamnée donc à être fidèle à ce mari, premier et seul amant, épousé devant Dieu et devant les hommes ; ce mari qu'elle n'aimait plus, à cause d'un corps qu'elle n'aimait pas. Elle s'était précipitée dans le mariage parce qu'elle avait perdu sa virginité, elle ne se précipiterait pas dans l'adultère parce qu'elle avait perdu ses seins. La raison n'était pas glorieuse mais Dieu s'en contenterait. Piégée, la vraie femme. La vraie femme découvrait, aveuglée par son éclat, la fidélité de résignation, la fidélité de contrainte. Parce que Aleksandre, c'est au fond d'elle qu'elle le voulait. Une envie primitive, rustique, éloignée du désordre des sentiments. Elle se sentait atteinte de fièvre. De quelle sorte de fièvre, elle aurait été en peine de le dire, tout ce qu'elle savait c'est que les points d'interrogation, les mêmes, tournoyaient dans sa tête. Katmé croyait inventer les atermoiements qui précèdent la première goguette hors du lit conjugal, elle en déroulait avec précision les lieux communs.

À quel moment se mirent-ils à se dire des trucs idiots comme : « On a chacun un K à notre prénom ? — Vous savez quel âge j'ai ? — Je sais l'âge que vous me faites avoir. — J'ai l'impression que vous allez compter pour moi. — Serait-ce une bonne ou une mauvaise chose ? — Vous rêvez parfois de moi ? — Mes rêves, vous y êtes bien accroché, ça fait un moment. » Il démontait l'avis qu'elle émettait sur un film, elle grommelait : « Je vous déteste. — Je vous déteste aussi. » Ils se rappelaient leur « première dispute » dans son bureau, Aleksandre moquait son « fin de chargeur », prétendait que c'était la seule chose intéressante qu'elle ait dite ce jour-là, c'est d'ailleurs cela qui l'avait amené à penser qu'elle pourrait être une voisine convenable. Elle laissait un mot récapitulant les raisons qu'elle avait de lui être redevable, il répondait : « Vous êtes une apparition qui ne devait pas apparaître, un éclair de lune au milieu du désert. » Elle lui confia qu'elle n'aimait pas les yeux de couleur, ça éveillait la méfiance au Zambuena. « Les yeux de couleur ? — Qui ne sont pas noirs, marron ou à la rigueur noisette. » Ça le fit rire. Abreuvé de compliments sur la beauté de ses yeux depuis la naissance, il lui relata l'histoire de cette camarade de classe qu'il embêtait au collège et qui, un jour, excédée, lâcha : « Il n'y a que ça de beau chez toi, tes yeux ; pour le reste, tu es moche et méchant. » Katmé réalisa le geste qu'elle venait de poser, ce geste qu'elle s'était maintes fois imaginé faire, lorsqu'il happa son doigt entre ses lèvres. Ils étaient à la cuisine, à table, assis face à face, elle n'avait pas échappé à la sauce d'arachide-riz ; dehors, les animaux de la nuit donnaient de la voix, Aleksandre avait ri à cette histoire de couleur des yeux, elle avait tendu la main et fait courir son index sur la cicatrice de la lèvre supérieure, et maintenant sa langue à lui tournait autour de son doigt à elle, faisant durcir ses tétons sous son chemisier noir en satin.

16

Amédée, l'un des sept fils de Mama Récia, avait un jour affirmé : « Marié, je toucherai ma femme uniquement pour avoir des enfants. Je veux trois enfants, je la toucherai donc trois fois. » Avec Aleksandre, Katmé était loin du quota du cousin Amédée ; il était en elle deux, parfois trois fois le même soir. Ses lèvres, où qu'il les posât sur elle, avaient le goût de l'enchantement. « Baiser comme des possédés », avait dit Keuna. Elle comprenait seulement maintenant, à trente-trois ans, ce que cela signifiait. Aleksandre la prenait de façon impérieuse, lui faisait l'amour comme un général en campagne, un commandant en chef dont chaque bataille était décisive. Assiéger l'adversaire, le soumettre, le supplier de demander grâce pour mettre fin au supplice de l'attente. Son mari l'avait maladroitement initiée aux jeux de l'amour, Fortès lui apprenait le plaisir. Celui qui monte doucement, inexorablement, et laisse exsangue. « Je suis content que vous ne soyez pas un requin du Groenland, lui dit-il. — Comment ça ? — Les requins du Groenland vivent entre 200 et 400 ans et atteignent leur maturité sexuelle autour de 186 ans. — Comment je dois le prendre ? — Comme un compliment, vos progrès sont fulgurants. » Avec la même fulgurance, Katmé, emportée par le vertige de son désir, s'accoutuma aux contorsions de l'adultère, prenant quelquefois des risques dont elle minimisait la portée.

Son mari allait et venait en elle, elle imaginait Aleksandre et étouffait les gémissements qui lui montaient aux lèvres. Avec Tashun, elle bridait l'expression de son plaisir, ne « braillait » pas, ne se laissait pas aller à une logorrhée hasardeuse. Comme une vraie femme. Moins d'un an après leur mariage, il avait circonscrit ses effusions verbales pendant l'amour. C'était la fois où elle avait gémi plus fort que d'habitude, dit des mots tous un peu incohérents, tous fatalement crus. Puisqu'il allait voir ailleurs, c'était sa faute à elle pensait-elle, elle manquait d'expérience. Elle s'était mis en tête d'apprendre ; après tout, elle était enseignante, elle savait que rien ne valait un apprentissage sérieux ; à défaut d'expérience pratique, une formation théorique comblait bien des lacunes ; elle voulait le surprendre, qu'il n'aille plus fourrer son pénis entre les cuisses d'une autre. *Comment garder Monsieur dans l'alcôve*, manuel qu'elle se procura auprès d'un vendeur de livres de seconde main, fit office de tuteur. D'après l'incipit jargonnant de l'ouvrage qui datait de la fin des années soixante, le sexe, c'était un vocabulaire, des gestes, des soupirs, un délire oral, des chuchotements, des cris, des positions ; aucun homme n'y résistait. Tashun résista. Se retira d'elle, choqué. Cette vulgarité, ces bruits de fille du quartier de la Joie… Il dit « bruits » et Katmé entendit une vache meugler, une truie grogner, une chamelle blatérer. Roulée en boule, rapetissée au point d'en devenir petite, toute petite dans le lit, elle se vit infliger un sermon sur la réserve, l'image de soi, le respect, la dignité de la femme mariée. Tashun appliquait – avec elle du moins – les préceptes de père Évariste en la *saluant* « d'une façon qui honore Dieu ». Chanter, c'est prier deux fois, assurait-on au Mouvement Eucharistique des Jeunes qu'elle avait fréquenté. Faire l'amour de façon dévote à son épouse aussi. Il va sans dire qu'elle en resta au premier chapitre de *Comment garder Monsieur dans l'alcôve*, le balança à la poubelle non sans l'avoir avant réduit en confettis. Aleksandre, lui, dialoguait avec son corps, l'encourageait à chuchoter, crier tout ce qui lui passait par la tête, gémir haut, hurler son plaisir à l'unisson du sien. Avec lui son vagin aspirait à être occupé en continu. Il s'éloignait, et elle se sentait carencée en dopamine, sérotonine, endorphine, perdue au point d'insister, au mépris de toute précaution, pour qu'ils passent la nuit ensemble, nus, en cuillère, lui à l'intérieur d'elle. Quelque chose s'était-il détraqué en elle ? D'où venait cette inaptitude à la satiété physique ? Devenait-elle nymphomane ? Elle tomba chez son coiffeur sur un magazine dans lequel une quadragénaire racontait être devenue addict au sexe alors que sa mère se mourait d'un cancer à l'hôpital. « Je culpabilisais d'avoir des rapports sexuels alors que ma mère était à l'hosto. J'avais envie tout le temps, tout le temps, le réveil d'un instinct animal quoi, mon partenaire de l'époque ne me suffisait pas, j'en trouvais d'autres, avec du recul, c'est le plaisir charnel qui m'a permis de tenir pendant l'accompagnement de ma mère. Ça m'a aidée à la laisser partir, ma mère, et ça a aidé mon partenaire de l'époque, que je mettais aussi beaucoup à contribution le soir, à retrouver la sienne avec laquelle il avait de mauvais rapports. » Madeleine était morte depuis vingt ans. Samy ne se mourait pas en prison. Ce n'était pas comparable.

Un soir, avec Tashun, elle eut un geste effronté. Avant le départ pour Fènn, elle avait ses règles, et son mari – contrairement à Aleksandre qui fouillait de sa langue le creux de ses cuisses même lorsqu'elle saignait – la sanctuarisait tant que « la nature opérait ». À son retour, après le dîner, Axelle et Alix couchées, la porte de la chambre refermée, affamé, il s'était jeté sur elle. Au début de leur mariage, elle aimait qu'il ait faim d'elle. C'était signe, pensait-elle, qu'il n'était pas allé voir ailleurs. Son ardeur la rassurait. Elle y répondait avec gratitude ; s'il la voulait, c'est qu'il la préférait. Ce soir-là donc, sans réfléchir, elle tomba à ses pieds, dézippa sa braguette. « Qui d'autre te touche ? » demanda-t-il avec un mouvement de recul. Elle balbutia de pauvres excuses, feignit les larmes, le désarroi, éteignit les soupçons. Plus tard, quand ce fut fini, il bascula sur le côté et posa la question rituelle : « C'était bon ? » Elle hocha la tête, sourit. Il lui rendit son sourire et se retourna pour dormir. Tashun satisfait par un hochement de tête plutôt que par l'expression incontrôlée et audible du plaisir de sa femme.

« Je n'attends rien de notre relation, prévenait Aleksandre. — Si seulement, on pouvait vraiment ne rien attendre », rétorquait Katmé. Hors de la chambre aux murs rouges, du canapé en fer forgé, du plan de travail de la cuisine, de la baignoire de la salle de bains, du carrelage de la douche, du tapis de verdure au bord de l’étang où ils se perdaient l’un dans l’autre au cœur de la nuit, éclairés par une lampe-tempête, les rayons lunaires, au milieu d’eucalyptus, de coassements de crapauds ; Aleksandre, songeait Katmé, ne s’attacherait jamais à elle comme elle le souhaiterait. Du reste, savait-elle ce qu’elle souhaitait ? Pour le moment, ses lèvres, ses mains, sa peau, son sexe embrasaient son corps mieux qu’elle n’aurait jamais pu l’imaginer et ça, ça avait son importance.

TROISIÈME PARTIE

17

La marche n'avait rien de la flânerie champêtre mais on progressait. L'odeur argileuse de la terre mouillée, la rosée du matin, le chant des rouges-gorges perchés sur le branchage des arbres et la farouche beauté des fleurs adoucissaient la cruauté du chemin. Que personne ne se soit encore étalé de tout son long tenait du miracle. L'herbe humide chatouillait les chevilles nues, les feuilles des arbres égratignaient les bras découverts. Tant bien que mal, trébuchant, titubant, tout le monde avançait. Coup de machette à gauche, coup de machette à droite, les herbes voltigeaient telles des paillettes vertes, perdaient leur fière allure, retombaient au sol. Le jeune guide, la main sûre dans les airs, le pied ferme sur la terre, tailladait la végétation trempée de la rosée du matin. Au milieu d'arbustes sauvages, de cacaoyers, de bananeraies, de rats palmistes, de serpents, de plantes sarmenteuses, l'avancée, malgré la sérénité du guide, avait tout de l'expédition dans une brousse hostile. Personne ne se plaignait, chacun faisait comme il pouvait. De temps à autre, des geignements perçaient, c'est tout. On se raccrochait à une branche, on prenait appui sur l'épaule devant soi, sur ses propres hanches, ses genoux. Machette à la main, le guide musculeux et trapu tranchait les halliers drus, inventait une voie au cœur des fourrés. À chaque volée de machette, Katmé mesurait l'étendue de son imprévoyance. Son kaba ngondo, celui de Mama Récia, le manteau de chœur bleu de Sennke, les robes, boubous et pantalons de ceux qui cheminaient vers la tombe de Madeleine, pris entre les ronces, étaient constellés d'épines, déchirés ici et là. Debout, droit, sans soutien, sans soupir, son père, un mètre quatre-vingt-dix-huit, soixante-seize ans, gandoura en basin d'un blanc immaculé brodée au fil d'or, arborait l'air majestueux et austère du seigneur en visite sur ses terres, précédé de son doungourou. La haute stature d'Innocent Patong matait toutes les autres. Il fallait être lui, avoir son assurance, la certitude de sa prestance, pour porter un vêtement d'une telle ferveur au cœur de cette broussaille où il n'avait pas remis les pieds depuis plus de vingt ans. À titre de comparaison, Tashun dans son costume noir, sa chemise noire, ressemblait aux croque-morts du Dernier Sourire, l'entreprise de pompes funèbres, qui fermaient la marche. Il était neuf heures du matin, l'air frais venteux, la couleur du jour charbonneuse. Le guide avait assuré yeux levés au ciel qu'il ne pleuvrait pas. Aujourd'hui et demain. C'est ce qu'il leur fallait, deux jours d'un ciel qui pouvait rester couvert, menaçant, tant qu'il demeurait sec. Pour conjurer les intempéries, Mama Récia avait enfoncé dans la terre jusqu'au manche la lame d'un couteau près d'un feu de bois.

L'exhumation était restreinte à la famille. « Heureusement », avait fulminé Tashun en se prenant les pieds dans une liane. Innocent Patong, c'était la famille. Les autres, le maire Édouard Limu – rallié au MPA comme prévu et colistier de Tashun pour le gouvernorat –, le préfet, les croque-morts du Dernier Sourire, les fossoyeurs – des prisonniers de corvée et leur maton, ne comptaient pas. Les invités, les nombreux invités, arriveraient en fin de journée ou le lendemain matin avant la messe. Son mari ne lui aurait pas pardonné d'offrir ce spectacle à leurs nouveaux amis. Occupé à mettre sur pied sa campagne électorale, harassé par ses tâches préfectorales, il s'était informé de loin en loin des dispositions qu'elle prenait. Ses visites à Fènn étaient destinées à étoffer son équipe, affiner la liste des colistiers et rencontrer sous l'égide de son père un notable ici, une élite là. Katmé essaya de se souvenir de la citation de Samy sur la prudence : … *cautela*… non… quelque chose… Qui pouvait croire qu'elle avait eu l'intention de faire débroussailler ce chemin, d'ouvrir un accès jusqu'à la tombe ? Elle pensait avoir le temps. Elle pensait avoir du temps, puis ça lui était sorti de l'esprit. Kizito et elle avaient exploré tellement de pistes pour faire quitter à Samy la centrale qu'il n'est pas étonnant qu'elle en ait oublié de se préoccuper de celle qui menait au sépulcre de Madeleine. Du jour où le clapet métallique de la cellule avait claqué derrière Samy, l'ordre de ses priorités s'était trouvé bouleversé et la cérémonie grandiloquente voulue par Tashun était redevenue ce qu'elle avait été au départ, ce qu'elle n'avait jamais cessé d'être, un fardeau dont elle ne savait comment se débarrasser.

Alors qu'il n'avait été jusque-là que flegme et hauteur, son père houspilla le guide : « On va au bout du monde ou quoi ? Ça fait au moins trente minutes que tu dis que nous sommes presque arrivés, on n'a pas ta santé, mon garçon ! » Katmé vit Mama Récia croquer furieusement sa lèvre inférieure – signe de contrariété maximale chez elle. Elle devait terriblement lui en vouloir de ne pas l'avoir prévenue de la présence d'Innocent Patong.

« On arrive bientôt, papa » dit le guide. Pour prouver qu'il ne mentait pas, il leva la main droite en l'air, pouce et index collés, les autres doigts écartés, dressés vers le ciel.

« C'est quand bientôt ?

— Même pas dix minutes, papa. »

Les coups d'œil assassins de sa tante en direction de son père s'intensifièrent. Katmé devinait aisément ce que pensait Mama Récia en revoyant son père après toutes ces années. Elle avait dû constater qu'il était moins marqué par le passage du temps qu'elle ne l'aurait cru, s'était rappelé son âge, avait songé à sa sœur Madeleine morte et enterrée depuis deux décennies ; et lui, les traits orgueilleux au-dessus de l'aveuglante blancheur de la gandoura en basin, vivant, souriant de son sourire hautain de dandy charismatique sur le retour. Un charisme camouflant bien des turpitudes. Mama Récia ne lisait que la Bible et les biographies de saints. Elle n'avait pas lu *Le Portrait de Dorian Gray*. Katmé était pourtant persuadée que l'âme trouble que sa tante prêtait à son père avait quelque chose du personnage de Wilde.

Ses familles paternelle et maternelle se haïssaient avec passion et méthode. Dans la chambre mortuaire de Madeleine – salle hideuse éclairée par un néon jaune pisseux, murs fissurés, peinture écaillée –, les deux familles s'invectivaient sous le regard consterné des croque-morts. Étendue sur une table en acier, nue, lèvres barbouillées de rouge vif, seins dressés, figés par la glace, poils pubiens si luisants qu'on les aurait dits enduits de gomina, perruque de guingois sur la tête, Madeleine attendait que l'on décide de son sort. Chaque famille voulait imposer le choix des accessoires qu'elle avait achetés pour la morte. Katmé revit sa main gauche gantée de blanc glissée dans celle gelée de sa mère, la robe rose clair de première communiante qu'elle portait, les chaussures neuves achetées par le directeur du lycée où enseignait Madeleine et qui lui faisaient mal aux pieds, sa main droite tenant celle de Sennke, Sennke et elle debout devant le corps couleur papaye mûre de leur mère, s'exilant dans un territoire-refuge imaginaire pour s'extraire du marchandage en cours. Mama Récia et ses filles eurent gain de cause pour la robe. Elles enfilèrent à Madeleine une robe en dentelle blanche de mariée parsemée de petites étoiles scintillantes ; on n'aurait pas été surpris de voir la tenue s'illuminer telle une décoration de Noël. D'ailleurs, on était en décembre. Innocent Patong remporta le droit d'utiliser une méchante caisse en similibois qui laissait entrevoir les négociations âpres auxquelles il avait dû se livrer avec le menuisier des pompes funèbres. Poignées aux dorures criardes, capitonnage en faux satin, feuille de zinc ridiculement fine, vernis hâtivement séché ; son père, de lui-même, se disqualifia. Non parce qu'il s'était aligné sur ce qu'il devait considérer comme les standards financiers et esthétiques de la famille de sa mère mais tout bêtement parce que le cercueil se révéla trop étroit pour le corps. Il n'avait pas réalisé que Madeleine, ces dernières années, n'avait cessé de prendre des kilos. Son père adopta l'air modérément ennuyé de celui qui, par politesse, cherchait à tenir un rôle mineur dans la pièce ; et qui, renvoyé dans le public, parmi les anonymes, s'incline avec élégance.

Le guide pila. Pointa du doigt – quoi d'ailleurs ? Un monticule ? Un tertre ? De vagues débris plutôt. Vestiges de béton, de fer, d'armature, qui, sans la vigilance du jeune homme, seraient passés inaperçus. La tombe de sa mère. Ouverte. À la végétation. Au vent. Au soleil. À la pluie. Aucun nom, aucune croix, aucune épitaphe. Elle sentit une vingtaine de paires d'yeux accusateurs sur elle. Quelle fille de Fènn, sans être une abomination de la nature, pouvait délaisser la tombe de celle qui l'avait mise au monde ? Un rat palmiste émergea du trou, provoquant un mouvement de recul paniqué. Tashun rattrapa de justesse Katmé à la taille, l'entoura vigoureusement de son bras ; Sennke tituba et se raccrocha au bras d'Édouard Limu ; Mama Récia lâcha un cri d'oiseau de proie – rien d'hystérique, juste ce qu'il fallait pour donner le coup d'envoi au concert de pleurs. Quatre de ses fils glapirent, le luxueux cercueil en ébène gris qu'ils transportaient, marqueté avec inventivité et délicatesse par le menuisier de Djama, leur échappa des mains. La caisse en bois rare – « l'ébène gris s'obtient après décapitation de l'arbre avant maturité », avait expliqué Djama – était maintenant toute cabossée. Mama Récia se frappait la poitrine, se tirait les cheveux. Pourquoi sa tante, qui ne ratait pas une occasion de regretter à chaudes larmes la mort prématurée de sa jeune sœur, n'était pas elle non plus retournée sur la tombe ?

Des échardes poussèrent à l'intérieur de Katmé. Innocent Patong essuya une larme qui ne perlait pas au coin de son œil, après quoi il posa une main maladroite sur la coiffe de Sennke qui pleurait franchement ; elle se dégagea. Tashun, solennel, la gravité en bannière sur la figure, lui tendit un mouchoir estampillé, comme sa chemise et ses chaussettes, de ses initiales ; elle le repoussa. Il utilisa le mouchoir pour nettoyer la coulée qui s'échappait du nez de Katmé et tachait son coûteux costume fait sur mesure. Mama Récia, pliée en deux, se massait les mollets en fredonnant une mélopée que ses douze enfants, leurs maris, leurs femmes, leurs enfants adultes reprirent en chœur. Le maire, le préfet et même les croque-morts salariés du Dernier Sourire adoptèrent l'expression qui convenait à la circonstance. Les retrouvailles avec Madeleine vingt ans après furent donc, somme toute, éprouvantes pour tout le monde – en apparence du moins ; sauf pour les cinq fossoyeurs – main-d'œuvre pénitentiaire payée à la tâche, et leur maton, qui attendaient avec impatience qu'on leur enjoigne de commencer. Mama Récia, à qui le sens pratique ne faisait jamais défaut, prit les choses en main et ordonna d'ouvrir la tombe. Ouvrir, façon de parler. Des bouts de dalle par-ci, par-là, rien de trop, on ne pouvait pas dire qu'elle était vraiment fermée. Mama Récia précisa qu'elle serait totalement convaincue qu'il s'agissait bien de la tombe de sa sœur lorsqu'on retrouverait le poignard – tous les squelettes se ressemblent, n'est-ce pas. Le maire et le préfet réclamèrent un moment de silence. Ils tentèrent de lire d'une seule voix les actes officiels autorisant le déterrement de Madeleine Lapteu. Débit désaccordé, phrases se chevauchant, s'entrecoupant, se répétant, prêtaient à rire. Personne ne rit.

Au premier coup de pioche, sa tante se frappa de nouveau violemment la poitrine. Katmé fixa des yeux sa tante au chagrin spectaculaire. La raison pour laquelle sa tante n'était jamais retournée sur la tombe de sa sœur Mado était tapie dans l'arrière-cour de son âme de chrétienne endurcie. « Tenez-vous éloignées du péché, mes enfants. » On ne visite pas la tombe d'une pécheresse. Katmé se rappela les propos de Mama Récia à l'hôpital, alors que sa mère venait à peine de fermer les yeux. « Bénissez Notre-Seigneur Jésus-Christ, votre mère a beaucoup souffert avant de mourir. Le Seigneur l'a purifiée. Par sa souffrance, elle a gagné son paradis, Dieu soit loué, elle n'ira pas en enfer ! » Madeleine vivait en état de péché mortel, puisqu'elle entretenait, en dehors des liens sacrés du mariage, une relation avec Innocent Patong. C'est pourquoi, pour la « purifier », le Seigneur de Mama Récia s'était arrangé pour que le véhicule de sa mère entre en collision avec le camion d'un chauffeur ivre, qu'elle ne meure pas sur-le-champ, mais soit éjectée de sa voiture, qu'un bout de sa robe reste coincée dans la voiture pendant que son corps échouait sur la chaussée, ensuite qu'elle soit traînée sur le dos, sur la chaussée, à toute allure, à la vitesse diabolique d'une voiture folle, que la peau de son dos, sa chair soient arrachés du rachis cervical au coccyx, que la voiture achève sa course dans un village non électrifié où les habitants la dépouilleraient de ses bijoux, de son argent, que l'hôpital où elle finirait par atterrir grâce à un chauffeur d'autobus plus charitable que les autres, refuse de la soigner tant que sa famille ne viendrait pas payer une avance pour les soins vitaux à lui prodiguer, que les médecins mettent deux jours à détecter une hémorragie interne, qu'aucun antalgique ne réussisse à calmer les douleurs effroyables qui lui vrillaient le dos, l'ensemble du corps, qu'elle hurle au point d'en avoir la voix rauque, sépulcrale, que le troisième jour les médecins constatent l'insensibilité de ses membres inférieurs, elle resterait à jamais paralysée, que le troisième jour elle pisse du sang, que le troisième jour elle s'en aille muette d'avoir trop crié, muette d'avoir trop souffert, d'avoir trop pleuré. Le Seigneur de Mama Récia, chorégraphe du supplice, metteur en scène de la rédemption.

Au deuxième coup de pioche des fossoyeurs, un léger éboulement précipita béton et fer à l'intérieur du trou, Katmé se détacha de Tashun, cria d'y aller doucement. « Ce sont des ossements, chérie. On les nettoiera. Faut qu'ils se dépêchent, sinon on perd du temps. » Son père avait murmuré dans le creux de son oreille. Elle ne l'avait pas senti approcher. Il lui passa un bras autour des épaules. « *Soubanalaï !* Dépêchez-vous ! dit-il à l'intention des creuseurs qui s'étaient interrompus, on va pas y passer la journée. » Son père connaissait la valeur du temps. On n'accumule pas autant de biens si on ne sait calculer à sa juste mesure le prix d'une seconde qui s'écoule. *Des ossements.* Ces derniers mois, elle avait revu la femme qui avait méchamment souffert avant de mourir, qui n'avait été mère qu'une dizaine d'années et ne serait jamais grand-mère ; la femme qui n'était pas là quand elle avait eu ses premières règles, ses premiers doutes, ses multiples chagrins, ses quelques joies ; la femme debout sur sa vespa, intrépide voyageuse qui avait couru le monde mais n'avait pu venir à son mariage ; la femme aux yeux marron, à la peau couleur papaye mûre, qui respirait la santé, la force, l'autorité mais n'avait pu les protéger, Sennke et elle, de la violence, des coups, des supplices physiques que leur infligeait Rosine, la fille aînée de Mama Récia, dès que sa tante avait le dos tourné. Dans sa mémoire défilaient les occasions mortes, les rêves manqués, les questions inaudibles, les colères non dégluties. Sa mère après deux cent quarante mois d'assignation, n'était plus complètement exilée de ses pensées. Madeleine, pleine de vie, puis morte, raide, nue dans la chambre mortuaire, exposée à l'impudeur des regards, elle se la représentait. Mais jamais, au grand jamais, elle ne s'était figurée sa mère en *ossements*. Elle reconnaissait bien là son père. Innocent Patong, homme d'action, ne chargeait pas son vocabulaire de superflu.

L'entrée de la tombe déblayée, penchée en avant, elle entrevit mélangés à la terre les fameux ossements. Trois fossoyeurs sautèrent à pieds joints dans la fosse – il n'y avait pas d'échelle. Les deux autres leur lancèrent des pelles, ils les attrapèrent au vol. En retour, ils renvoyèrent dans les airs à leurs collègues ce qui ressemblait à un fémur. Sennke et Mama Récia hurlèrent. « Malédiction ! Malédiction sur vous ! gueula sa tante, vous êtes des maudits ! » Les prisonniers, ne comprenant pas ce qu'on leur reprochait, levèrent les yeux vers le maton qui s'adressa à Tashun, et demanda que les membres de la famille « donnent aussi un coup de main ». Les fils de Mama Récia – ceux grâce à qui le nouveau cercueil avait une allure d'objet de récupération flambant neuf – se rapprochèrent du bord, s'allongèrent par terre et tendirent les bras vers l'intérieur de la fosse. Ils récoltaient, à mains nues, les os du squelette disloqué de Madeleine, les transmettaient aux deux fossoyeurs, qui les remettaient aux agents des pompes funèbres, qui les reconstituaient dans le cercueil. Les employés du Dernier Sourire, protégés par des gants, armés de chiffons, nettoyaient les os avant de les déposer dans le cercueil. Katmé renifla. Le mouchoir de Tashun imbibé de morve et de salive n'absorbait plus rien. On remonta les lambeaux miteux de la robe blanche autrefois scintillante, le quart d'une perruque, une moitié de gant. Katmé ne ravalait plus le liquide visqueux qui des narines descendait aux lèvres, poursuivait sa route vers le menton, le cou. Son père raffermit le bras autour de ses épaules. Tashun lui glissa un mouchoir propre, assorti, celui-là, à l'écharpe qu'il portait autour du cou, floqué aux couleurs du parti et à l'effigie du président ; la campagne pour l'élection des gouverneurs s'ouvrait dans deux jours, lundi. On remonta un manche sculpté en argent rouillé, une lame rognée, oxydée. « Le poignard ! Ils ont trouvé le poignard ! jubila Mama Récia, c'est le tombeau de Mado, loué soit Jésus-Christ, c'est le tombeau de Mado ! »

Le poignard. Katmé ne l'avait pas oublié. Sa tante avait coincé l'espèce de dague dans la main droite rigide de sa mère avant la fermeture du cercueil à la morgue, afin qu'elle se défende si quelqu'un – disons, au hasard, Innocent Patong – enlevait son cadavre, la ressuscitait et l'utilisait dans un monde parallèle pour fabriquer des biens dont il jouirait dans ce monde. Faut suivre.

Un chapelet avait été préalablement logé dans sa main gauche. Le marabout, front puissant, cou de taureau, ongles et cuticules rongés, répandit une crème marron pâteuse sur le visage de la morte ; sous son corps le contenu d'une fiole noire. Avec des incantations, il appela la mort irrémissible de « l'assassin mystique » de Madeleine neuf jours après l'enterrement. Pour finir, il lécha d'un bout à l'autre le poignard avant de le présenter à plat sur la paume des deux mains à Mama Récia. Chapelet à gauche, poignard à droite, Madeleine aurait le choix des armes si on lui cherchait querelle dans son sommeil éternel. Le poignard pourfendrait Innocent Patong, dont la fortune – c'était connu de tous – provenait de l'argent gagné en livrant des âmes naïves aux puissances obscures qu'il servait. Faut suivre. Est-ce la tentative de zoomer sur les mains de la défunte qui fit chanceler l'homme juché sur une chaise au fond de la pièce, caméra à l'épaule, et qui, à l'insu de tous, filmait en contreplongée la scène ? Toujours est-il que les crissements du marchepied précaire sur lequel il avait grimpé pour filmer la cérémonie révélèrent sa présence. Katmé se souvenait des mines catastrophées du comité de conditionnement de Mado pour son odyssée dans l'au-delà. « On a prié tout le monde de sortir, TOUT LE MONDE ! Sauf les enfants et la proche famille de la défunte. Que faites-vous là ? » Le marabout était livide. Sa voix vibrait de fureur. Le propriétaire de la caméra VHS, moulé dans un polo blanc et un jean noir aux pattes d'ef' en tissu pagne, n'eut pas le loisir de répondre, Amédée donna un énergique coup de pied dans la chaise ; l'homme et le matériel furent précipités vers l'avant. On confisqua la caméra, et Amédée raya la bande de ses dents. « Quelle honte ! Des chrétiens, faire de la sorcellerie comme ça, beuglait-il tandis qu'on le fichait à la porte à coups de pied au derrière. Vous, des enfants de Dieu ? *Minalmi !* C'est l'enfer qui vous guette. Bande de satans ! » À peine sorti, il s'était répandu *urbi et orbi* sur la séance de maraboutage à laquelle il venait d'assister.

À Mama Récia et ses filles, « les enragées du bénitier » comme les surnommait son père, rien ne semblait incongru, même pas l'idée que l'on puisse, après sa mort et son enterrement, être déterré par des forces maléfiques et cupides, ramené à la vie, réduit en esclavage dans un univers alternatif, travailler à la production de richesses profitables dans le monde tangible. Faut suivre. Au premier enterrement de sa mère, il y eut donc officiellement le prêtre, homme de Dieu, représentant de l'Église, adorateur d'hostie et de ciboire ; et en toute discrétion, un marabout, la poitrine bardée de cauris sous son grand boubou rouge, fournisseur officieux de poignard et de filtre prodigieux. Neuf jours après l'enterrement, non seulement Innocent Patong n'était pas mort, mais il s'était présenté chez Mama Récia, resplendissant de santé dans une saharienne bleu météore assortie à la couleur de sa Lexus et lui avait remis « un peu d'argent pour les enfants ». Sa tante n'eut pas le cœur de cracher sur l'argent « satanique » et lui demanda simplement de déposer les billets sur la table de la salle à manger pour n'avoir pas à frôler ses mains ou entrer en contact avec sa peau. Le père de Katmé parti, elle pulvérisa sur les billets de l'eau de Lourdes mélangée à de l'huile sainte de Jérusalem en déclamant une dizaine de Je vous salue Marie, puis expliqua à la maisonnée qu'Innocent Patong avait déjoué les desseins du marabout en dérobant la terre au-dessus de la tombe de Mado. « C'est ça qui a gaspillé le travail de notre marabout, il a remis la terre de la tombe de Mado à son marabout à lui et ils ont tout bloqué. Pauvre Mado, Dieu seul sait où elle se trouve maintenant. » En suivant attentivement le raisonnement de sa tante, Madeleine avait été victime à la fois de la foudre divine et d'un maléfice humain. Pauvre Madeleine, cernée de toutes parts. Sa tante aurait été surprise d'apprendre qu'elle pratiquait un syncrétisme d'une redoutable agilité.

Katmé se moucha sur le visage du Père de la Nation et décida qu'elle avait assez pleuré. Elle jeta un coup d'œil à Sennke. Dans les bras de Mama Récia, sa petite sœur pleurait sans se retenir, sans barguigner sur la quantité de larmes libérables en présence de tiers, sans considération sur le fait qu'il ne fallait pas paraître fragile, friable, comme la piètre dalle de la tombe qui s'était effritée au fil du temps et avait cédé sans grande résistance. Cinq mois après la mort de Madeleine, sa tante les avait conduites, Sennke et elle, chez un nouveau marabout « terriblement puissant », plus puissant que celui de la morgue. Papa Vérité leur scarifia la peau au niveau du plexus solaire, en dessous des seins, sur le bas-ventre et le haut des fesses ; *blindage*, bouclier anti-sorciers réalisé avec la pointe d'une lame de rasoir trempée dans une mélasse sanguinolente et malodorante. Il fit apporter un seau d'eau et leur recommanda de regarder avec une concentration absolue le fond du récipient. Comme elles ne voyaient rien d'autre que de l'eau et la matière plastique du seau, il se fâcha, dit des formules sacrées, et à la fin déclara qu'elles avaient raté l'occasion de voir leur mère « mourir cette fois de sa vraie mort ». Leur mère travaillait comme cuisinière « dans le monde mystique, celui des riches de ce pays, dont votre père fait partie ». Lui, Papa Vérité, venait de la tuer pour de vrai, personne ne profiterait plus de ses talents de cuisinière hors hiérarchie. Mado commençait aujourd'hui son vrai cheminement vers le purgatoire de Dieu le Père et rejoindrait bientôt le paradis. Lui, Papa Vérité, allait détruire la fortune acquise par Innocent Patong dans le royaume des ténèbres, elles devaient donc s'attendre à voir leur père ruiné, un clochard dans même pas trois mois. Les trois mois échus, le seul fait notable dans leur vie fut la sévère pneumonie dont elles eurent du mal à se remettre, séquelle des deux heures passées, au clair de lune, pendant la saison des pluies, en petite culotte, poitrine à l'air, à se laisser mutiler la peau par le « terriblement puissant » Papa Vérité.

Katmé se dégagea de l'emprise de son père, s'approcha de sa sœur, lui prit la main. Leurs doigts se reconnurent, d'instinct se soudèrent. Comme lorsqu'elles étaient petites pour faire obstacle à une punition, invoquer un miracle ; comme à l'hôpital le jour de la mort de leur mère lorsqu'elles étaient persuadées de la faire revenir à la vie ; ou encore, plus tard, pour faire réapparaître leur père évadé de leur existence sur la pointe de ses Weston richelieux. Ce matin, au bord de la tombe délabrée de leur mère, les nœuds tressés avec leurs doigts empêcheraient qu'elles cassent, qu'elles s'effondrent.

Les yeux de Katmé picotaient. Les larmes ne coulaient plus. Elle lutterait et gagnerait la bataille des larmes.

D'abord celle-là. Elle en avait tellement perdu ces derniers temps. Et lundi, lundi après-midi, un jour après que sa mère aura été mise pour la deuxième fois en terre, si tout se passait comme prévu, elle en gagnerait une autre. Après quatre mois et dix-sept jours, Samy quitterait enfin la centrale.

Un soleil hésitant s'infiltrait entre les feuilles des arbres. Midi rampait à leur rencontre. Le guide prévint, « à midi pile pile, midi zéro zéro », on arrêtait tout et on reportait la fin du déterrement au lendemain. Nul ne savait pourquoi, dans le Haut-Fènn il fallait impérativement enterrer ou déterrer avant midi. Ça faisait partie, avec l'interdiction faite aux femmes de manger le gésier du poulet, de s'asseoir sur le même lit que leur mère une fois mariées, de ces règles que chacun respectait sans chercher à en questionner l'origine ou le bon sens, et qui avaient toujours paru ridicules à Katmé. Il se disait qu'une famille avait osé une fois enterrer son mort à la demie de midi ; le ciel s'était zébré d'éclairs, le plus jeune enfant du défunt avait été foudroyé, la famille avait enterré deux personnes plutôt qu'une. Cette histoire, à Fènn, tout le monde la connaissait et nul n'osait transgresser l'interdit. Si les formalités précédant l'enterrement, messe, discours, témoignages, remerciements, tam-tam, pleurs, chants, ne s'achevaient pas avant l'heure fatidique, on reportait l'inhumation au lendemain. Pour échapper à la longue soirée de veillée funèbre qui les attendait ce soir, Katmé avait essayé de ramener exhumation et enterrement à une seule journée plutôt que deux. Malgré sa lourde insistance, les arguments qu'elle avait avancés, dont certains se tenaient (ça coûterait moins cher de ne pas nourrir le village pendant deux jours par exemple), Tashun, Innocent Patong, Mama Récia, le chef du village et Djama s'y étaient opposés. Le carton d'invitation indiquait :

Veillée avec la défunte samedi soir.
Messe dimanche matin à 10 heures.
Enterrement. Collation.
Lundi 11 heures, inauguration du centre de santé
Madeleine Lapteu et d'un tronçon de l'autoroute
reliant Fènn et Akriba en présence des autorités
administratives et traditionnelles
de la province et des corps constitués.

Violer un interdit, bâcler une cérémonie d'une telle envergure, et pourquoi, s'il te plaît ? Pour des questions de cuisses de poulet et de graines d'arachide à économiser ? s'irritait Tashun. Voyons, elle n'y pensait pas sérieusement !

Deux mambas verts eurent la vilaine idée de ramper sournoisement au milieu de la petite assemblée, la machette du guide s'en amusa, les trancha en deux. Personne n'eut le temps d'avoir peur. Quatre morceaux de lianes fluorescentes gisaient à présent à côté du cercueil. Les rats palmistes, eux, jouissaient d'un traitement de faveur. Dressés sur leurs petites pattes, ils observaient la scène avec attention. Dès que la voix victorieuse d'un fossoyeur annonçait la découverte d'un nouvel os, les plus timorés d'entre eux décampaient. Les autres restaient là, levant et baissant la tête au rythme des pelles draguant la terre à la recherche des os de Madeleine. Comme les rats palmistes, Mama Récia,

Sennke et Katmé, debout au bord de la tombe, suivaient des yeux et de la tête le mouvement des pelles. Les fossoyeurs leur avaient demandé à maintes reprises de reculer, la terre instable pouvait à tout moment s'effondrer sous leurs pieds, et leur proximité gênait le travail. Torse nu, la poitrine constellée de gouttes de transpiration, le haut de pantalon ceint autour de la taille sous les passants, les hommes goûtaient mal les regards de contremaître des trois femmes. Les deux sœurs surveillaient chacun de leurs gestes, grondaient si une pelle heurtait par mégarde une phalange, reconnaissaient les parties du squelette, les nommaient, les comptaient. Les autres membres de la famille s'étaient installés, qui sur un tapis d'herbes fraîches, qui sur un bloc de pierre ou un tronc d'arbre. La terre rouge s'était vengée de la splendide gandoura d'Innocent Patong ; le basin en corolle autour de lui ressemblait à la robe d'une mariée tachée par l'arrivée soudaine de ses règles. Installé sur une bille de bois en compagnie de Tashun, du maire et du préfet, il ressemblait, malgré son vêtement maculé, à un chef de village s'apprêtant à accorder une audience, entouré de ses conseillers. Son père, comme Tashun, appartenait à la race des increvables venus faire rendre gorge à la vie, à en boire le suc jusqu'à la lie. Le contraire de Madeleine. Sa mère relevait de l'engeance avec laquelle la vie joue les garces. Trente-neuf ans et d'abominables souffrances. Trente-neuf ans et une fin minable. Trente-neuf ans et un enterrement de jour de soldes.

Le maton signala la fin des opérations, on levait le camp. Katmé et Sennke s'agenouillèrent devant le cercueil de leur mère, inspectèrent minutieusement le squelette. « Le compte n'y est pas. » Phalanges, péronés, cubitus, côtes, vertèbres, il en manquait. « On referme le cercueil avec un squelette entier », dit Katmé. « Cherchez encore », dirent-elles en chœur. Le maton leva la tête vers Innocent Patong et Tashun, les implora silencieusement. Il avait compris que tout soutien, s'il devait en espérer, lui viendrait de ce côté-là. Les prisonniers creuseurs en sueur, menton au repos sur la tête de leurs pelles, attendaient. Ils avaient retourné la terre dans tous les sens, ils avaient abandonné pioche et pelle pour rechercher les os emprisonnés à main nue, ils voulaient en finir.

« On fait quoi si l'on ne retrouve pas tous les os ? dit Tashun, répondant à la supplique silencieuse.

— Ils sont là, dit Katmé, je ne partirai pas d'ici s'il en manque un seul. »

Sennke opina du chef et resserra l'étreinte de sa main dans la sienne. Innocent Patong n'avait plus dit un mot depuis qu'il avait intimé aux fossoyeurs de se dépêcher. Il abandonna son trône et prit Katmé à part. Mama Récia, devinant ses intentions, avertit : « Je vous préviens, c'est la malédiction sur nous et sur nos enfants si on laisse les restes de Madeleine ici. La route va passer ici, on ne peut pas laisser les voitures rouler sur elle.

— Ma chérie, dit Innocent Patong en décochant un regard irrité à Mama Récia, il faut se faire une raison, à moins d'un miracle on ne pourra pas retrouver tous les ossements.

— Alors attendons le miracle, papa. » À l'intention des fossoyeurs, elle pressa : « Creusez, s'il vous plaît, on ne laisse rien ici. »

Ce qui ressemblait à un fémur émergea. L'agent du Dernier Sourire, costume et gants noirs, qui récupérait et reconstituait au fur et à mesure le squelette dans le cercueil à la manière d'un spécialiste en puzzle humain, toussota. À moins que la mère de Madame la Préfète ait possédé trois fémurs, il y en avait un de trop. Katmé regarda le squelette de sa mère : deux fémurs. Un os de gibier parmi les trois…

« Un tamis, il nous faut un tamis, on doit tamiser la terre. On a besoin d'un tamis, un tamis de maçon, dit-elle en fixant Tashun qui, avec son père et les autres membres de la famille, se tenait à présent en cercle autour de la fosse. Tu sais, comme celui qu'ils ont utilisé pour la construction de la maison.

— Très bien, Katmé. Il nous faut un tamis. Un tamis de maçon. Et on le trouve où ce tamis de maçon !? Si tu t'étais occupée de préparer sérieusement le déterrement de ta mère plutôt que de jouer les boute-en-train à la centrale, on n'en serait pas là. C'est avant que tu aurais dû y songer. Avant ! Merde alors !

— Allons, allons, les enfants, ne nous énervons pas, calma Innocent Patong.

— Katmé, sois raisonnable, dit Tanga, un fils de Mama Récia. » Elle le foudroya du regard.

Le sifflet rose pâle, jouet d'enfant cassé, miaula d'abord timidement, puis de plus en plus fort. Midi. Les rats palmistes détalèrent. Les fossoyeurs plantèrent les pelles dans la terre et braquèrent sur Katmé des yeux où se lisaient soulagement anticipé et rancune installée. Le petit objet serré entre les dents du guide éructait. Innocent Patong, Tashun, le maton, les prisonniers, le maire, le préfet, les cousins, les cousines, le cercueil, les monticules de terre, la fosse éventrée, les arbres, les fourmis magnans, la rosée séchée, les arbres attendirent que Katmé soulève son bras droit puis l'abaisse et consente ainsi à mettre fin aux fouilles. Ce qu'elle fit. Juste après, elle chercha la main de Sennke et l'emprisonna dans la sienne. Leur mère reposerait incomplète dans sa nouvelle demeure de marbre et d'ardoise, c'était comme ça. C'était il y a vingt ans, à l'hôpital, en train, comme le prétendait Mama Récia, de laver ses péchés dans d'atroces douleurs, qu'il eût fallu la sauver. « Le squelette entier », comme si cela aurait changé quoi que ce soit, comme si cela l'aurait ramenée à la vie. On sauvait les vivants, pas les morts, c'était comme ça. On pouvait sauver Samy, plus Madeleine. Depuis Jésus avec Lazare et Mary Shelley avec Frankenstein, on n'avait toujours pas trouvé le moyen de ramener les morts à la vie. Les morts restaient morts, devenaient des *ossements*. Des bouts d'os qui s'égaraient dans la terre, des morceaux de fémur, de cubitus, de radius et autres *us* qui requéraient un tamis pour être dénichés. La vie après la vie, boniments. *Hic et nunc*, disait Samy, ici et maintenant. Voilà le viatique. À présent, elle avait ça aussi en commun avec lui : avoir regardé là-haut et s'être dit : il n'y a rien. Parce qu'elle se sentit l'envie de pleurer, un gloussement lui monta aux lèvres. Un relent de détresse fendit l'air, Mama Récia ! Elle lâcha la main de sa sœur, entoura sa tante de ses bras. Elle dut lever les talons pour être à sa hauteur, sa tante secouée de sanglots était plus grande qu'elle. « Tu dis qu'on doit craindre ce qui corrompt l'âme, et pas le corps terrestre, n'est-ce pas, Mama ? Son âme n'est pas ici. On a retrouvé presque toutes les parties du squelette, Mama. On remet le reste à Dieu, le reste est à Dieu, Mama. »

Katmé entendit les trémolos dans la voix de sa tante s'apaiser.

18

Ils avaient reçu quatre bœufs (Mama Récia notait tout dans un petit carnet), dix cochons, cinq truies, cent cinquante poulets (dits du village), quarante-sept cochons d'Inde, vingt-cinq chèvres, des dizaines de caisses de champagne, de vin, une centaine de dames-jeannes de vin de raphia, dix fûts d'huile de palme, trois citernes de bière à pression, de la kola ordinaire, du bitter kola, vingt-cinq sacs d'arachides, et aussi de l'argent, des enveloppes pleines de billets. Le retour des choses. Un prêté pour un rendu, cycle sans fin, qu'on appelait au Zambuena solidarité. Tashun et elle avaient fait de même à nombre de funérailles, mariages, baptêmes. L'homme d'âge mûr, chéchia sur la tête, sur le seuil de la porte de la cuisine, demandait à Katmé de « venir un peu ». Elle se débarrassa sur la crédence de l'assiette en émail où elle découpait les tomates, enjamba Axelle et Alix ; genoux au sol, courbées vers l'avant, elles apprenaient à moudre les épices à la pierre à écraser. À l'extérieur, la clarté de la lune désépaississait la nuit noire. Katmé gorgea ses poumons d'air, les vida de la touffeur de la cuisine en briques de terre ; celle où le matin même Mama Récia plantait près du feu de bois un couteau qui stopperait la pluie. Il n'avait pas plu de la journée. À présent, le froid siégeait. La surface des eaux noires de l'étang frémissait sous les chants des grenouilles, des grillons. Trois cents mètres plus haut, l'esplanade de la cour renvoyait le murmure indistinct de voix humaines, l'écho des balafons, les rhapsodies des choristes. « De la part de la tontine de la diaspora du quartier du Tam-Tam », dit l'homme. Du maïs dans des sacs en toile de jute, des cartons d'huile d'arachide, deux béliers attachés à un eucalyptus. Elle le remercia, fouilla les poches de son kaba ngondo, referma un billet de cinq mille francs dans sa main. Il ôta sa chéchia, s'inclina et s'en alla. Elle fit quelques pas en direction des béliers ; les bêtes, de mauvaise humeur, blatéraient. Katmé battit en retraite, ce n'était pas le moment de recevoir un coup de corne. Ses pas la menèrent au bord de l'étang ; machinalement, elle porta son regard du côté opposé. La maison d'Aleksandre. Une ampoule éclairait la véranda, le reste de la maison était dans la pénombre. Un mois qu'elle ne longeait plus l'étang – éminente frontière entre les deux maisons – guidée par la flamme chancelante d'une lampe à pétrole ou le faisceau coruscant d'une torche. Trois mois ensemble, douze semaines, et il déclarait avec amertume : « De toute façon, tout ce qui vous intéresse chez moi, c'est ma bite et mes DVD. Ce n'est pas la peine de se revoir tant que vous vous prendrez pour une autre. »

Elle retrouva Axelle et Alix dans la position où elle les avait laissées ; chacune, une petite pierre ronde entre les mains (l'enfant de la pierre), écrasait la tomate et l'ail sur le bloc rocheux, large, plat, ovoïde du dessous. Le geste requérait force de l'habitude et adresse, deux choses qui leur faisaient défaut et déclenchaient les plaisanteries nostalgiques des femmes rassemblées dans la cuisine en briques de terre. La cuisine avait été construite à la demande insistante de Mama Récia pour la préparation des plats traditionnels qui, prétendait-elle, perdaient leur saveur originelle sur les réchauds modernes. Katmé avait dû en convenir ; le mets d'ékoki cuit sur une plaque électrique n'avait ni le fumet, ni la succulence de celui mijoté au feu de bois. Un traiteur se chargeait du repas servi le lendemain après l'enterrement, mais sa tante et ses cousines, opposées à l'idée qu'un « étranger touche aux plats traditionnels », avaient appelé à la rescousse quelques femmes du village. Katmé récupéra l'assiette de tomates, reprit sa place sur le tabouret près de Sennke – robe sac, chemisier à col montant, crucifix sur la poitrine –, qui épluchait l'ail avec une patience méritoire.

Au retour de l'exhumation, une fois le cercueil installé sur l'autel, son père s'était dépêché de s'en aller, emmenant Tashun avec lui au quartier de la Montagne. Ils y recevraient les amis de la capitale. Avant qu'ils ne se débinent, sa tante avait réclamé « une petite prière avec Madeleine » ; les petites prières de Mama Récia, jamais en deçà de la demi-heure. Innocent Patong l'avait rabrouée. La prière, la veillée près du cercueil, c'était affaire de femmes ; on recrutait la chorale, les joueurs de balafon, les pleureuses, pour ne pas avoir à se farcir d'interminables prières. Mama Récia s'était mordillé la lèvre inférieure. La cour ne désemplissait pas.

On servait du café, du thé, de l'arachide, du beignet-haricot-bouillie, on priait, on chantait, on écoutait raconter les anecdotes de veillées mortuaires, et on convoyait au salon ceux qui manifestaient le désir de « se recueillir auprès de la défunte ». Dans un cadre ambré et une marie-louise ocre, Madeleine, robe cache-cœur, cheveux tirés en chignon au sommet de la tête, regard malin orienté vers l'objectif, pétillante de vie, accueillait. Un rideau de fleurs blanches naturelles – lys, gardénias, belles-de-nuit, roses, marguerites – composé par le fleuriste de Djama dévalait en cascade autour du cercueil, de la dentelle mauve ripolinait les murs. Les bouquets de fleurs en latex, polyuréthane, les couronnes mortuaires en plastique envoyés par les amis, les inconnus, les associations diverses, les membres du parti, s'amoncelaient dans un coin de la pièce. Neuf chandeliers à cinq branches encadraient l'autel. Neuf, en cas de délestage d'électricité, et neuf parce que c'est le chiffre du deuil, selon Djama, conceptrice de la décoration. Katmé s'était contentée de passer les commandes aux fournisseurs et de payer.

Les jumelles exécutaient tant bien que mal les instructions de Mama Récia. « Moins fort, moins fort, c'est la main qui tient la pierre, pas les doigts, le creux de la main, maintenant, on appuie, oui comme ça, on presse, oui, comme ça, appuyez, non, non, pas comme ça… ! » Elles avaient beau s'appliquer, la tomate mal écrasée atterrissait non dans l'assiette posée à l'avant de la grande pierre mais sur le sol en terre battue ou éclaboussait autour d'elles. Katmé et Sennke échangeaient des regards où resurgissaient le souvenir de la grand-mère et ses leçons de « pierre à écraser ». Réduire légumes et épices en poudre ou en purée sur le rudimentaire caillou. La tomate et l'ail, pour les débutantes ; le gingembre, l'arachide, le djansang ou le poivre pour les plus expérimentées. La technique s'acquérait grâce à une pratique régulière. Les jumelles, qui vivaient à Akriba dans une résidence à l'électroménager moderne, n'avaient aucun besoin de s'initier à l'utilisation de la pierre à écraser. Si ce n'est qu'elles refusaient de retourner jouer dans la cour avec les enfants du village, les nombreux cousins et cousines. Après trente minutes de prière nez à nez avec la longue caisse en ébène gris renfermant le squelette de leur grand-mère, Axelle et Alix, d'un naturel pourtant autonome, raccrochées à leur mère, ne voulaient plus la quitter.

Les femmes, une dizaine, cuisinaient, vidaient les casiers de bière, et chroniquaient les dernières histoires graveleuses du village malgré la présence de la religieuse Sennke et des filles. Les femmes se tordaient de rire. Axelle et Alix ne comprenaient pas ce qu'il y avait de drôle, sœur Marie de la Providence Divine tripotait son crucifix. Katmé se donnait un peu moins d'une heure, le temps que le taux d'alcoolémie de l'armada des femmes venues prêter main-forte à sa tante dans son entreprise de revalorisation de la gastronomie de Fènn grimpe, pour s'éclipser avec Sennke et les jumelles sans les vexer. Elle pouvait compter sur la férocité de sa tante et de ses cousines Rosine et Sokjou pour veiller à ce que les cuisinières du soir ne distraient pas la moitié des plats au moment de partir.

Une nouvelle giclée de tomate atteignit Sennke. « Je vais être bonne à frire moi, avec toute cette tomate. » Mama Récia enleva le cardigan qu'elle portait par-dessus son kaba ngondo : « Tiens nettoie avec ça. » Elle se tourna vers les jumelles : « Ça suffit pour ce soir, avec la maison ici on va venir souvent, vous saurez écraser à la pierre mieux que moi. » Les filles se relevèrent, chaussures couvertes de poussière. Mains saucées de tomate et d'ail, elles époussetèrent leur pantalon de velours et leur pull en mohair. Sennke avait pratiquement achevé de nettoyer sa robe, quand Alix qui voulait montrer autour d'elle la quantité de tomate qu'elle avait réussi à écraser, trébucha, renversa le contenu de l'assiette sur la robe et, pour éviter de tomber, attrapa de sa main poisseuse Sennke par la manche. Katmé éclata de rire. Sennke sourit d'abord timidement, puis se mit à rire à son tour. Katmé riait à gorge déployée. Autour d'elle, on était habitué à ses manières brusques et froides, ses demi-sourires, ses grands yeux hermétiques et secs, ses réponses laconiques, ses longs silences. C'est pourquoi, quand elle le laissait exploser, son rire désarçonnait. Moins par le caractère disproportionné de ce rire au regard de l'objet, de la situation qui l'avaient provoqué que par le décalage entre une Katmé distante, peu démonstrative – introvertie pensaient certains –, et ce déclenchement subit d'hilarité qui mettait d'autant plus mal à l'aise ses interlocuteurs, qu'embarrassés ils se croyaient obligés d'y adjoindre le leur. Elle essuya du revers de la main les cristaux de gaieté apparus au coin de ses yeux, et intercepta le regard de ses filles. Leur mère riait. Elle, dont le rire avait été remplacé par les tresses serrées qu'elle nattait à contretemps sur leur tête, elle dont le rire à la maison ne remontait plus aux yeux depuis le jour où leur papa avait dit qu'Eulalie Nana ne devait plus jamais, jamais, jamais aller à la centrale voir tonton Samy, riait.

« Doux Jésus ! Je suis assaisonnée.

— Pardon, tantine Sennke. »

Sennke se baissa à hauteur d'Alix, souleva de son index son menton, lui embrassa le front. Mama Récia malaxait du maïs frais avec les feuilles de macabo dans une cuvette en acier. Ses filles Sokjou et Rosine épluchaient de la banane verte. Les braises rougeoyaient. Sennke rajusta sa guimpe, regarda autour d'elle comme si elle cherchait quelque chose et, triturant sa croix, dit : « Excusez-moi, je vais aller me changer… J'ai raté l'heure des complies…

— On peut venir avec toi ? » demanda Axelle.

Sennke chercha l'approbation dans le regard de Katmé.

« Allez-y, je vous rejoins. »

Katmé suivit des yeux sa petite sœur qui quittait la cuisine en tenant ses filles par la main. Sennke était arrivée la veille, au mitan du jour, après quinze heures de train. Solennelle, énigmatique, couverte de poussière. Elle avait dormi tout l'après-midi, et le soir au dîner, était restée silencieuse. Axelle et Alix, impressionnées par son encombrante mise de nonne, épiaient depuis leurs chaises cette tante qui paraissait tellement fatiguée. Longue tunique rouge, scapulaire sur le torse, guimpe – sorte de cagoule en toile blanche couvrant les épaules, le cou, la poitrine et ne laissant voir que l'arrondi du visage, le voile noir, cache-cheveux accroché à la guimpe ; sa petite sœur, engoncée dans les épaisseurs de tissu, parlait peu, parlait bas. Dans une économie de mots et de souffle, elle répondait aux questions que

Tashun lui posait sans prendre l'initiative du dialogue. La moniale semblait avoir fait place nette de la jeune femme impétueuse, âpre à la discussion, coriace dans le débat, reine de la chicane et d'aberrants sophismes. En regardant sa sœur picorer dans son assiette, Katmé se remémorait combien elles avaient été proches et dissemblables. Il y a une dizaine d'années, c'est elle qui craignait de ne pas trouver le juste mot, répétait dix fois une phrase dans sa tête avant de la sortir, ou devenait volubile et bégayait, trébuchait sur les mots qu'elle essayait d'aligner sur la vitesse de sa pensée ; elle qui revenait sur ses décisions, avançait, reculait, doutait. Sennke, déterminée, occupait l'espace, savait toujours ce qu'elle voulait, allait au bout de ses entreprises… jusqu'à la croix faite sur ses études en deuxième année de médecine pour embrasser celle de Jésus-Christ. Hier soir, après les banalités d'usage – l'inconfort du train, la durée du voyage, la chaleur, la poussière –, imitant sa petite sœur, elle avait répudié la parole. Où reprendre une conversation interrompue onze ans plus tôt ? Tashun avait parlé pour tout le monde. Sennke avait dit une prière avant le repas et, la table desservie, avait demandé à regagner sa chambre. Au cœur de la nuit, Katmé, qui ne parvenait pas à trouver le sommeil, avait entrebâillé sa porte dans l'espoir de la trouver éveillée. Elle dormait. Mais ce matin, au bord de la fosse qui emprisonnait le squelette disloqué de leur mère, leurs doigts emmêlés avaient raconté spontanément, comme un haussement d'épaules inconscient, la survivance du temps de l'enfance, le temps de la chambre et du lit partagés, le temps de l'épiderme intact de leur mère, un épiderme pas encore épluché par des kilomètres de goudron. Sœur Marie de la Providence Divine avait-elle réellement atomisé Sennke, verbe haut et jupe courte ?

Katmé donna l'accolade, remercia, serra des deux mains la main des femmes, promit de leur faire parvenir « un petit quelque chose demain », s'entretint en aparté avec Mama Récia et sortit. Dans la contre-allée qu'avaient empruntée Sennke et les filles, inévitablement elle salua, embrassa. Dans la cour, elle revit cousins, tantes et oncles éloignés, devisa avec les curieux du voisinage, les choristes, les enfants de chœur venus préparer la messe du lendemain et conduisit auprès du cercueil de sa mère les personnes qui voulaient se recueillir. Ainsi accompagna-t-elle le père du guide, l'ancien camarade de classe de sa mère, qui avait vendu l'emplacement de la tombe dans les bois ; l'amoureux évincé qui l'avait « demandée en mariage même après ta naissance et même après la naissance de ta sœur », expliquait-il d'une voix chargée d'émotion en pénétrant dans le salon. Une trentaine d'années plus tard, il ne semblait pas remis de son infortune. « Patong dansait bien, Patong parlait bien, Patong son porte-monnaie résonnait, ta mère est tombée sans glisser devant lui, je pouvais faire quoi ? » Devant le cercueil, il marmonna des prières en langue fènn et se signa à maintes reprises. Il prit les deux mains de Katmé, baisa ses paumes, les inonda de postillons, de paroles de bénédiction, et s'en fut.

Elle ne retourna pas dans la cour et quitta le salon par une porte, intérieure celle-là, ouverte sur une enfilade de chambres. Pour regagner le premier étage où devaient sûrement l'attendre Sennke et les filles, il lui fallait traverser le corridor – anciennement salle de bains turque –, la cuisine en granit beige, contourner un premier escalier, gravir les marches d'un second et déboucher sur un étroit couloir qui lui-même s'achevait sur la terrasse extérieure. La chambre des jumelles se trouvait à côté de la leur (Tashun et elle), à l'extrémité dudit couloir. Télésphore Zambo, l'architecte, n'avait pas été capable de tous les miracles.

Elle s'apprêtait à tourner la poignée de la porte de la chambre des filles quand les voix à travers la cloison en bois vernis la poussèrent à marquer un arrêt.

« Tu pries beaucoup là-bas où tu habites ? demandait la voix d'Alix.

— On ne prie jamais beaucoup, mes chéries. Le monde a besoin de prières alors dès que je peux, je prie.

— Tu pries pour nous aussi ?

— Maintenant, oui. Avant de vous voir hier, je ne savais même pas que vos jolies figures existaient. Je priais pour votre mère.

— Maman ne t'a pas dit quand on est nées ?

— Là où j'habite, c'est loin, vous savez. Les nouvelles n'arrivent pas facilement.

— Excuse-nous pour la tomate. » Cette fois c'était Axelle.

« Regardez, j'ai nettoyé, tout est parti, il n'y a plus rien. Votre mère et moi, on faisait pareil quand notre grand-mère nous apprenait à écraser à la pierre. C'est normal. D'ici quelques mois, vous serez expertes.

— Votre grand-mère, elle a massé tes seins aussi comme ceux de notre maman avec la petite pierre ? »

Katmé n'entendit pas la réponse. Sennke avait dû hocher la tête.

« Toi, tes seins, ils sont gros, gros. Pour maman, c'est mingili.

— C'est comment habiter un couvent ? dit la voix d'Alix.

— C'est comme… habiter avec sa famille, ses frères, ses sœurs, mais en vivant dans l'amour de Dieu avec Jésus comme compagnon.

— Est-ce qu'on ira te voir là où tu habites ? demanda Alix.

— Je l'espère bien, mes chéries. J'en parlerai avec votre maman. Bonne nuit, mes chéries.

— Bonne nuit, tantine Sennke. »

Katmé, qui avait gardé l'oreille collée à la porte, eut à peine le temps de se redresser que Sennke ouvrit le battant. Katmé résista à l'envie d'entrer embrasser ses filles et suivit sa petite sœur dans l'exigu passage.

Sennke proposa d'aller au salon prier auprès de leur mère. « Encore !? On a déjà fait je ne sais plus combien de prières aujourd'hui !

— Une petite prière, Kat. Juste nous deux.

— Et tes complies ? Je croyais que c'était urgent ? »

Elles trottinaient l'une derrière l'autre. Le couloir s'ouvrit sur la terrasse. On n'avait pas eu le temps de finaliser l'installation des prises et interrupteurs dans cette partie du duplex, la lune pleine et ronde éclaboussait de ses rayons les carreaux du sol. Katmé enregistra mentalement le toit de chaume de la maison d'Aleksandre au-delà de l'étang, dompté par l'éclat diaphane de l'astre.

« Je les ferai avant de m'endormir.

— C'est pas une énième prière qui va la ressusciter, tu sais. »

Sennke émit un rire bref, se retourna, lui fit face. « Tu lui en veux toujours, Kat ? » La voix se voulait indulgente, mais le regard, lui, ne l'était pas. « Tu sais que tu te bats contre un squelette… ? » Elle ajouta avec un doux sourire : « Un squelette même pas complet…

— Une vraie petite prière, hein ? Pas un piège à la Mama Récia. J'ai mon compte d'Ave pour la semaine.

— On priera aussi pour Samy. On demandera à la Vierge d'intercéder là-haut pour lui, si elle en a le pouvoir.

— Hum… »

Tandis qu'elles dévalaient les marches pour rejoindre le salon mortuaire, une légère détonation suivie d'une clameur monta de l'extérieur. Coupure d'électricité. La Cnez ? Le disjoncteur ? Le temps que le groupe électrogène prenne le relais, elles remontèrent avec prudence l'escalier, regagnèrent la terrasse et s'installèrent dans les fauteuils en osier qu'on avait oublié de rentrer à la tombée de la nuit dans le petit salon du premier étage. À travers le paravent en plexiglas transparent de la terrasse, elles discernèrent, en bas, dans la cour, des dizaines de bougies allumées ; les villageois étaient prévoyants. Les mèches fléchissaient au gré des caprices de la brise d'aval. Retraite au flambeau funèbre. Katmé guetta en vain le vrombissement caractéristique du démarrage du groupe électrogène. Le gardien nouvellement recruté pour surveiller la concession, et qui logeait avec sa famille dans une des dépendances, irait sûrement l'actionner manuellement. Tapies au-dessus, dans la semi-pénombre, Sennke et elle avaient vue sur le manège des ombres attroupées devant les comptoirs de distribution de sandwichs pain-viande, poisson frit, bière à la pression, whisky en sachet, vin de raphia. Vers deux, trois heures du matin, comme à une fête ordinaire qui s'éternise, on fermerait le bar pour que les compères éméchés, comblés par cette « vraie veillée mortuaire », ce « vrai deuil », « différent du faux deuil auquel ils avaient participé chez Untel », décampent enfin. Rentrent chez eux reprendre des forces, pour revenir dans quelques heures ne rien manquer du festin qui clôturerait l'enterrement.

19

Elles étaient assises dos à la lune crayeuse. Katmé entendait sa petite sœur respirer. Une respiration lente, profonde, régulière, un ronronnement presque ; comme endormie par la ballade des grenouilles, des grillons, des chauves-souris perchées dans les eucalyptus. Ses vêtements sentaient le feu de bois, la cendre, la fumée. Sa robe sac, sa chemise deux fois trop grande, le cardigan prêté par Mama Récia n'avaient pas inhibé l'œil d'Axelle qui avait noté les « seins gros, gros » de sa tante. « Poitrinaire », la taquinait-on au collège. Ses yeux étirés lui donnaient le regard sauvage, félin ; ses lèvres pleines, engageantes, lui gardaient l'air gentil même lorsqu'elle se mettait en colère et disait les pires méchancetés, ce qui lui arrivait souvent quand elles étaient adolescentes ; ses doigts effilés, ses pieds arqués, son postérieur, rond, bombé, tison qui faisait flamber le regard des garçons quand elle s'habillait près du corps. « Dieu n'était pas fatigué quand il t'a créée, toi ! » lui avait un jour lancé un de ses camarades de classe.

« Senn…

— Huh ?

— Tu te rappelles ? J'étais le Mur des lamentations des prétendants éconduits. »

Sa petite sœur ne répondit pas tout de suite.

« C'est du passé tout ça, murmura-t-elle finalement.

— Tes pieds, ils sont toujours aussi froids ? Qui te les réchauffe maintenant ?

— Appelle-moi grande sœur et je te libère ! » dit Sennke. Elle se mit à rire de bon cœur, imitée par Katmé.

« Plus personne ne me les réchauffe. Plus personne, Katinétou… »

Un an de postulat, deux années de noviciat, et malgré cela, elle continuait d'espérer que sa petite sœur se reprenne, se rende compte que sa place n'était pas là-bas, à vivre déguisée en Mère Noël dans une tunique rouge sang, une chemise blanche à col boutonné, son abondante chevelure niée sous un austère foulard, à dormir dans une cellule froide, à passer ses journées avec d'autres Mères Noël qui ne lui étaient rien ; loin de la vraie, la seule sœur dont l'avait dotée le Ciel. Elle avait vu Sennke la dernière fois à la fin du noviciat, lors des premiers vœux, la profession de foi temporaire. Lorsqu'elle reçut le carton d'invitation à la prononciation des vœux perpétuels de sœur Marie de la Providence Divine, une vision d'ensevelissement sur fond de chants grégoriens dansa devant ses yeux ; elle enfouit le bristol dans un placard à vêtements. Revoir le visage doux et décidé de sa petite sœur était désormais au-dessus de ses forces. Sennke aurait pu être religieuse diocésaine et vivre à Akriba dans la même ville qu'elle, si elle tenait tant que cela à être bonne sœur ; elles auraient continué de se voir ; mais non, il lui fallait la totale : le monastère ! Tiédir le lien qui les unissait fut pour Katmé le moyen de cesser de souffrir, de cesser de ressasser ce qu'elle aurait dû faire, ce qu'elle n'aurait pas dû faire pour anéantir en Sennke cette consternante attraction pour la vie monacale. Pour que sa sœur s'éloigne d'elle, préfère le cloître, l'amour de Jésus au sien, c'est qu'elle avait foiré quelque chose. Mais quoi ? Onze ans avaient passé, elle n'avait toujours pas la réponse.

« Mariée à Jésus… Un type qui ne peut même pas te faire jouir…

— Katmé !!!

— Désolée, je n'ai rien dit. »

Sennke quitta sa chaise. La boule de reproches que formait sa sœur, ombre dans une tunique informe, s'éloigna à l'autre extrémité de la terrasse. Sœur Marie de la Providence Divine n'avait pas l'humour de Sennke qui l'aurait mouchée d'un trait d'esprit acéré. Katmé se leva, s'approcha d'elle ; sa sœur lui tournait le dos et suivait des yeux les files de veilleurs éthyliques qui n'avaient cessé de grossir en contrebas, elle lui posa une main sur l'épaule. « Désolée, Senn. Je ne voulais pas te blesser.

— Je ne suis pas blessée, Katmé. » Elle se retourna, s'adossa au rebord de la balustrade.

« Tu fais bien semblant.

— Ne laisse pas le diable occuper l'espace de la raillerie en toi. Il est rusé, malin. Il passe souvent par l'humour pour détruire, pour œuvrer et tromper la vigilance des enfants de Dieu, ne le laisse pas t'utiliser… »

Katmé retint un soupir exaspéré : « J'ai dit que j'étais désolée ! »

L'auréole blanche zigzagante d'une lampe torche provenant de l'escalier annonça un visiteur. Instinctivement elles se rapprochèrent l'une de l'autre. L'électricité n'était toujours pas revenue, les filles dormaient à côté, les femmes étaient à la cuisine traditionnelle, les veilleurs dans la cour venaient de tous les horizons. Qui cela pouvait-il bien être ? Les rayons se firent plus proches. Le gardien Kossam apparut. En quête d'argent pour acheter du gasoil à la station d'essence au centre-ville, le réservoir du groupe électrogène était vide, la coupure venait de la Cnez, non du disjoncteur. Autant dire qu'il ne fallait pas espérer que la compagnie nationale d'électricité rétablisse le courant avant une heure avancée de la nuit ou, pire, le lendemain ou deux, trois jours après.

Kossam parti, Sennke réajusta sa guimpe. « Je vais te laisser. Je vais aller faire mes complies. Je prierai pour Samy, que la Vierge l'enveloppe de son manteau protecteur afin qu'il soit libéré. » À cause des multiples échecs que Kizito et elle avaient subis, Katmé préférait ne rien dire à Sennke de la perspective de remise en liberté de Samy lundi. La sagesse populaire du Haut-Fènn dit qu'on n'annonce pas une grossesse, on accueille l'enfant.

« J'ai quelques doutes sur l'efficacité de ta Vierge à faire libérer Samy. Ma vie serait aussi simple que la tienne si je croyais encore en ce genre de choses. Je suis devenue pratiquante non croyante, Senn.

— Pratiquante non croyante… C'est pour le plaisir de la formule que tu dis ça ? Vous étiez excellents à ce petit jeu Samy et toi. Des phrases si bien tournées qu'on ne s'apercevait même pas à quel point elles étaient creuses. Pratiquante non croyante… On ne perd pas la foi comme on perd ses clés, Katmé. Tu es une fille de la Vierge. Tu ne peux le renier, même si tu le voulais. Samy n'a pas choisi la facilité…

— Parce que tu crois que Samy a choisi ? Qu'un matin il s'est levé, il s'est demandé ce qu'il pourrait bien faire de sa journée et a décidé de se pourrir le reste de l'existence en devenant homosexuel ?

— Il est donc homosexuel… Tu ne l'as jamais clairement dit. Il n'est donc pas accusé à tort… »

Katmé se mordit la lèvre, elle avait parlé sans réfléchir.

« … Ça ne m'étonne pas, à vrai dire. Tu te rappelles le jour où il est venu à la maison avec un bouquet de marguerites pour Mama Récia ? J'ai tout de suite senti que quelque chose clochait chez lui.

— Que quelque chose clochait chez luiii ? » La voix de Katmé monta dans les aigus. « Explique-toi !

— Doucement, Katmé, ne prends pas ce ton de procureur. »

Sennke se détacha de la balustrade, reprit place dans le fauteuil en osier et joignit la pointe de ses doigts en soleil sur sa poitrine.

« Ce que je veux dire, c'est qu'il semblait un peu trop attiré par les trucs de filles. Les fleurs, aider sa mère à la cuisine, le tricot, et même sa façon de marcher, de parler. Il donnait l'impression de quelqu'un en route vers la masculinité mais qui n'est pas arrivé au bout du chemin, comme s'il était descendu à la mauvaise gare ou deux stations trop tôt, pas fini quoi, enfin tu comprends. »

Katmé vint se planter devant elle, mains sur les hanches, la forçant à lever la tête pour la regarder. « Ne me dis pas que c'est à ce genre de conclusions simplistes qu'on aboutit en vivant cloîtrée ? Dire que tu as fait deux ans de médecine avant de te couper du monde réel ! Ce que tu me sors là est à peine croyable !

— Ne te fâche pas. » Elle lui tendit la main. « Viens t'asseoir, Katinétou. »

Sans prendre la main tendue, Katmé retrouva néanmoins sa place sur la chaise. « Kat, tu aimes tellement Samy que tu es prête à accepter l'inversion de l'ordre des choses. Dieu aime Samy, il n'aime pas le péché qu'il commet.

— Mais qui êtes-vous pour décider ce qui est péché et pas péché ? Il fallait écouter l'homélie de Mgr Umtu à la cathédrale d'Akriba quand Tashun a demandé cette messe de soi-disant repentance pour les pécheurs. Avec lui, la nuance était en vacances.

— Les religieux ne sont pas non plus un exemple de perfection. Ce que j'ai dit pour Samy est valable pour chacun d'entre nous. Dieu nous aime. Il n'aime pas le péché. »

Katmé secoua la tête et se tourna vers sa petite sœur. « Sœur Marie de la Providence Divine, hein ? Tu veux tout savoir, Senn ? Le ciel, le purgatoire, les anges, l'enfer, tout le saint-frusquin, je n'y crois plus. Mais alors plus du tout. Ne me demande pas comment j'en suis arrivée là, je sais juste que ça a commencé quand tu es partie chez ces rédemptoristines. Quelque chose a commencé à se dessécher en moi. Notre mère, toi, Samy. Quand je pense que Mama Récia nous disait de ne pas avoir des amis non catholiques car on ne les retrouverait pas au paradis. Que de foutaises on a dû avaler ! Si le Dieu en lequel tu crois n'aime pas les choix de vie de Samy, qui n'a rien choisi en réalité, alors il peut aller se faire foutre ! »

Katmé regretta aussitôt sa brutale franchise. Elle sentait sa petite sœur médusée. Sennke fit craquer les jointures de ses doigts dans le brasillement crépusculaire de la lune.

« Ne m'en veux pas, Senn… Écoute, je ne veux pas gâcher le peu de temps que nous avons ensemble… »

Katmé voulut lui prendre la main, se retint. Sennke était là. Jusqu'à lundi. Lundi matin, elle s'évanouirait. De nouveau. À moins d'un troisième enterrement de leur mère, l'occasion de se revoir ne se représenterait pas de sitôt. Alors à quoi bon ?

D'un ton lourd, Sennke rompit le silence. « Ce n'est pas facile pour moi d'entendre ce que je viens d'entendre. Tout ce que je peux te dire, c'est que quoi qu'il arrive, quoi qu'il soit arrivé, souviens-toi, le Seigneur seul a le dernier mot. Tu dois avoir l'humilité d'accepter que la volonté de Dieu se fasse. »

Le sang de Katmé ne fit qu'un tour. « Et cette volonté, c'est quoi ? Que Samy pourrisse depuis quatre mois en prison, qu'il risque la condamnation à perpétuité ? Pourquoi ? Tu peux me dire ?

— Katmé… Rien ne se produit sans l'accord du Père. Dans la prière, tu trouveras la réponse au pourquoi.

— Dans la prière, je trouverai la réponse au pourquoi !? Arrête avec ce ton de catéchiste, pitié ! J'attends toujours qu'Il m'explique pourquoi tu t'es barrée.

— Que de rancœur en toi, Katmé. C'est pour cela que tu n'es pas venue à ma profession de foi définitive, ni répondu à mes lettres ?

— Tu as choisi de fuir, de me fuir. Que voulais-tu que je te dise après ça ?

— T'es-tu seulement demandé si j'avais la vocation ? Si j'avais ressenti un appel plus fort, plus grand que tout ce que le monde avait à m'offrir, une voix qui m'attirait, me transcendait ? La seule chose qui comptait pour toi au fond, c'est toi, toi et tes sentiments, toi et ton amour pour moi, toi qui voulais prendre en charge ma vie et connaissais mieux que moi les bons choix pour moi. Tu voulais que je vienne vivre avec toi après ton mariage, tu me voulais à toi, mais je n'étais pas ta poupée à qui tu allais tresser les cheveux jusqu'à la fin des jours. Nous n'avons que deux ans d'écart et tu te comportais comme si tu étais ma mère. Tu ne te rappelles certainement pas, mais la première fois où j'ai voulu te parler de l'appel que j'entendais et qui me troublait, tu sais ce que tu m'as répondu ? "Ne sous-estime pas mon intelligence, je te connais mieux que toi-même." "Ne sous-estime pas mon intelligence", comme s'il était question d'intelligence, quant à me connaître mieux que moi-même, la suite a prouvé que non. Je me plais dans la communauté, j'y ai trouvé ma place. C'était ma vocation et tu ne l'as pas compris, pas accepté, la communauté c'est…

— … Ta prétendue vocation vient de quelque part, coupa Katmé, tu es devenue nonne parce qu'on nous rabâchait les oreilles que nos parents n'étaient pas mariés, que nous étions des enfants adultérins, que nous devions nous laver du péché originel, etc., etc. Au lieu de rester affronter le monde, tu as choisi de détaler. Réfugiée chez les rédemptoristines, quel beau destin. La communauté, la communauté, on dirait une secte ! »

Sennke bondit de son siège, hors d'elle. Katmé l'imita. Elles se dressèrent l'une face à l'autre.

« Je vis une vie que j'ai choisie !!! Ce que tu as du mal à accepter, c'est qu'on puisse choisir cette vie-là, une vie d'effacement, sans titre, sans honneurs, sans gloire, sans argent. Tu crois avoir choisi la meilleure part parce que tu es restée affronter le monde ? Loin de moi l'idée de juger ta vie, mais qu'affrontes-tu réellement ? Tu es prise en charge par ton mari, tu ne travailles plus alors que tu as fait des études, tu vis dans le confort et la sécurité dans une bulle financée par le gouvernement corrompu de ce pays. Je te dis cela sans colère, mais c'est la réalité. Je me lève tous les matins à 4 heures, après la prière je travaille toute la journée : les ruches de miel, les pommiers, le manioc, la cuisine, la lessive, les orphelins de l'école. Malgré tout l'argent de ton mari, tu n'as même pas nettoyé la tombe de maman, on aurait pu se tordre la cheville dans cette brousse, heureusement que le guide connaissait le chemin. Tu as laissé la tombe de maman pourrir et il paraît que la moitié du gouvernement du Zambuena sera présent à l'enterrement, pour quelle raison ? Toutes ces dépenses pour cette maison, pour le caveau, avec cet argent j'aurais scolarisé tous les enfants du Grand Est qui traînent dans la rue parce que leurs parents ne peuvent même pas leur offrir un repas tous les deux jours. Contrairement à toi, j'ai pleuré ma mère, j'ai compris qu'elle était morte et que Mama Récia ne la remplacerait jamais. Un ersatz de mère, une fuite dans le mariage, Samy un ersatz de frère, vis-tu au moins ta vraie vie maintenant, Katmé ? »

Sous la tunique rouge battait le cœur de Sennke. Sœur Marie de la Providence Divine ne se serait pas exprimée ainsi. Un sentiment de solitude immense submergea Katmé. Sennke lui manquait bien plus qu'elle ne lui avait manqué pendant ces années d'absence.

La voix un brin fêlée, elle dit : « On a fui chacune à notre manière. Tu ne me feras pas démordre de cela. »

Sennke secoua la tête, la déception se lisait sur son visage. « Cette manie de croire que tu sais tout, tu n'as pas changé. Je suis devenue religieuse parce que c'était mon chemin, ma mission de vie, que je devienne médecin était ton rêve à toi, pas le mien. Je suis devenue ce que je voulais devenir, quand vas-tu l'accepter ? Depuis bientôt vingt et un ans que maman est partie, tu n'acceptes toujours pas sa mort, depuis onze ans, tu n'acceptes pas que j'aie pris un chemin qui ne te convenait pas, Samy est en prison et tu en parles comme si tu voulais défier Dieu. Mets-toi à genoux, Katmé, et implore le Seigneur de libérer Samy. C'est en tout cas ce que je ferais à ta place.

— Laisser ton Dieu s'occuper de la libération de Samy ? Jamais ! Jamais, tu m'entends ! Il n'y a rien du tout là-haut, Sennke, rien du tout ! Que du vent !!! Et te voir porter cet horrible uniforme, sacrifier tes dons, tes talents pour ce vent, ce voleur, ce kleptomane de Dieu, moi ça me retourne l'estomac. »

Le visage de Sennke prit une dureté de pierre. Elle se dressait presque menaçante devant Katmé. « Toi à qui la Vierge a tant donné ! Qu'elle ait pitié de toi ! »

Elle s'écarta, recula légèrement. « Je vais… je vais aller faire mes complies.

— Oh Senn, attends, pardon, je t'accompagne, on ne peut pas se… »

Sennke leva la main, paume tendue vers Katmé.

Restée seule sur la terrasse, le sentiment de solitude extrême éprouvé un peu plus tôt écrasa à nouveau Katmé. Elle leva les yeux au ciel. La lune délavée était à son acmé. Le vague crayonnage noirâtre qu'on pouvait voir au centre, c'était la femme de Loth, expliquait la grand-mère. La femme transportant un bébé dans le dos, changée en statue de sel pour avoir désobéi à son mari. Elle se montrait les soirs de pleine lune pour rappeler aux femmes le châtiment réservé à celles qui enfreignent les lois du Seigneur, celles qui ne sont pas des « femmes de vertu ». N'y avait-il vraiment rien Là-Haut ? C'est un soir de pleine lune comme celui-ci, au bord de l'étang, qu'elle était pour la première fois tombée à genoux devant Aleksandre, avait défait les boutons de son pantalon. Cela, elle aurait aimé pouvoir le confier à sa petite sœur, au lieu de cet échange stérile et blessant sur sa vocation et ce qu'il lui restait de foi. Mais sœur Marie de la Providence Divine n'était pas sa petite sœur. Samy sortirait lundi de prison. Lundi il serait de retour, et mardi elle reverrait son frère. Celui avec lequel elle pouvait tout partager. Le regard de Katmé fut attiré par la colonne de fumée qui s'échappait de la cuisine en briques de terre qu'on devinait sous le branchage des eucalyptus. Elle repensa aux femmes dans la cuisine, à leurs blagues poivrées. Combien parmi elles étaient devenues des femmes de Loth ?

20

Elle ouvrit les yeux. Penché au-dessus d'elle, Tashun la contemplait. « Samuel a été libéré hier à vingt-trois heures. » Katmé se redressa sur les coudes, saliva. Sa salive avait le goût des fibres sauvages du cassi-mangue mûr, de sa chair juteuse et sucrée. « J'ai voulu te l'apprendre hier en rentrant de chez ton père, mais tu dormais. » Le réveil de la table de chevet indiquait six heures. Les coqs dans l'enclos, derrière la cuisine au feu de bois, saluaient le matin naissant de leurs cocoricos, les chèvres bêlaient, les grillons stridulaient. À travers les persiennes, elle aperçut un bout de ciel, la cime des eucalyptus, les oiseaux rieurs perchés sur les branches. Le jour se levait, dévorait la nuit des derniers mois.

Elle s'éclaircit la gorge.

« Je croyais qu'on… »

Elle avait failli dire : « Je croyais qu'on le libérait lundi. » Elle dit : « Je croyais que… qu'il était impossible de le libérer avant la fin de la période électorale.

— Ça n'a pas été simple. Comment dit-on, déjà ? Les incorruptibles sont ceux qui valent plus cher que les autres ? Regarde, ça paraît demain. » Il brandit *Revers*. Sa photo étalée en couverture, et sous la photo :

TASHUN ABBIA, L'ESPOIR DU HAUT-FÈNN

« Samuel devait normalement être libéré lundi, jour d'ouverture de la campagne, une très mauvaise idée. Les Pankeu gagnent une journée, ils sont contents. Je ne t'ai rien dit, je voulais te faire la surprise. »

Elle feignit l'étonnement. Le remercia. Adossée au montant du lit, le dos calé par les oreillers, elle feuilleta la revue consacrée à l'élection du gouverneur du Haut-Fènn. Éditorial dithyrambique de Kizito Pankeu sur le candidat Abbia, articles vantant son extraordinaire action en tant que préfet de la capitale, des photos de lui à presque toutes les pages, une interview fleuve (sa vision de l'avenir, son ambition pour la province), des encadrés flagorneurs sur le Vieux, le MPA. Dans les dernières pages, une présentation rapide des autres candidats. « Tiens, regarde, il y a ça aussi, ça paraîtra tous les jours pendant un mois. » Elle prit le quadruple format A4 qu'il lui tendait : *Tam-Tam Campagne*. « Kizito et son équipe publieront une édition tous les matins pendant trente jours. Des reportages sur ma campagne. Avec le centre de santé, la distribution des cadeaux aux villageois, l'appui de ton père, le soutien de *Revers*, si je ne gagne pas, c'est que le diable en personne m'a mis dans la bouteille. » Elle le tranquillisa du bout des lèvres. Il n'avait pas à s'en faire, le Ciel battait campagne pour lui. Tandis qu'il brossait le merveilleux tableau de leur merveilleuse vie au gouvernorat, elle pensait au récit de Kizito. Sita Félicie et lui, reçus à la tombée de la nuit à la préfecture, leurs supplications pour la remise en liberté de Samuel, dépressif, amaigri, catatonique, « comme aspiré de l'intérieur ». Tashun proposa une « entente de famille ». *Revers*, anciennement voix d'opposition, contrepoids social et intellectuel au régime du Vieux, deviendrait *Pravda* du MPA, échotier de la campagne dans le Haut-Fènn. Kizito Pankeu valait plus cher que les autres. Son prix s'appelait Samuel. Tashun Abbia, maquignon de nuit, salopard jusqu'au bout.

Samy était libre. Libre !!! Enfin !!! Aujourd'hui, l'enterrement. Lundi l'ouverture de la campagne, les inaugurations. Et mardi, mardi enfin elle reverrait Samy.

Elle déboula dans la chambre de Sennke. Assise dans le lit, couverture à hauteur de la taille, sa petite sœur portait une robe de nuit en coton à pois bleu et rose, col Claudine et manches longues. En l'apercevant, elle posa l'index gauche en travers de la bouche, leva la main droite, montra un chapelet, lui fit signe d'entrer, murmura « rosaire ». Le rosaire. Trois fois le tour du chapelet. Trois fois cinq dizaines sur les petits grains, prières et énonciation de mystères sur les gros, elle en avait pour environ une heure et demie à ronger son frein si sa sœur en était au début. Katmé se déchaussa, souleva la couverture du lit, se coucha en dessous. Au bout de quelques minutes, Sennke, yeux fermés, chapelet à la main, marmonnant des Ave, séquestra ses jambes entre les siennes. Les pieds gelés de sa petite sœur ! Elle essaya en vain de se sortir de l'étau, lutta un peu et renonça. Sennke avait de l'entraînement. Petite, adolescente, et même jusque peu avant son départ pour le couvent, elle avait coutume de frotter ses membres inférieurs glacés aux siens pour les réchauffer. Elles se battaient sous les draps les jours où elle n'était pas d'humeur à servir de bouillotte ou quand le manège de Sennke la rendait folle. Sans relâcher sa prise, sœur Marie de la Providence Divine se signa, baisa la croix du chapelet, enroula le cordon autour de son poignet comme un bracelet et s'inclina vers elle avec un clin d'œil amusé : « Appelle-moi grande sœur et je te libère. » Sennke pivota, desserra un instant les pieds et s'affala sur elle. Jambes en appui de chaque côté, elle fit ensuite peser le poids de son corps sur Katmé et répéta en tentant de garder son sérieux : « Allez dis-le, et je te lâche, reconnais-le, c'est moi la grande sœur. » Katmé fit niet de la tête en s'esclaffant. Elle riait aux larmes et ne parvenait pas à rassembler assez de forces pour la repousser. Elles retournaient vingt ans en arrière, elles n'avaient pas abandonné le quartier des Enseignants, leur chambre, leur lit, leur mère n'était pas morte, sa petite sœur ne s'était pas carapatée chez les rédemptoristines. Finalement, elle obtempéra avec une mauvaise grâce feinte : « Grande sœur, grande sœur, c'est toi la grande sœur ! C'est bon ? Tu me lâches maintenant ? » Sennke bascula sur le côté et leva les doigts de la victoire, Katmé secoua la tête, descendit du lit pour reprendre son souffle et sans se retenir plus longtemps annonça : « Samy a été libéré, Senn ! Il est libre. » Sennke ouvrit de grands yeux, rejeta la couverture, lança son chapelet sur la table de nuit et se précipita dans les bras de Katmé. « Notre bon Seigneur a eu pitié de lui, il a entendu nos prières. Hier, après notre séparation, j'ai dit le rosaire pour lui avant de me coucher. Dieu est grand, Dieu est vraiment grand. » Elles se mirent à tourbillonner dans la pièce, faisant voltiger leurs robes de chambre. Dans l'euphorie qui s'empara d'elles explosaient onze ans de sevrage.

Mgr Umtu invita la famille à dire un mot. Là où Katmé, Sennke, Mama Récia furent succinctes, là où Innocent Patong opta pour le silence, Tashun convoqua Dieu, les ancêtres, la météo, le parti, le président de la République et Tonton Ambroise. Son parrain prit la parole à sa suite ; se jeta dans le panégyrique de ce fils, homme d'honneur, de responsabilité, d'engagement, aux épaules taillées pour supporter l'exigeante charge d'un gouvernorat. Un fils, fierté de ses parents, de sa famille, de ses amis, du parti, prêt à mettre son talent, ses innombrables qualités humaines au service de cette magnifique région du Haut-Fènn, si ses populations lui accordaient leur confiance dans trente jours. Le Haut-Fènn, une province qu'il n'a pas élue par hasard puisque son cœur y bat depuis longtemps – « n'est-ce pas, ma chère Katmé ? » Katmé croisa le regard d'Aleksandre Fortès, assis parmi les dirigeants de Mival sur une travée perpendiculaire à la sienne. Elle vit les camarades du parti lever les mains comme pour applaudir puis les baisser aussi vite. La campagne électorale débutait officiellement le lendemain, le MPA s'arrogeait un peu d'avance. Tonton Ambroise regagna sa chaise. Djama lui murmura quelque chose à l'oreille, il se releva aussitôt, gêné. Il avait oublié de parler de la défunte. Il bafouilla quelques phrases convenues sur la belle-mère du beau-fils d'exception et se rassit.

La salive de Katmé devint aussi aigre que la chair du cassimangue vert.

Pendant qu'elle partageait la joie de la nouvelle de la libération de Samy avec Sennke, à l'extérieur, dans la cour, une équipe de jeunes bénévoles du parti placardait le matériel de campagne. Épicéas, eucalyptus, tentes, véranda, murs, dossiers de chaises, le MPA était partout. Des banderoles de deux mètres avaient été clouées entre les eucalyptus et des pancartes géantes plantées à l'entrée de la concession. Même Mama Récia, qui passait tout à ce beau-fils-que-Dieu-lui-même-dans-son-immense-bonté-nous-a-envoyé, devant l'équipe de télévision qui installait une caméra près de l'autel, n'avait pu étouffer un « c'est quand même un peu beaucoup tout ça, non ? ». Son fils Tanga, « futur chef du service de la statistique du gouvernorat si Tashun est élu gouverneur », avait écarquillé les yeux mais s'était abstenu de tout commentaire. Un peu plus tard, Sennke avait arraché calmement, méthodiquement, chacune des affichettes apposées sur les murs du préau sous lequel reposait, à l'abri de nuages lourds, le cercueil de leur mère. Aleksandre, en saluant Katmé avant le début de l'office, avait observé le regard tourné vers une affiche déchirée sur laquelle pendouillait le sourire de représentant de commerce de Tashun : « On y est. » Un mois qu'ils ne s'étaient pas revus, on y est. Et où donc ?

Six cents, huit cents, difficile de déterminer le nombre exact de personnes qui assistaient à l'enterrement de sa mère. Ministres, directeurs généraux, préfets, membres du comité central, directeurs de journaux, journalistes, l'axe local du Caz, villageois, curieux. Difficile de croire que Madeleine Lapteu n'avait pas marqué la vie publique du Zambuena, que sa mort n'était pas récente, et de surcroît, que toutes ces personnes ne l'avaient pas connue. Une dizaine de tentes avaient été érigées de part et d'autre du préau. Il n'y avait pas assez de chaises pour tout le monde, les retardataires se tenaient debout. Il y a vingt ans, seules une trentaine de personnes avaient fait le déplacement pour son enterrement. Les couronnes mortuaires en plastique surabondaient. Le bouquet de fleurs naturelles à la hauteur démesurée reçu de la présidente d'honneur du Caz, la Mère de la Nation, femme du Vieux, avait été placé à l'entrée du caveau. Les camarades du MPA, écharpe aux couleurs du parti autour du cou, reprenaient les couplets de chants grégoriens, récitaient le credo et le Pater Noster en latin sans jeter un coup d'œil au livret qu'on leur avait remis. Leur parfaite connaissance du rituel de la messe, la souplesse de leurs génuflexions, rappelaient qu'ils étaient les produits d'internats confessionnels. Comme Samy.

À *La paix du Christ*, moment où les fidèles de l'assemblée donnent une poignée de main ou l'accolade à leurs voisins, Katmé vit Aleksandre quitter ostensiblement sa travée et se diriger vers elle. Son estomac se contracta. Il lui serra la main, celle de Sennke, de Mama Récia, de Tashun. Paume de main soyeuse, sourire amène. Quelle peau, quel corps, ces douces mains qui avaient tant de fois parcouru sa peau, son corps, parcouraient-elles désormais ? Elle embrassa l'assemblée du regard. Des femmes si dignes, à l'allure si pieuse. Comme la veille sur la terrasse, elle se demanda combien parmi elles étaient devenues des femmes de Loth, des femmes qui avaient trouvé puis renoncé à ce que Djama appelait pudiquement « ce qui calme le corps » ?

« Sa bite, ses DVD », certes. Mais pas que. Leur liaison – il détestait qu'elle utilise ce mot et lui préférait « relation », qu'elle détestait – lui permettait de l'emporter sur l'emprisonnement de Samy, la préparation de l'enterrement de sa mère, les excès de Tashun, bref de demeurer dans une zone de flottaison mentale acceptable. « Nous sommes à une étape de notre relation où l'on doit se demander ce qu'elle signifie. » Elle ne comprenait plus rien ! « Vous ne voulez tout de même pas que je vous épouse, Aleksandre ? » était tout ce qu'elle avait trouvé à répliquer tant elle était déroutée. « Qui vous parle de mariage ? Grandissez un peu ! » s'était-il énervé. Elle pourrait reprendre l'enseignement, liquider ce mariage vide de sens, retrouver son indépendance, vivre leur histoire au grand jour comme deux adultes, elle n'aime plus son mari, elle abhorre son rôle d'épouse de préfet, qu'est-ce qui la retient ? Elle évoqua le scandale, le chaos dans la vie de ses filles. « Les couples malheureux se réfugient derrière les enfants quand ils n'ont pas le courage de déborder de leur vie » ; malgré trois enfants, lui, avait eu le courage de déborder de la sienne. Aleksandre. Divorcé. Voyageant au gré de ses pulsions. Abandonnant l'éducation de ses trois enfants à leurs mères. Égoïste de son temps. De sa vie. Et il mentionnait le courage. Si le courage de déborder de sa vie signifiait faillir à ses responsabilités de mère de famille, sacrifier l'avenir de ses enfants, chambouler son univers simplement parce qu'il lui avait fait découvrir le mont où culminait le plaisir dans le corps d'une femme, simplement parce qu'il la transformait en fontaine dès qu'il l'effleurait, la faisait basculer dans un autre espace-temps quand sa langue la fouillait ; alors, il pouvait se le dire, elle n'avait pas fini de se prendre pour une autre.

Deux divorces, trois enfants, et il subsistait en Aleksandre un sentimentalisme qu'elle n'avait pas décelé et qui la décontenançait. Il avait envie de se retrouver avec elle dans un ailleurs où il ferait bon se promener main dans la main, manger les yeux dans les yeux, sans qu'il soit besoin de se cacher ; de faire couler du jus de mangue et de grenade sur ses lèvres avant de sentir sa langue sur elle, en elle ; de goûter le parfum sucré de sa peau à n'importe quelle heure du jour ou de la nuit, de corps à corps endiablés, de débats enflammés, de rires incontrôlés, de riz-sauce d'arachide, de jambes entremêlées sous la couette tandis qu'il pleut dehors. Était-ce bien le même qui disait qu'il ne fallait rien attendre de leur relation ? « Nous sommes à une étape de notre relation où l'on doit se demander ce qu'elle signifie. »

Elle qui croyait qu'ils lisaient le même livre ! Visiblement le sien était à l'endroit, celui d'Aleksandre à l'envers. Rapidement après le premier soir, il s'était mis à lui écrire des lettres cerclées de cœurs, des mots qui avaient le goût et la consistance du corossol : doux, suave, fibreux. Il les lui lisait quand ils se retrouvaient, et réclamait une réponse. Ce qu'elle faisait pendant qu'il cuisinait. Il avait acheté des pots de fleurs qu'il ne garnissait que de lys blancs depuis qu'il savait que c'était sa fleur préférée. Il lui offrait des cadeaux qu'elle laissait chez lui, et certains soirs, après qu'elle lui avait raconté une journée difficile au chantier, il allumait des bougies aux senteurs de cannelle et cardamome, l'allongeait nue sur le lit et la massait longuement avec de l'huile de coco. Chaque fois qu'elle cognait à sa porte, elle savait qu'elle allait rire, s'engueuler sans méchanceté, et quand il serait en elle, pleurer. Plus tard, enlacés, ils referaient le monde avec frivolité et se raconteraient des segments judicieusement choisis de leurs vies, veillant avec délicatesse à ne pas heurter l'autre. La maison d'Aleksandre était la seule où elle pouvait parler sans retenue de Samy, du Zambuena, de l'humanité ; elle pouvait découvrir de nouveaux cinéastes, laisser de l'argent et des lettres pour Samy, y rencontrer clandestinement Kizito.

Comme tous les amants, Aleksandre et elle avaient rompu, repris, re-rompu, re-repris. Il voulait plus, il voulait mieux, il voulait tout, elle, les filles, une nouvelle vie, il voulait essayer. Tashun dans tout ça ? Il balayait l'air d'un revers de la main. Risquer son couple, sa famille, sa réputation, pour « essayer ». Katmé appréhendait dorénavant les soirées avec Aleksandre jusqu'à ce qu'il lui jette à la figure : « Mais marions-nous donc ! Puisque vous aimez tant être mariée, marions-nous ! » Il s'était mis à coucher avec d'autres femmes, retour de la thérapie sexuelle – lui avait-il dit, sans qu'elle puisse en avoir la preuve. Ce soir-là dans sa chambre aux murs rouges, un bref instant, un instant fugace, parce qu'elle avait vu ses yeux luire d'une drôle de manière, elle s'était dit : « Il est amoureux de moi ! Je lui brise le cœur ! » Briser le cœur ! s'était-elle tout de suite morigénée. Comme si on brisait le cœur d'un homme de cinquante et un ans, père de trois enfants, deux fois divorcé, abandonné par sa mère noire à la naissance, délaissé par son père, élevé par son grand-père blanc, devenu brutal avocat d'affaires reconverti dans le développement social, ancien alcoolique, ancien cocaïnomane ayant traîné ses guêtres, ses fantômes dans cinq pays africains avant d'être recruté par Mival et de les amarrer à Fènn, au quartier du Tam-Tam. On le griffe peut-être ce cœur, on le froisse même si l'on est vraiment douée, mais le briser ? Un tel cœur ne se brise pas.

Elle n'avait pas revu Aleksandre. Un matin, à son réveil, elle avait trouvé une lettre, glissée sous le pas de la porte. Elle l'avait lue, déchirée, recollée, relue, emballée dans un sachet plastique noir, enterrée derrière la cuisine en briques de terre.

J'ai tendu les bras et embrassé à tâtons
l'ombre de nos souvenirs.
Je ferme les yeux pour ne pas voir
que tu n'es plus là.
Je vogue sur la mer des possibles que j'invente
et réinvente sans cesse.
Où que j'aille, je me cogne au vide de toi.
J'ai apprivoisé le silence, celui dont on dit
qu'il est grand.
Pourtant je me sens si faible.

J'ai appréhendé la puissance de la distance,
celle dont on dit qu'elle efface
même les plus tenaces ardeurs.
Pourtant ma mémoire garde toutes les images.

J'ai arpenté le sentier de l'indifférence,
celui dont on dit qu'il apaise toutes les braises.
Pourtant je brûle. Comme hier.
Comme le jour d'avant.

J'ai renoncé à la bulle, celle dont on dit
qu'elle incarne la déraison.
Pourtant seuls ces jours de folie passés
dans ce cocon me semblent tangibles.

J'ai voulu ranger ton nom dans la galerie de l'oubli,
dans la salle des glaces qui fondent à jamais,
J'ai dragué les lendemains enchanteurs,
J'ai espéré l'obsolescence.
Pourtant rien n'a flétri.

J'ai occulté le meilleur de nous pour me nourrir
du pire, dont on dit qu'il accélère la guérison.
Pourtant je suis loin de la convalescence.

Ce qu'il m'en coûte d'aller à Canossa
en écrivant tout cela.
Ce qu'il m'en coûterait de ne pas le faire,
comme une exhalaison ultime avant le grand oubli.

Nos entêtements me manquent
Nos silences me manquent
Nos engueulades me manquent
Nos rires me manquent
Nos joutes intellectuelles me manquent
Nos jeux physiques me manquent
Tes lèvres, tes bras, ce regard lourd de désir
que tu sais poser sur moi me manquent.

M'entendre traiter de sale égoïste
ou de sale petit con… Aussi

Un jour tu m'as dit : je veux que tu fasses
partie de ma vie, je n'imagine pas que tu n'en fasses
pas partie, j'ai envie de partir loin avec toi,
dîner avec toi, me réveiller à tes côtés,
que tu m'enlèves de temps en temps.
Tu vois, même nos promesses non tenues
me manquent.
J'ai payé mon obole à l'orgueil.
Je n'en paierai pas à la tiédeur.
J'ai quelques dettes envers la ferveur.

Mais je céderai tout à la raison. Si c'est la réponse
que je reçois à nouveau en retour.

L'homme froid, au regard indifférent rencontré dans le bureau de Tashun, l'homme à qui elle avait tenu tête et balancé « fin de chargeur », s'était enfui. Parce qu'il voyait en elle ce qu'elle n'était pas : la brancardière de ses espérances futures ; Aleksandre, malgré son âge, son expérience, ses échecs conjugaux, souhaitait transformer les guillemets d'une vie en chapitres ; une baguenauderie en voyage au long cours. Le livre, elle ne le lisait pas à l'endroit, et lui à l'envers, c'est tout simplement qu'ils ne lisaient pas du tout le même livre. Le cœur serré, elle n'avait pas répondu.

Pour recevoir l'hostie, elle devait longer l'allée à droite, passer devant la travée d'Aleksandre. Elle se désista. Pas de corps du Christ pour elle aujourd'hui.

Le cercueil de sa mère descendit dans la fosse de marbre. Eau bénite, encens, prières, chants, on referma le caveau. Au cours du repas, un repas auquel Aleksandre n'assista pas, Katmé rit exagérément, s'attirant les regards réprobateurs de Tashun. Après le départ des derniers invités, Katmé s'étira. La tension de ces derniers mois se relâchait enfin. La cérémonie était terminée. Samy, sorti de prison.

Le lendemain matin, elle raccompagna Sennke à la gare ferroviaire. À son retour, Tashun vint la trouver, Ety souhaitait lui parler de toute urgence au téléphone. Elle alla décrocher le récepteur dans le couloir.

21

Cinq adolescents armés de lance-pierres en bois et caoutchouc tenaient les pigeons en joue. La chair de pigeon, prisée à Fènn, se vendait cher. De la fenêtre de l'autobus en stationnement, les yeux de Katmé allaient des oiseaux aux jeunes, des jeunes aux oiseaux, des oiseaux aux jeunes, des jeunes aux oiseaux, des oiseaux aux jeunes. Ils coordonnèrent leurs tirs, et dans un même élan, catapultèrent les pierres. Les projectiles frappèrent la tête de quatre pigeons et d'un malchanceux rouge-gorge qui n'était pas visé. Les oiseaux rescapés battirent des ailes et disparurent en une seconde. Les pigeons tombés à terre n'étaient pas morts, les jeunes leur tordirent le cou, balancèrent leurs corps dans la besace en raphia qu'ils portaient en diagonale de la poitrine. Le rouge-gorge ne les intéressait pas. Il agonisa dans la poussière, finit écrasé sous les pas des piétons de la gare routière. Katmé serra ses mains entre ses cuisses pour les empêcher de trembler.

Elle était montée dans le premier autobus à destination d'Akriba qui lui semblait sur le départ. « Plus que trois clients et on s'en va », avait affirmé le chauffeur du *Les jaloux vont maigrir* en faisant vrombir le moteur. Elle acheta les trois places. Ils n'avaient pas bougé. Le moteur continuait de vrombir. Une dizaine d'années loin des transports en commun lui avaient fait perdre les réflexes de vigilance élémentaire. De faux passagers occupaient les sièges, masquant le nombre réel de sièges inoccupés. Chaque fois qu'une place était vendue, un faux voyageur quittait l'autobus. On pouvait poireauter dix minutes ou trois heures sans savoir qui réellement était du voyage, ni quand on partirait. Elle voulut acheter d'autres places, un des hommes de paille du chauffeur l'arrêta : « Ça sert à rien, ma sœur, même si tu paies toutes les places et qu'il démarre le bus vide, en chemin il va s'arrêter dès qu'il verra un client au bord de la route, ça vous fera perdre plus de temps, garde ton argent et attends. Tu cours même où ? C'est l'homme qui finit, pas le temps. Prends patience, ma sœur. » En voyant les faux passagers quitter le bus au fur et à mesure, elle dut se rendre à l'évidence, elle avait été la première cliente. Tashun lui avait interdit de prendre sa voiture. « C'est mon argent qui a payé ça, tu n'y touches pas. » Alors elle avait décidé de prendre un autobus commercial pour rentrer dare-dare à Akriba. Elle s'adossa contre le siège, ferma les yeux.

À la clinique des Hommes Capables, Sita Félicie lui barra l'accès à la chambre mortuaire. « Tu ne le verras pas, Katmé. Personne ne le verra. Grâce à ton mari et toi, nous avons notre provision de malheurs. Merci d'avoir fait transférer son corps ici, on se débrouillera pour payer. Je ne veux plus de ton argent, juste que tu nous oublies. Il ne me reste que Kizito, je vous en prie oubliez-le lui aussi. Maintenant, s'il te plaît, va-t'en.

— Et… l'enterrement ?

— Tu n'y assisteras pas, Katmé.

— Je n'assisterai pas à l'enterrement de Samy !?

— Non. Tu n'y assisteras pas. Tu en as fait assez comme ça. À cause de toi, de ton mari, on a traîné son nom dans la boue, le nom que son père lui a transmis, c'est à cause de vous qu'il est mort, on s'est servi de lui pour vous atteindre, et ça, tu vois, jamais je ne vous le pardonnerai, jamais, tu m'entends !? Tout ça, c'est de ta faute ! c'est toi qui l'as encouragé dans ses bêtises, être artiste quand on a un vrai métier, voilà où ton argent l'a mené. S'il n'y avait pas eu cette expo de malheur, ça ne serait pas arrivé ; il est mort sans être allé au bout de rien ; ni de sa carrière artistique, ni de son métier d'enseignant, ni d'une vie de famille, il est allé au bout du malheur, ça oui ; ces terribles mois en prison, et maintenant cette horreur, ce que les gens de ce quartier maudit où tu payais le loyer ont fait de lui. S'il te plaît, va-t'en ! »

Deux jours plus tôt, devant la tombe dégradée de sa mère, elle s'était juré de ne plus pleurer. Elle avait reçu cet appel d'Ety, elle avait téléphoné au directeur de la clinique des Hommes Capables pour lui annoncer l'arrivée de Samuel, enfin, du corps de Samuel, elle n'avait pas pleuré. Elle avait déposé Sennke à la station de train, l'avait étouffée contre son cœur, elle n'avait pas pleuré. Elle avait revu Aleksandre à la cérémonie d'inauguration du tronçon de l'autoroute, il lui avait serré la main, lui avait souri, en elle ça avait tressauté mais rien ne s'était embué. Devant le centre de santé, les allocutions terminées, le ruban coupé, les félicitations adressées, les coupes de champagne remplies, Tashun avait tempêté quand elle lui avait annoncé qu'elle rentrait à la capitale « Tu ne me plantes pas le premier jour de la campagne, le meeting avec ton père, toute l'équipe, c'est cet après-midi, tu bouges d'ici, je te fracasse, je te le jure, je te fracasse, Katmé » ; ses yeux étaient restés secs, elle n'avait pas pleuré. Même quand son père, Innocent Patong, avait dit : « Tu ne vas pas nous planter là pour ce crevard ? À présent qu'il est mort, ça change quoi que tu y ailles tout de suite ou dans un an ? », elle n'avait pas pleuré. Tout juste avait-elle constaté que la vie lui infligeait une double peine : l'absence de sa mère et la présence de son père ; aussi l'avait-elle expulsé de son cœur comme on extirpe une chique de la voûte plantaire, comme on chasse un chien famélique porteur de la rage. Sita Félicie pouvait l'accabler autant qu'elle le voudrait, la bannir, la maudire, et même l'exclure de l'enterrement de Samy, elle ne pleurerait pas. Puisque Samy était mort, puisqu'il n'y avait plus rien à espérer, qu'y avait-il encore à pleurer ?

22

Demain, oui demain, elle ferait ça, quitter le lit, quitter la chambre ; après tout, elle aussi un jour on l'enterrerait, on nous enterrerait tous, un jour, tous on serait morts ; demain, les myriades d'élancements, la brume crue, la brume blanche, qui l'éreintaient, décroîtraient, reculeraient, se résorberaient. Elle réalisait que rien ne vous guérit de la mort d'un être cher, pas même l'idée de votre propre finitude. Qu'un cœur humain pût contenir le poids d'un tel chagrin sans se diffracter la sidérait. Claquemurée en elle-même au décès de sa mère, claquemurée dans sa chambre depuis son éviction de la morgue par Sita Félicie, elle se surprenait à retrouver un mode familier. Retranchée dans sa chambre, elle portait en étendard, hissé sur les épaules, le manteau du malheur, s'en drapait telle une cape tendue entre les embryons éclatés d'une hallucination. Ses pensées, volutes liquides en mouvement, voltigeaient avec l'inconstance létale de fleurs blanches autour de la rosée du matin. Elle sautait hors du lit, se précipitait à la fenêtre, soulevait un pan de rideau, se perdait dans la contemplation des jacarandas, des sculptures de coccinelles en fer martelé – premiers essais de Samy avant sa conversion à l'argile. De lui, il restait ce coin au-delà de la baie vitrée et les photos, souvenirs pétrifiés dans une éternité joyeuse. Mais les souvenirs heureux ne s'enferment pas dans un flacon. Ils ne peuvent se humer telle une huile sensorielle les jours d'épreuve.

Mama Récia et Sokjou aidaient l'intendant à planifier le quotidien de la résidence. Bambili emmenait Axelle et Alix à l'école, les récupérait à la sortie des classes. Les gardiens éconduisaient les visiteurs. La chambre demeurait dans la pénombre, Motto n'approchait pas des rideaux récalcitrants, ne changeait plus la literie. Auprès de ses collègues, il maugréait : « Ah les femmes des *tétés*, c'est l'argent qui les gratte vraiment. Elles ne font rien comme nous autres. Quand la moto a tué mon frère, le lendemain matin, je dis bien le lendemain matin, alors qu'il ne faisait même pas vrai-vrai jour, sa femme est allée vendre les beignets au marché, le soir même chose, elle a vendu les beignets. Si elle restait enfermée dans la chambre, couchée dans le lit que son mari est mort, qui allait nourrir ses enfants ? *Didonc* ! Quelqu'un qui est même pas dans ta famille meurt et toi tu fais comme si c'est la fin du monde ! » L'après-midi, Mama Récia et Sokjou entraient dans la chambre, tiraient les rideaux, changeaient les draps si nécessaire, déposaient un plateau de nourriture, une tartine de pain au lait concentré sucré. Elle mangeait la tartine. Le soir, Axelle et Alix venaient la voir. Elles s'asseyaient au bord du lit, racontaient leur journée d'école, lui demandaient quand elle serait guérie. Elles savaient leur mère malade depuis la mort de tonton Samy ; elles n'avaient pas réussi à découvrir comment ni pourquoi il était mort mais semblaient progressivement se faire à l'idée de la disparition de leur parrain dont leur papa disait maintenant beaucoup de bien. Elles affrontaient avec plus de sérénité que leur mère la mort de leur parrain grâce à Mama Récia et ses implacables réponses sur le Seigneur Jésus-Christ et Ses célestes volontés. Balbine apportait le courrier reçu à la préfecture. Tashun l'ouvrait lors de ses brefs passages. La campagne électorale lui laissait peu de temps, il revenait embrasser les filles, passait la nuit quand il pouvait, dormait dans la chambre voisine. Les jours qui avaient suivi la mort de Samuel, la salive suppléant les infructueuses caresses, il forçait le passage en elle. Dès qu'il se retirait, elle qu'il avait autrefois appelée son glaçon de Fènn, son animal à sang froid, elle dont il lui était arrivé de douter du bon fonctionnement des glandes lacrymales, elle qu'il respectait parce qu'elle n'usait pas de ce joker facile que les femmes avec lesquelles il était en commerce abattaient pour lui forcer la main, lui soutirer un peu plus d'argent, pleurait. « Maman est morte, Samy est mort, maman est morte, Samy est mort, maman est morte, Samy est mort », il n'en pouvait plus de la ritournelle ! Bien sûr que maman est morte ! C'était il y a plus de vingt ans d'ailleurs ! Il était temps qu'elle s'en aperçoive. Il avait cru bien faire en faisant libérer Samuel à leur insistance, tout ça pour rendre service aux Pankeu, et voilà ! Ils avaient voulu contourner la justice, voilà le résultat. À qui la faute, je te le demande ? L'enquête ? On ne va pas boucler tout un quartier, bordel ! La campagne électorale l'essorait, et elle, elle lui gâchait ses nuits. « Maman est morte, Samy est mort », il ne jouerait plus au troisième fantôme, elle en avait déjà bien assez de deux, il dormirait dans la pièce d'à côté.

La nuit, les yeux ouverts sur le vide des heures, Katmé se plongeait dans *Émancipations*, relisait le compte rendu de police de l'accident survenu à l'atelier du sculpteur Samuel Pankeu :

*« On est partis puiser l'eau au puits avant d'aller à l'école, au retour on l'a vu, il avait les genoux par terre, il coupait les fleurs violets, et aussi il parlait, d'abord on a pensé qu'il parlait à quelqu'un à côté de lui que nous on ne voyait pas, mais il parlait avec les fleurs violets, c'est ça qui nous a énervés. Il plante les fleurs dans notre quartier, dans notre quartier il n'y a pas de fleurs, seulement chez lui, on lui a dit que c'est les filles qui plantent les fleurs, pas les garçons. Il a dit : je suis dans ma cour, je suis chez moi, je fais ce que je veux, il se fâche alors que au commencement c'est nous-mêmes que nous étions fâchés. Tout le quartier sait ce qu'il a fait, il a sali notre quartier, les seaux d'eau sur nos têtes étaient lourds, on devait vite rentrer pour manger les beignets avant l'école, mais nous on n'aimait pas la manière que lui il nous répondait. Il met les mains sur ses hanches, après il nous dit que c'est sa cour, que lui il fait ce qu'il veut. Nous, ça nous énerve, un garçon qui n'est même pas un vrai garçon nous dit ça, ça nous énerve. Aussi ses mains sur ses hanches, et aussi sa tête de têtard, moi j'ai dit avec ta grosse tête comme un têtard, et il a dit pourquoi tu m'insultes ****, alors moi j'ai déposé mon seau d'eau par terre et les autres ils ont aussi fait ça, on a traversé la rigole qui sépare la route avec sa cour, on l'a*

*bousculé pour qu'il enlève ses mains sur ses hanches, parce qu'il faisait vraiment comme une fille, nous on voulait seulement qu'il ne mette plus les fleurs violets dans notre quartier. Dans le journal et aussi dans la télévision, ils ont dit que le quartier des Aquatiques n'était pas un bon quartier, et aussi nos amis des autres quartiers eux ils se moquent de nous, que dans notre quartier les garçons sont des filles, alors que lui il n'habite pas ici, mais il a parlé de notre quartier dans ses photos maintenant tout le monde dit que lui il habite dans notre quartier, et c'est lui qui fait que ça verse la honte sur nous, et aussi il a fait les photos pour nous moquer, que nous sommes les pauvres, que les Aquatiques nagent dans la pluie, que nous on nage dans l'eau sale, nous on était fâchés. On l'a poussé, un peu seulement, et aussi on l'a raclé, et il est parti tomber au ralenti comme la feuille, lui il a fait ça exprès je suis sûr, on tombe au ralenti ? Moi j'ai vu comme son pied a glissé sur le gros truc en fer dans la cour, le truc qu'on avait soudé avec lui le jour de la propreté du quartier, on avait soudé ça avec lui avec le fer rouillé qu'on avait ramassé partout au quartier et là-bas au petit marché pour lui donner. Il est tombé, sa tête a fait boum ! Il est resté couché par terre, nous on a eu peur, on a démarré la course. On courait, on courait et **** a dit qu'on a oublié les seaux, les maters allaient nous tuer à la maison si on rentrait sans les seaux d'eau, donc on a fait demi-tour pour aller chercher nos seaux. Quand on est revenus prendre les seaux, il a dit qu'il allait déposer plainte et que nos parents vont avoir la convocation chez les policiers, et que le sans-payé des policiers va venir chercher nos* *parents, il n'était même pas blessé, et il veut faire la plainte à la police ! C'est seulement ses habits qui étaient salis et un peu déchirés, on jure. On a pris nos seaux et on est partis, mais sur la route **** a dit : vengeance ! vengeance ! qu'on doit gâter ses sales fleurs violets, et aussi gâter l'atelier et comme ça il allait avoir peur et il n'allait pas dire à nos parents et aussi qu'il allait quitter notre quartier, que si nos amis des autres quartiers savent qu'il est sorti de la centrale et il est revenu dans notre quartier la honte va seulement nous tuer à l'école. On est revenus, il parlait avec ses sales fleurs, il disait : pardon, mes jolies, papa va s'occuper de vous, vous avez manqué à papa, il parlait avec les fleurs comme un demi-fou. **** a pris une pierre dans la rigole, il a lancé, ça a blessé son oreille. Moi, j'ai lancé la quatrième pierre, je sais ça parce que **** a dit envoie-lui le cadeau numéro quatre. Nous on criait, va-t'en, va-t'en de notre quartier garçon-fille, va-t'en n'appelle plus nos noms, garçon-fille. Lui il cachait sa tête et aussi il disait : ****, pourquoi tu me fais ça ? **** qu'est-ce que je t'ai fait ? ****pourquoi tu me fais ça ? ****, ****, **** pourquoi, pourquoi ? Il a couru pour entrer à l'atelier pendant qu'on lançait les pierres, il a fui, un peureux, est-ce qu'un grand il doit fuir comme ça ? Ça nous a énervés que lui il fuie, ça nous a trop énervés, trop énervés vraiment, il voulait fermer la porte de l'atelier mais il n'a pas eu le temps, **** a mis son pied dans la porte, et nous six on a poussé la porte, on a appuyé dessus, on a poussé très fort jusqu'à ce qu'il recule et nous laisse entrer. On l'a raclé, il est encore tombé, ça me faisait honte, comment un grand comme ça tombe* dès qu'on le bouscule un peu ? Lui ne faisait que supplier : laissez-moi, laissez-moi, partez, laissez-moi, je ne vais rien dire à vos parents, ****, ****, ****, ****, ****, ****, ****, laissez-moi, pitié, pitié. Nous on n'a pas eu pitié parce qu'un garçon-fille c'est pas comme nous, les vrais garçons. Moi, ma mère dit que les garçons-filles, que ce sont les anté... anté... Seigneur ? anté... Jésus ? Antéchrist, tu veux dire ? Oui, c'est ça Antéchrist ! Et Dieu lui n'aime pas les Antéchrist. **** l'a botté comme un macabo pourri, on a pris quelque chose sur le sol comme un morceau d'une panthère, c'était lourd, **** m'a aidé, il a compris ce que je voulais faire, ça nous énervait qu'un grand nous supplie comme ça, on a laissé tomber ça sur son zizi. Le sang est sorti, pouff ! il pleurait comme une fille, comme un bébé ! Comme ma petite sœur le jour où l'eau chaude s'est versée sur son pied et qu'elle pleurait. Nous on riait, un grand qui pleure comme ça. Il portait un short blanc, c'est devenu rouge devant, on lui a enlevé son short pour voir, **** a dit que si c'est aussi un vrai garçon le sperme doit couler aussi de son zizi en même temps que le sang, mais il y avait seulement le sang. Ça nous amusait de voir qu'il avait un vrai zizi parce que ma maman dit que les garçons qui font les filles, leur zizi disparaît, lui il avait toujours son zizi et son zizi avait plein plein du sang dedans. Lui il criait, on a eu peur que quelqu'un entende dehors. Nous on part au puits à cinq heures trente le matin puiser l'eau pour la maison et se laver avant l'école. Peut-être qu'on était déjà vers six heures trente, comme il criait, il criait, criait, on a dit tais-toi, tais-toi mais lui criait toujours. On a fermé la porte de l'atelier à *clé, on connaît bien l'atelier, on sait où il range ses chiffons sales, on a mis deux chiffons dans sa bouche, il ouvrait de gros yeux de grenouille pour nous regarder mais avec les chiffons on entendait plus sa voix. Moi quand j'ai vu les chiffons, ça m'a fait bizarre et aussi un peu peur, c'est avec les chiffons-là qu'on essuyait nos mains quand il nous montrait comment faire pour fabriquer les calebasses en terre cuite. J'ai eu peur car les chiffons ont apporté le souvenir des calebasses, souvent on partait vendre les calebasses et on avait l'argent mais quand le sans-payé de la police était venu pour l'arrêter, nous aussi on ne faisait plus les calebasses pour vendre au marché et nos parents étaient fâchés. Après, **** a dit qu'on va être en retard à l'école, qu'on part. Moi aussi j'ai pensé aux calebasses et ça m'a fait un peu triste. Avant je venais ici rester avec lui pour le regarder travailler dans l'atelier. Moi mon père a dit que s'il m'a touché, il va couper son zizi et enfoncer ça dans sa bouche pour qu'il mange, mais j'ai dit à mon père que non, il ne m'avait pas touché. Moi, ça m'a pas fait triste parce que c'est un mauvais, c'est un demi-diable. C'est un mauvais même s'il nous a appris à fabriquer les calebasses avec l'argile, ma mère a dit que les garçons-filles, ils font de mauvaises choses la nuit quand les honnêtes gens eux dorment. C'est là que quelqu'un a commencé à cogner à la porte en disant ouvrez ! ouvrez ! ouvrez ! On a commencé à avoir peur. Moi j'ai reconnu la voix de mon père, on a ouvert, il était là avec les autres pères et aussi les mamans, il était déjà huit heures du matin ! On était en retard à l'école. Ils voulaient aller au puits nous chercher parce qu'on n'est pas rentrés* *à la maison vers six heures trente comme tous les matins, c'est en route qu'ils ont vu nos seaux d'eau à côté de la rigole devant l'atelier. Eux ne savaient pas que lui il était revenu au quartier, parce qu'il est arrivé la nuit, personne ne savait qu'il était là dans l'atelier, mon père est devenu très très fâché, il a dit : tu oses revenir ici, sale pervers ? Tu oses revenir ici ? On va te montrer ce que tu es venu chercher, être maudit ! Tu es revenu gâter nos enfants ? Comment est même ce pays ? On t'a laissé sortir ? Ils t'ont libéré ? Nous on va te montrer ce que tu es venu chercher ici ! Un de nos pères lui a enlevé les chiffons dans la bouche et l'a tiré dehors, lui il criait, lui il pleurait beaucoup, le sang coulait, coulait de son zizi. Dehors, il criait fort, fort, beaucoup, tout le quartier est sorti. Un homme a pris dans l'atelier un ri... Comment lui il nous avait dit que ça s'appelait ? Un Ri... voir... ça ressemble à un couteau bizarre, c'est comme la lime. Le rifloir ! Toi, tu oublies toujours ce qu'il nous a appris, ça s'appelle un rifloir c'est comme ça qu'il nous avait dit le jour on a fabriqué avec lui la jarre en argile qui avait beaucoup de dessins, tu ne te rappelles pas ? Ma mère elle est aussi entrée à l'atelier à son tour, elle a ramassé beaucoup de ses outils qu'il utilise souvent pour travailler, un homme a dit quand elle est sortie : félicitations, ma sœur, on va le travailler avec ça ! Moi, ma maman est partie chez nous comme notre maison n'est pas loin, elle est revenue avec sa chaussure, le talon pointuuuu jusqu'à, jusqu'àààà. Ils ont enlevé son short, et tout le monde le tapait, on l'a tapé, tapé. Lui était roulé comme un petit bébé dans le ventre de sa mère. Moi, ma tante chez qui j'habite est partie brancher le* *fer à repasser. Lui il était couché sur la route, tout le monde voyait son zizi bien écrabouillé, on criait pervers ! pervers ! pervers ! Le boutiquier a dit bravo, les enfants, bravo, les enfants, vous l'avez puni par là où il a péché, bravo ! D'autres personnes crachaient sur lui ou bien donnaient des coups de pied. La tante de **** est revenue avec le fer chaud, elle a commencé à le repasser, la peau quittait, lui il ne pleurait plus, il soufflait seulement, il soufflait, il soufflait, fort, fort. Mon père a pris les outils et les a donnés à ceux qui voulaient. Moi, je connais le nom de tous les outils pas comme****, et je disais : voici le tournassin, qui veut le tournassin ? et l'ébauchoir, qui prend l'ébauchoir ? la mirette, on donne la mirette à qui ? Après lui, il a encore parlé, on entendait pas bien mais il disait pitié, pour l'amour de Dieu, pitié pour l'amour de Dieu. Moi, ma mère a dit tu appelles le nom de Dieu !? Enfant de Satan ! La personne qui avait pris le riv... floir a enfoncé ça dans ses yeux, ses yeux ont éclaté, il a crié, crié, c'était comme un signal parce que tout le monde après, tous les outils ont touché son corps, son corps bougeait, bougeait comme, comme dans le breakdance, la maman de *** a tapé le talon de sa chaussure sur sa tête. Après, il y a un homme qui est arrivé, il a dit : Qu'est-ce que vous faites ? Seigneur, qu'est-ce que vous faites ? Vous êtes des monstres ! Que vous a fait cet homme, arrêtez ! Je vais appeler la police, espèces d'assassins ! Moi mon père il a dit : tu défends un sale pédé ? Tu sais qui est cet homme que tu défends ? Ce n'est même pas un homme, tu acceptes que quelqu'un qui est moins que le chien, moins que la souris, respire le même air que toi ? Après il y a des enfants qui ont* *commencé à pleurer, on a demandé aux mamans de rentrer avec eux, d'autres gens ont dit : non, pourquoi leur cacher la réalité, ils doivent apprendre la vie, ce qu'on fait là, c'est pour leur bien, ils doivent connaître la frontière à ne pas franchir entre le bien et le mal. Après quelqu'un a dit : ne laissez pas l'homme là partir, il va aller nous trahir, peut-être que lui-même c'est une fille-garçon, il faut l'attraper ! Après l'homme a crié : lâchez-moi, espèces de salauds, je pars dire une messe, lâchez-moi, assassins, j'ai une messe à dire ce matin, soyez damnés, assassins ! Je suis l'abbé de la paroisse Saint-Michel. Comme il a dit qu'il était l'abbé, il y a une femme qui a dit que c'est vrai, il vient d'arriver à la paroisse du quartier. On a enfermé l'abbé dans l'atelier, quand les hommes l'ont soulevé, ses pieds ne touchaient plus la terre, il faisait le vélo en l'air avec ses pieds, il disait : je vous dénoncerai, je vous dénoncerai tous jusqu'au dernier, je le jure même si ma vie doit en dépendre, je vous dénoncerai jusqu'au dernier, meurtriers ! meurtriers ! Son sang retombera sur vous et vos enfants jusqu'à la quatrième génération. L'abbé, il nous faisait rire avec ses pieds qui faisaient le vélo en l'air. Quand on a enfermé l'abbé, au sol, lui, il dansait toujours le breakdance, la femme avec le fer à repasser a encore commencé à le repasser, elle posait le fer, dès qu'elle soulevait le fer la peau quittait, il est devenu comme un cochon gratté, un albinos. Quand le fer a refroidi, la femme est partie vite, vite chez elle pour chauffer encore le fer mais quand elle est revenue, il ne bougeait plus, quelqu'un a dit : il ne bouge plus. Ma maman a arrêté de frapper sa tête avec le talon de sa chaussure. Après une autre personne a dit : il n'est pas mort, il fait semblant d'être mort, pour qu'on le laisse, vous allez voir demain il va se vanter devant nous dans le quartier, il est allé chercher le machin qu'on bouche les fosses avec ça, c'était lourd, trois hommes ont porté ça ensemble, ils ont laissé tomber ça sur sa tête, sa tête a fait poufff ! Éclatée ! On a reculé parce que le sang était partout, mais nous on était trop contents même que sa tête a éclaté. Il n'a même pas crié, quelqu'un a dit : il est mort, d'autres femmes ont fait le signe de croix, après quelqu'un a dit : il faut qu'on aille au travail, il est tard, il est presque dix heures, quelqu'un a aussi dit : Quoi !? Dix heures ? Il nous a perdu deux heures !? C'était un dur de chez dur, vraiment on n'a plus le temps pour le pneu, mon patron m'attend à la briqueterie, ce salaud, il a la chance on n'a pas le temps d'allumer le pneu, il allait rôtir bel et bon, après une autre personne elle a dit : on fait quoi de ça ? en le montrant au sol. C'était vraiment moche, comment il était comme un albinos comme ça au sol, un cochon gratté. Moi, je n'aime pas qu'on brûle les gens au quartier, quand on brûle les voleurs, la nuit j'ai peur parce que ça brûle longtemps, longtemps, ça devient comme la viande braisée et ça sent dans le quartier pendant des jours et des jours. Moi, quand on brûle un voleur au quartier je peux rester même dix jours sans manger la viande. Après, nous on a entendu une voix derrière qui criait, nous on ne voyait pas parce que tout le quartier était là et fermait le cercle, la voix de la femme, elle a crié : qu'est-ce qui se passe ici, qu'est-ce qui se passe, que faites-vous chez mon fils ? Elle a écarté tout le monde, elle a poussé tout le monde, elle est arrivée au centre, à côté de nous,* *la maman-là, elle est tombée à genoux à côté de lui, sa tête était toujours sous le machin de la fosse, on ne voyait pas son visage, comment elle pouvait même savoir que c'est son fils ? N'est-ce pas qu'on peut tuer un garçon-fille ? Un garçon-fille qui parle avec les fleurs comme un demi-fou, ce n'est pas une vraie-vraie personne, n'est-ce pas ? Vous allez nous arrêter ? Vous n'allez pas arrêter les gens du quartier, hein ? Dans ma classe, à l'école, le maître a dit qu'on avait fait œuvre de salubrité publique, je n'ai pas compris mais il ne m'a pas puni comme j'ai manqué sa classe. Moi, mon maître a demandé à toute la classe de m'applaudir. Moi, dans ma classe, **** mon ennemi juré a été obligé de m'applaudir. C'est seulement le directeur de l'école qui a vomi, il a beaucoup vomi, et après il a pleuré, et après il a dit : j'emmène ces enfants au poste, prévenez leurs parents. Ça veut dire quoi : faire œuvre de salubrité publique ? »*

Malgré l'absence de sa femme aux meetings, les articles de presse – parfois contradictoires – le mettant en cause dans la libération et la mort du sculpteur Samuel Pankeu, l'actuel gouverneur de l'opposition qui tenait tête à son cancer au côlon et s'était représenté à soixante-dix-neuf ans, la femme vengeresse et obèse Maman Caramel deux à dix qui envoya des marabouts répandre peu après minuit du sang de mouton castré devant le portail de la résidence, les accusations de fraude pour avoir fait distribuer des billets de mille francs et des sandwichs au pain et à la viande de bœuf baignant dans de la sauce tomate à chaque électeur sortant de l'isoloir avec les bulletins de ses adversaires, les preuves de collusion avec les représentants de formations politiques adverses présents dans les bureaux de vote, les urnes jugées irrecevables car arrivées non scellées aux centres de dépouillement, l'évidente falsification de procès-verbaux, les magouilles informatiques, les recours contentieux émanant des autres candidats pour trafic de fichier électoral, Tashun fut élu et Katmé forcée de sortir de sa réclusion.

On déménageait.

23

Elle détacha les yeux des jacarandas, des sculptures en fer, laissa retomber le rideau, se retourna, et comprit qu'elle avait parlé tout haut. Elle comprit également que chaque seconde passée dans la chambre depuis un mois la préparait à ce moment qu'elle savait, sans vraiment le savoir, inéluctable. Elle entendait sourdre au-dedans d'elle le grondement d'un cœur rouillé par les eaux turbulentes de la vie. À quel moment avait-elle plongé ? Quand l'oxydation s'était-elle produite ? Le processus de rétrécissement d'elle-même à une mince liane de raphia effilochée, enclenché le jour de la réception de la lettre de la mairie, arrivait à son apogée, elle s'en apercevait seulement maintenant.

Les poings crispés dans les poches de son peignoir en satin, elle répéta

« Je n'irai pas vivre là-bas.

— C'est quoi ce nouveau charabia ? Ça veut dire quoi tu n'iras pas vivre là-bas ? Tu m'uses, il n'y a pas à dire, tu m'uses ! »

Droite, campée sur ses deux jambes, elle resserra d'un nœud sec les cordelettes de son peignoir autour de sa taille.

« Je veux reprendre ma vie là où je l'ai laissée il y a douze ans.

— Je vois que ton cerveau jette encore de l'air. Tu l'as laissé où ta vie ? À la consigne d'une gare ? Va donc la chercher ! Tout le monde me l'a dit : avec la femme, ce n'est pas bon d'être trop compréhensif, mais je n'ai pas écouté. Je t'ai passé trop de caprices. Occupe-toi du déménagement, madame, ça te remettra les idées en place ! »

Katmé poussa la porte de la cuisine où une réglette blanche succédait à l'ampoule orangée du plafonnier. « Maman ! » Axelle et Alix se jetèrent dans ses bras. « M'man, tu es guérie ? Tu vas mieux ? On a prié Dieu-Dieu, Mamie Récia nous a appris plein de prières, plein, plein, on a prié pour toi, tu es guérie ! Oh M'man ! » Pendant la préparation du folong poisson fumé et des plantains mi-mûrs, les jumelles, intarissables, lui arrachaient des sourires distraits. Sokjou, soulagée de voir sa cousine sortie de sa léthargie, s'empressait auprès d'elle. Bambili de même. Seule Mama Récia lui lançait des coups d'œil préoccupés, remarquant son air d'absence.

Où habiter, sans argent, sans travail ? Six mois minimum avant de réintégrer un poste dans un lycée et percevoir un salaire moins élevé que celui d'un gardien de nuit chez un expatrié. Mama Récia, qui paierait son logement ? Ses factures ? Les filles, les emmener ? Où ? Quelle maison ? Quel niveau de vie ? Le caveau de Fènn érigé sur le terrain payé par Tashun, faudrait-il prévoir un troisième enterrement ailleurs ? Qui aiderait une femme ayant quitté de son plein gré son mari, ex-préfet de la capitale, nouveau gouverneur de la province du Haut-Fènn ? Qui comprendrait qu'elle soit allée si loin pour descendre si bas ? « On ne fait pas la révolution quand on mange avec quatre couverts de chaque côté de l'assiette », se moquait Keuna. Aleksandre avait proposé de recommencer. Ensemble. Aleksandre amoureux et généreux des promesses du premier jour. Des promesses qui charrieraient, quoi qu'il en dise, des droits potentiels sur elle. Une chose était certaine, si elle quittait Tashun, jamais elle ne vivrait de nouveau sous le même toit que l'homme qui partagerait sa vie.

Mariée pour fuir l'atmosphère pesante de la vie avec Mama Récia et pour avoir droit – si absurde que cela lui paraisse à présent – à un enterrement de femme mariée. Épouser Tashun pour que son cadavre ne souffre pas la honte d'être enterré à peine mieux qu'un animal de compagnie. Mariée pour que ses enfants, si jamais elle en avait, ne subissent pas le déshonneur de voir leur mère enterrée ailleurs que dans la concession familiale de leur père. Mariée pour être la femme de quelqu'un, pour qu'on ne la traite pas de femme libre, de femme sans morale comme sa mère. Elle qui voulait tant la couronne de femme mariée, celle qui faisait au pays de toute femme adulte en âge de procréer *une vraie femme*, comment pouvait-elle songer, ne serait-ce qu'un instant, à s'en défaire ? Où reprend-on le cours de son existence quand depuis douze ans on vit sous couveuse ? Autrement, continuer. Écarter les jambes, concéder les va-et-vient brutaux dans le creux des reins, recevoir les gouttes de sueur sur le visage, la poitrine, compter les secondes, supporter les halètements, ne rien ressentir, serrer les lèvres, fermer les yeux, encaisser le jet liquide dans le vagin rétif, afficher un sourire comblé et hocher la tête à « C'était bon ? », lui passer la main sur le torse, dormir, rêver à un autre, se réveiller, remarquer le liquide abominé sur le protège-slip, le voir s'écouler le long de ses cuisses. Quand elle rêvait d'Aleksandre, il portait un jean, un T-shirt. Il revenait à Fènn, il avait grossi. Elle agaçait de ses lèvres la cicatrice du bec-de-lièvre, ses doigts papillonnaient sous le T-shirt, parcouraient la peau au grain familier. Elle aimait qu'il porte un T-shirt dans ses rêves. Elle n'avait jamais réussi à glisser ses mains sous l'abacost cintré et monacal. Autrement, devenir. Maman Gouverneur. Cocktails, dîners, messes, inaugurations. Autrement, oublier. Oublier que pour la vie volée à Samy, il n'y aurait pas d'arrestation, pas de procès, que personne ne serait placé sous mandat de dépôt à la centrale. « On ne va pas boucler tout un quartier, bordel ! Tu veux placer des enfants de dix, douze ans sous mandat de dépôt ? Ces Aquatiques, ce sont des sauvages, il a eu tort d'ouvrir son atelier là-bas. À quoi ça sert de remuer tout cela ? C'est derrière nous. Le ciel nous a envoyé des épreuves, nous les avons surmontées, on repart à zéro. » Repartir à zéro. Les habitants du quartier des Enseignants et les Aquatiques repartent à zéro. *Tropiques Matin* repart à zéro. Maman Caramel deux à dix repart à zéro. Le comité central du parti repart à zéro. Kizito et Sita Félicie, eux, repartent à zéro aussi ? » Effacer *l'accident survenu à l'atelier du sculpteur Samuel Pankeu.* Un accident à l'atelier, elle savait ce que c'était, Samy lui avait expliqué, elle en avait vu, expérimenté avec lui. Une œuvre qui se fendille, éclate ; la glaise malmenée qui se rebelle, refuse d'obéir à la forme qu'on lui imprègne et dont on ne peut plus rien tirer ; se tromper dans les calculs de retrait de la matière, *ça* ce sont des accidents à l'atelier. Samy mort, mort d'une mort terrible, criblé de cailloux près de ses saintpaulias, lapidé par les apprentis *pro bono publico* – Paul, Blaise, Kouankeu, Petit Paul, Emmanuel, Chrysostome ; Samy repassé au fer, émondé, aplati sous un bloc de béton, *ça* ce n'était pas un accident à l'atelier. Vivre au rabais de soi-même ; les compromis mis bout à bout ne font pas une vie… Se hisser à hauteur d'elle-même était-il enfin à sa portée ?

Axelle et Alix vinrent s'ébrouer dans ses bras, Katmé rit, passa la main sur leurs vieilles nattes. « *Moïndjamato*, vos cheveux ne sont pas propres.

— M'man, quand est-ce que tu nous fais des tresses ? » demanda Axelle.

24

À l'université du Haut-Fènn, c'étaient les vacances. Les caisses en bois des vendeurs de matériel bureautique et formulaires académiques, les braseros de maïs, plantains et safous avaient disparu, remplacés par un tapis de flamboyants rose foncé gorgés d'eau. Katmé remonta la fermeture à glissière de son gilet jusqu'au cou, ouvrit la portière de sa voiture, enfonça ses mocassins en daim dans la terre molle. En quittant Akriba aux aurores, comme si les fourmis magnans la picotaient sous les draps, elle n'avait pas songé à prendre un parapluie, encore moins à porter des souliers de saison. L'orage avait éclaté alors qu'elle bataillait, au volant de sa voiture, contre les nids-de-poule et la pente ardue séparant la grand-route asphaltée de l'université. Elle s'était garée devant les édifices austères et vermoulus, bâtis au sommet d'une montagne supportant sur ses flancs une rivière de toits en tôles oxydées, véritables chancres rouges. Elle regarda ses chaussures. Elle ne les sauverait pas. Elle aspira l'air avec avidité, l'odeur de la terre de Fènn après l'orage matinal, son bouquet kaolin, le parfum des épicéas détrempés.

Kizito ne prenait pas de vacances pendant la pause entre deux semestres. Il en profitait pour écrire à l'avance les articles que lui commandaient des publications étrangères, les journaux locaux, ou réfléchir au menu des prochains numéros de *Revers*. Les papiers du directeur de la rédaction intéressaient-ils encore les lecteurs et les anciens acquéreurs de ses articles après que le large sourire du candidat Tashun Abbia avait barré la une de la revue ? Elle se dirigea instinctivement vers un bâtiment qu'elle pensait être la faculté de droit. Elle n'était venue qu'une seule fois. Avec Samy. Leur premier voyage ensemble à Fènn. *Ante mortem* était en gestation, le Caz n'avait pas encore voté la visite de l'exposition et l'atelier de sculpture pour les orphelins de Vita, Samy n'avait pas encore servi à Maman Caramel deux à dix de javelot contre Tashun. Elle revoyait Samy tête levée sur les microscopiques lucarnes des bureaux, main en visière sur le front. Sa cellule à la centrale n'avait pas de fenêtre. Il y a quelques mois, ils étaient là, tous les deux, devant ces immeubles à la gémellité déprimante. De tout petits mois… Elle demanda son chemin à un étudiant en session de rattrapage. Elle n'était pas dans la bonne aile, il ne fallait pas se fier aux inscriptions sur les flèches de bois, elle devait prendre à gauche, elle verrait une plaque indiquant la faculté de sciences politiques, puis il faudrait longer l'édifice, le contourner, et à l'arrière elle verrait le troisième bâtiment, puis une plaque indiquant la faculté de communication, là non plus la plaque n'était pas la bonne, mais c'était là que se trouvaient la faculté de droit et le bureau de Kizito au cinquième étage, au fond du couloir après les escaliers, sur la droite. Au bout de quelques mètres, perplexe – elle n'avait rien retenu des explications de l'étudiant – elle se renseigna à nouveau auprès d'une dame dont le visage s'illumina. Son Excellence Madame Gouverneur ! L'enseignante de chimie se fit un devoir de l'escorter. Le couloir désert, les portes de bureaux fermées, la peinture boueuse des murs, les vitraux sales et cassés, les trous dans le sol cimenté, l'ouverture dans le plafond causée par les intempéries et laissant entrevoir un ciel blanc griffé de boutons bleutés, la mare en dessous qu'il fallait éviter ; elle avait emprunté ce couloir avec Samy. Le sol était sec, ce jour-là.

La porte du bureau était entrouverte, Kizito absent. L'enseignante voulut se lancer à sa recherche. Katmé l'en dissuada, plongea la main dans son sac, extirpa un billet de cinq mille francs. « Pour le yaourt des enfants. Merci beaucoup de votre aide. Vous pouvez partir. Je vais l'attendre. » L'enseignante hésita avant de tendre la main et de la refermer sur le billet. Elle le garda dans son poing, sans le ranger dans son sac. Finalement, elle rouvrit son poing, regarda pensivement l'argent, prit le poignet de Katmé, lui écarta les doigts et remit la coupure dans la paume de sa main. « Je vous montrais seulement le chemin, Madame Gouverneur. Bonne journée. » Elle sourit, s'éloigna d'abord à reculons, puis très vite, à grandes foulées, n'offrant plus que son dos à Katmé qui entendit résonner le rire sardonique de Samy : « Cette incapacité que tu as à ne pas donner a quelque chose de désespéré, oui de désespéré. » Elle défit la glissière de son pull, le noua autour de ses hanches, sur son pantalon blanc.

L'enseignante, tache évanescente dans le couloir dépeuplé et silencieux, ralentit le pas, en face arrivait quelqu'un la dépassant d'au moins deux têtes. Ensuite, comme si des chaussons étouffaient le bruit de ses pas, Katmé vit l'ombre dégingandée de Samuel en costume et cravate s'avancer vers elle. Le jour froid s'écoulait du puits de lumière de la toiture et découpait en contre-jour la silhouette à la démarche chaloupée. La ressemblance entre les deux frères ne l'avait jamais autant frappée. Il ne sembla pas étonné de la retrouver devant sa porte ; on avait dû le prévenir qu'elle le cherchait. Il poussa le battant et d'un mouvement de la tête lui fit signe de le suivre. Dans la minuscule pièce qui lui servait de bureau, rien n'avait bougé depuis la visite avec Samy. Table de travail en formica encombrée de classeurs multicolores, chaise en bois et velours marron clouté, fauteuil en skaï, bibliothèque branlant sous le poids de revues universitaires, d'ouvrages de droit, de sciences politiques, de communication et d'une bonne dose de poussière. Deux lamelles de verre aussi larges qu'une feuille de papier A4 dans le mur permettaient l'aération du réduit et l'ouvraient en haut sur le ciel et en bas sur un champ de maïs et d'arachide. Sans lui adresser la parole, sans demander comme souvent : « Alors, comment elle va, la frangine du frangin ? », Kizito se mit à compulser les classeurs colorés. La frangine du frangin, il l'appelait comme ça. Avant. Il ouvrait une chemise, la refermait, en ouvrait une autre, lisait quelques feuillets. Rien n'a bougé, tout a changé, se dit Katmé. Elle s'était préparée à ce qu'il soit déplaisant. Il l'était. Kizito, elle en était persuadée, gagnait du temps avant de trancher l'avenir de leur relation, sauver l'amitié ou embrasser l'inimitié.

Les frottements du carton des dossiers finirent par l'agacer.

« Tu cherches quelque chose ? »

Il rabattit la chemise qu'il venait d'ouvrir.

« Que viens-tu faire ici ? » Le ton était hostile.

Ce serait donc l'inimitié.

« Je veux aller sur la tombe de Samy. »

Il étira son nez entre le pouce et l'index, le nez aquilin de Samy.

« Tu n'es pas venue à ses obsèques et tu as le culot de demander à aller sur sa tombe ? Tu crois que je vais te laisser aller sur sa tombe ?

— Mais ta mère me l'avait défendu ! »

Il retroussa sa lèvre supérieure.

« Maman venait de perdre son fils dans des conditions d'une violence, d'une atrocité que même moi qui connais la vigueur des êtres humains quand il s'agit de libérer la bête en eux, je n'aurais pu imaginer. Elle était aussi malheureuse qu'une mère peut l'être dans de telles circonstances et toi qui es intelligente, toi qui faisais presque partie de la famille, tu prétends avoir pris ce qu'elle t'a dit au pied de la lettre ? Elle est où Katmé ? Mme Abbia n'est pas là ? Tout le monde te cherchait pendant les obsèques et tu n'étais pas là ! Et tu as le culot de te pointer ici et d'exiger d'aller sur sa tombe ? Tu te prends pour qui ? Ah, je vois ! Maman Gouverneur a tous les droits ? »

Katmé pressa son visage entre les mains. Les Pankeu ne pouvaient pas lui refuser ça…

« Comment aurais-je pu être là, hurla-t-elle les larmes dans la voix, Sita Félicie m'avait…

— Oh, ça suffit ! Ma mère a bon dos. J'ai appelé chez toi, tous les jours pendant une semaine, j'ai laissé des messages, j'ai demandé que tu me rappelles. Rien. Madame n'est pas là. Madame est sortie. Oui, on lui dira que vous avez appelé. Madame vous rappelle. Madame ne m'a jamais rappelé.

— Tu… Tu m'as… appelée ?

— Oui, Kat. Je t'ai appelée. Maman regrettait ce qu'elle t'avait dit, je me suis fâché, on voulait te présenter nos excuses, te dire que tu serais toujours la bienvenue dans notre famille, tu n'as jamais rappelé, pas une seule fois. Ety a pris le relais, il t'a appelée aussi… »

Elle aurait pu veiller le corps de Samy avec Sita Félicie, se tenir près de lui quelques jours encore, le toucher peut-être, lui parler sans doute, balayer le sol de sa maison neuf jours après son enterrement, être présente lorsqu'on ouvrirait sa chambre après le balayage du sol, cette chambre où ils avaient construit et déconstruit le monde, apaiser un peu son chagrin avec ceux qui l'avaient aimé. « Seras-tu là pour moi quoi qu'il arrive ? » demandait-il à la prison. Mama Récia, Sokjou, Bambili, sur ordre de Tashun évidemment, lui avaient volé son deuil.

Elle repoussa sa chaise, passa derrière le dossier, abandonna son pull sur le siège, recula, se plaça dans l'encadrement de la porte, bras écartés.

« Regarde-moi, Kizito. » Elle se soumit à son examen : les tresses sales, le visage amaigri, les pupilles brillantes, les clavicules saillantes sous la chemise cintrée à rayures, son pantalon blanc en crêpe lâche, les traces de boue au pied du pantalon, les mocassins tavelés de mottes de terre.

« Je ne suis pas sortie de chez moi depuis mon échange avec ta mère à la morgue. J'ai quitté ma chambre hier soir, la maison ce matin. J'arrive tout droit d'Akriba. »

Il la contempla de haut en bas, puis évita son regard.

Elle se rassit sans prendre la peine d'enlever le pull sur le siège.

Tête baissée, jouant un temps avec un stylo, la circonspection de celui pour qui le mot, bien avant l'état, représente déjà une formidable étrangeté, Kizito interrogea : « Tu as fait une… dé… dépression ? »

Elle ébaucha un pauvre sourire.

« Je ne sais pas. Je n'avais la force de rien. Je fermais les yeux, tout revenait encore et toujours… Je me souvenais de tellement de choses… Après la rencontre à la morgue avec ta mère, j'ai eu envie de dormir, dormir, dormir, et ne plus me réveiller. »

Kizito passa plusieurs fois la main sur sa tête, comme s'il cherchait à s'éclaircir les idées. « Et maintenant… Tu… ça va mieux ?

— J'ai toujours envie de ne pas me réveiller. Mais la vie avant notre mort ne peut être un long sommeil, n'est-ce pas ?

— La tentation de ne plus ouvrir les yeux sur ce cauchemar nous habite tous. J'avais douze ans quand Sam est né, je me rappelle avoir pensé, en voyant ma mère revenir de l'hôpital avec lui dans le couffin, mon père à ses côtés, que c'en était fini de la solitude, que je ne serais plus jamais seul. La différence d'âge, la mort de papa a fait que nous avions plus des rapports de père à fils que de grand frère à petit frère, je ne t'apprends rien, tu le sais ça. Quand il a redoublé sa terminale scientifique, c'est à moi qu'il a annoncé qu'il voulait faire une terminale littéraire. Notre père était prêt à ce que Sam végète cent ans en terminale jusqu'à ce qu'il obtienne son bac scientifique. Il a fallu que Sam le rate une deuxième fois pour que je réussisse à convaincre notre père. Ce ne fut pas facile. Lorsque tu es entrée dans la vie de Sam, il est devenu quelqu'un d'autre, plus ouvert, moins introverti, j'étais persuadé que vous finiriez par vous marier, il était tellement attaché à toi, je pensais que vous étiez amoureux. Et puis, tu t'es mariée ; il m'a dit combien ton mariage le rendait malheureux, mais pas pour les raisons que je croyais. »

Il marqua une pause. Un muscle remua sur sa joue. La voix de Kizito avait retrouvé la vibrante chaleur qu'elle lui connaissait. Il leva le bras, attrapa sur le rayon d'une étagère à vingt centimètres de sa tête ce qui parut à Katmé être une encyclopédie à la couverture cartonnée rigide noire et à la tranche vierge. Il lui tendit l'épais volume sombre.

Les paupières de Katmé se mirent à frétiller.

« Moi je garde l'album ici et maman cuisine pour lui. Tous les jours, les termites, les hannetons ou les sauterelles, en fonction de ce qu'elle trouve au marché. Depuis l'accident, je passe les week-ends à Akriba. J'emmène les enfants. On y a droit midi et soir. Du coup, ils ne veulent plus m'accompagner. Elle nous sert, surveille qu'on mange bien tout. Elle-même n'y touche pas. Elle interroge les enfants : ''Le sel, ça va ? et le piment ? et l'ail ?'' Les enfants hochent la tête, elle ajoute : ‘‘Petit père aime quand c’est bien pimenté et bien salé, je n’écrase pas l’ail, je le découpe en gros morceaux, je le mets à la fin, quand c’est cuit.’’ Petit Père, tu le sais n’est-ce pas, c’est le surnom qu’elle lui donnait quand il était bébé. ‘‘Petit Père aime quand l’ail crisse sous ses dents. Allez-y, mangez, mangez tout, j’ai gardé sa part au frigo. Il mangera sa part à son retour de l’atelier.’’ Le réfrigérateur et le congélateur sont remplis de boîtes en plastique, de paquets de papier alu. La part de Petit Père. Inutile de te dire que ça effraie les enfants. ‘‘Mamie Félicie devient toc-toc’’, disent-ils à leur mère quand on rentre. »

L’album de photos des obsèques de Samy. Un cercueil sobre en bois brut martelé, hermétiquement fermé, pas de rectangle en verre pour entrevoir le visage du défunt. Des fleurs, pas de jacaranda ou de saintpaulias, ses fleurs préférées. Même Ety n’y avait pas songé. Sita Félicie vêtue de blanc. Kizito, sa femme, ses enfants, de noir. Les élèves des classes d’arts plastiques du lycée Félix Éboué en uniforme, le proviseur costume noir, cravate rouge – code couleur pour l’enterrement d’un mort des suites d’accident. Gabrielle et Khadidiatou du Caz, Gabrielle le grain de beauté à la Norma Desmond plus foncé que jamais. Aleksandre en abacost noir. Aleksandre… Un orchestre, des artistes, Émile le plasticien qui avait offert à Samy *La Double Vie de Véronique,* des tas de gens, des figures inconnues, moins nombreuses que pour le deuxième enterrement de sa mère mais venues dire adieu à Samy sans calcul, sans contrepartie attendue. Tout un tas de personnes à l’enterrement de Samy, et pas elle, la meilleure part de lui.

« C'est qui ces gens qui portent un macaron orange sur la poitrine ?

— Regarde les photos suivantes, il y en a une où l'un d'eux tient une gerbe de fleurs. »

Katmé fit défiler les pages, repéra la gerbe. Becs-de-perroquet et roses de porcelaine, une bannière orange fluo, un message :

Adieu Vice-Président
L'association DP

« L'association DP ?

— Jeu de mots de mauvais goût. Je te laisse deviner. Mais aussi DP comme dépénalisation. »

Elle ferma quelques secondes les yeux, les rouvrit. « J'ignorais qu'il était vice-président d'une association, et même l'existence d'une telle association. »

Mains jointes sous le menton, coudes sur le bureau, Kizito la dévisageait. Elle déglutit et se replongea dans l'album. Les photos devinrent floues sous ses yeux. Samy, vice-président de l'association DP. Il ne lui en avait rien dit. Pourquoi ? « Votre relation est trop exclusive, ce n'est pas sain », disait Tashun. Pas si exclusive que ça. Elle partageait le récit de sa vie avec lui sans rien garder sous le coude, il l'avait exclue d'une partie du sien. Pourquoi ? Parce qu'elle ne savait pas ce que c'est que d'être dans sa peau ? Il vivait dans son être, sa chair, ce qui pour elle demeurait flou, abstrait. Elle avait beau tressaillir au plus profond de son être dès qu'on lui effleurait un cheveu, elle ne savait pas ce que c'était d'être dans la peau de quelqu'un qui risque de passer le restant de ses jours en prison, d'être lynché par ses voisins préadolescents et leurs parents, quelqu'un qui passe son adolescence, sa vie d'adulte, toute son existence, à se contrôler, à se cacher des autres, à avancer masqué. Samy avait suivi des séances d'orthophonie pour viriliser sa voix, en atténuer les inflexions aiguës, des cours de gestuelle – qu'elle avait payés, elle ne savait même pas que ça existait. Ces jeunes hommes, ces femmes au macaron, savaient ce que c'était d'être dans sa peau, et pas elle. Pas elle. Elle lui avait dit qu'elle se fichait des homosexuels du Zambuena et de la terre entière, « Je m'en fiche et m'en contrefiche », avait-elle crié. Pour elle, lui seul importait, *parce que c'était lui*. Elle ne s'était jamais posé la question de savoir ce que signifiait pour Samy, *ontologiquement*, d'être homosexuel dans un pays où l'homosexualité peut mener à la condamnation à perpétuité. Qu'importent les raisons, toutes valables, de Samy, il ne lui avait rien dit, et ça, ça lui faisait mal.

« Sam est enterré dans la cour, derrière la maison, à côté de papa. Je sais qu'il aurait été heureux que tu viennes le voir. Maman et moi avons été secoués pendant les obsèques par la déferlante d'amis un peu particuliers de Samuel… Ma mère te posera peut-être la question… Elle n'a jamais cru ce que les journaux écrivaient. Moi non plus d'ailleurs. C'est Me Bessongué qui m'a mis au courant après l'enterrement. Toi, depuis quand le sais-tu ? »

Elle leva la tête de l'album

« Qu'est-ce que ça change ?

— Ça change que je n'aurais pas écrit ces articles, ou plutôt, disons, pas sur le même ton, si j'avais soupçonné la vérité.

— Il me l'a dit au lycée.

— Mon petit frère était homosexuel depuis le lycée !!!

— Ce n'est pas une filière post-bac, tu sais.

— Vous m'avez bien baladé, tous les deux ! Sais-tu si… Est-ce que Sam… » Kizito pressait les jointures de ses doigts, cherchant ses mots. « Concrètement, au-delà de l'attirance pour les… euh… Sam… Enfin, est-ce que réellement…

— … Est-ce qu'il avait quelqu'un ? Est-ce qu'il couchait vraiment avec les garçons ?

— En gros.

— À ton avis ?

— Un garçon en particulier ? »

Elle hocha la tête.

« Je le connais ? »

Elle hocha la tête.

« C'est qui ?

— Tu le connais. »

Il enleva ses coudes de la table, se passa la main sur sa tête.

Ses yeux s'agrandirent. « C'est quand même pas… Ety !? »

Il lut la réponse dans les yeux de Katmé.

« Décidément, je suis très con. » Il secoua la tête. « Comme cela a dû être difficile pour lui. Tous ces mensonges, ces secrets.

— Je dis quoi à Sita Félicie si elle veut savoir ?

— Tu réponds non, bien évidemment. Non. À elle, à tous ceux qui te poseraient la question. Même si tu disais la vérité, ma mère n'en croirait rien, et c'est mieux ainsi, elle est déjà assez perturbée comme ça. »

Kizito, se dit Katmé, ne perdait pas de vue les réalités du Zambuena. Une femme, six enfants, une mère fragile, des collègues. Frère du pédé assassiné, il y a des titres universitaires moins lourds à porter.

Il repoussa son fauteuil, fit coulisser l'un des quatre tiroirs qui compartimentaient sa table de travail. « Le propriétaire a refusé de prendre le loyer que nous lui avons versé après l'accident de Sam. » Katmé entendit un cliquetis de métal. Son cœur se mit à cogner dans sa poitrine. « Tu sauras t'y retrouver mieux que nous. Les policiers ont expédié l'enquête en une semaine et nous ont rendu les clés. Ce que tu ne veux pas garder, rapporte-le chez maman. Elle a nettoyé le sang, rangé le désordre. Tu ne verras aucune trace de l'accident.

— Ce n'est pas un accident, Kizito. C'est un meurtre. Nous devons relancer l'enquête. Samy a été tué. Les Aquatiques doivent être arrêtés et jugés.

— C'est nous tous les Aquatiques, Katmé. Nous tous. Que fais-tu de Maman Caramel deux à dix et tous les comploteurs du MPA ? De ton mari ? De ton silence ? De mon refus de voir le vrai Sam ? Si Sam revenait parmi nous, comment je vivrais le fait d'avoir un petit frère homo ? Est-ce que je ne lui demanderais pas de continuer à se cacher pour notre paix à tous ? Les parents et les enfants du quartier des Enseignants se sont sentis légitimes d'ôter la vie à Sam, parce qu'ils savaient que la communauté, la justice, tous les bien-pensants si nombreux dans ce pays, les autorisaient implicitement à extirper le mal du groupe. Mis à découvert, mis à nu, mis à mort. La destinée avait décidé de retirer à Sam son anneau de Gygès. C'est comme ça.

— Son anneau de quoi ?

— Laisse tomber. Tiens, voilà. »

Il lui remit le trousseau de clés de l'atelier.

« Je ne peux pas accepter ton fatalisme. Et puis même si tu avais raison, on ne peut pas se contenter de dire : c'est comme ça, il n'y a rien à faire ! Bessonguè avait raison. On doit essayer, il faut rouvrir l'enquête, faire changer cette damnée loi ! On ne peut pas laisser tomber ! Je ne peux pas laisser tomber, Kizito !

— Je n'ai plus de force, Katmé, dit-il, abattu. Même s'il n'y a eu qu'un seul numéro avec ton mari à la une et que la mort de Samuel a mis un coup d'arrêt à cette putasserie, *Revers* a perdu tous ses sponsors étrangers, et moi les piges que je faisais dans certaines rédactions. Le jour du lancement de la campagne électorale, les quatre pneus de ma voiture ont été crevés, mon pare-brise arrière fracassé. Pour la population, je suis un vendu comme l'ancien maire qui a été élu sur la liste de ton mari. Il ne me reste que l'université, je ne peux pas jouer avec ça. »

Il ôta de la poche supérieure gauche de sa veste vert bouteille un mouchoir, s'épongea le front et les yeux. Il pleurait.

L'arrondi du toit conique du caveau bâti sur la montagne s'élançait vers le ciel azur. Les sapins nains avaient poussé, la futaie d'eucalyptus semblait plus dense, le soleil brillait, réchauffait la terre. Sur la tombe marbrée, Katmé versa une dame-jeanne de vin de raphia, un kilogramme de sel et une bouteille d'huile de palme, déposa un plat de *tenue militaire,* le gâteau de maïs aux feuilles de macabo, le plat aimé de sa mère. Pieds nus, hissée sur le tabouret, balai à la main, elle nettoya les toiles d'araignées nichées aux recoins du plafond.

Elle retourna à la voiture, ouvrit la malle arrière, prit un sachet en plastique, en tira un flacon de parfum qu'elle rapporta au caveau. Sur les murs, les moulures, la corniche, les plinthes, le staff du plafond, dans les angles, dans les airs, sur les barres en fer forgé des ouvertures, elle vaporisa cent millilitres de Poison de Dior, le seul parfum qu'elle ait jamais vu sa mère porter. Elle baisa le marbre froid, murmura : « M'man, m'man, m'man… tu ferais quoi, toi ? M'man, que dois-je faire ? Prends soin de Samy, m'man, prends soin de lui. T'a-t-il parlé des jacarandas, des saintpaulias ? Dis-lui que Keuna prendra soin de ses œuvres, et moi aussi je prendrai soin de ses œuvres. »

Sur le chemin du retour à Akriba, elle arrêta le Rav4, fit demi-tour, fonça à l'université du Haut-Fènn. Kizito semblait n'avoir pas bougé de son siège depuis son passage quelques heures plus tôt. Il corrigeait les copies des étudiants. Elle se campa devant l'embrasure de la porte. « Je demande seulement ton autorisation, Kizito, rien de plus. Quand j'aurai suffisamment d'argent, je ferai rouvrir l'enquête. Dis-moi que tu ne t'y opposeras pas, c'est tout. Je t'en supplie…

— Katmé… » Il poussa un soupir. « Tu es encore plus sale que tout à l'heure. Viens. »

Il l'emmena dans les toilettes des professeurs dont il gardait une clé par-devers lui. Elle se déchaussa, ouvrit le robinet, passa l'extérieur des mocassins sous le mince filet d'eau et ôta du daim les croûtes de boue séchée.

Kizito, dos au chambranle de la porte, attendait, une boîte de mouchoirs en papier à la main.

Elle annonça : « Je vais demander ma réintégration comme enseignante au ministère. Je reste à Akriba. »

Kizito s'approcha d'elle. « Et Tashun, il est où dans tout ça ? »

Elle haussa les épaules « Ici au gouvernorat, je suppose.

— *Huh* ? » Il afficha une moue qui le fit de nouveau terriblement ressembler à Samuel. « Il te répudie ? »

Répudier, comme du temps de la Bible. Même pour quelqu'un comme Kizito, il était impensable que la décision émane d'elle, une femme.

« C'est moi qui pars.

— Ça ne fera pas revenir Sam ! Tu ne vas pas divorcer ! Tu as deux enfants !

— Je ne suis pas mariée à mes enfants.

— On ne se lève pas un matin et on décide de divorcer. Ce qui nous est arrivé avec Sam est affreux, mais ne rajoute pas du drame au drame. Tu as des enfants à élever. »

Elle déposa sur la mosaïque de petits carreaux qui recouvrait le sol des toilettes la chaussure qu'elle tenait à la main, sécha sans s'en apercevoir ses mains sur son pantalon blanc, le marquant de traînées rougeâtres. Kizito lui tendit la boîte de mouchoirs, la sonda du regard. « Pourquoi veux-tu partir ? C'est Fortès, c'est ça ? C'est lui ? »

Elle se composa une expression neutre, prit les mouchoirs, s'essuya lentement les doigts, l'un après l'autre, sans répondre.

« Katmé, j'ai été aveugle pour Sam. Je ne le suis pas tout le temps… Tu dois être au courant qu'il a démissionné du projet de l'autoroute et quitté Mival après ce qui est arrivé à Sam. »

Elle leva les yeux sur lui, soutint son regard.

« Je l'ignorais…

— Il est venu me dire au revoir avant son départ.

— Il n'a rien à voir avec ma décision. Je suis passée de l'autorité de ma mère à celle de ma tante puis à celle d'un mari. Je veux vivre ma vie, ne plus rendre de comptes à qui que ce soit comme si j'avais toujours dix ans. Une chose est sûre, je n'aime plus Tashun.

— Tu n'aimes plus Tashun ? »

Il éclata de rire.

« Mais enfin, qu'est-ce que l'amour a à voir avec le mariage ? On se marie parce qu'on se marie, un point c'est tout. On se marie pour des tas de raisons, et ce sont ces mêmes raisons-là qui font que, quoi qu'il arrive, on ne part pas, on reste ensemble, on élève ses enfants. Je devine tes raisons de vouloir t'en aller, peut-être même que je les approuve, mais notre pays étant ce qu'il est, si tu quittes ton mari, ne te fais pas d'illusions, on ne te fera aucun quartier. Si c'est ton mari qui te quitte, on te critiquera de n'avoir pas su le garder, mais au moins on te conférera le statut de victime. C'est un statut qui a ses avantages dans notre contexte, frangine. Ne te leurre pas, sœurette, si c'est toi, la femme, qui pars, tu te guillotines, et là le bourreau c'est tout le monde. Je ne t'apprends rien. Réfléchis bien, frangine. Réfléchis bien, tu as deux enfants. »

Il la raccompagna à sa voiture, la serra contre lui.

« Je vais téléphoner à maman, la prévenir que tu vas

passer, elle sera contente de te voir. » Un arc-en-ciel apparut soudainement au-dessus de leur tête. Ils mirent la main en visière sur le front pour le contempler.

Elle entra dans la voiture, baissa la fenêtre. Il s'accroupit, la tête à hauteur de l'encadrement de la vitre ; puis, comme dans quelque exercice de respiration obligé, exhala longuement, vida l'air de ses poumons. « Je m'étais promis de ne pas t'en parler… Mais… Je crois que… Enfin, bref, je suis resté en contact avec lui, si jamais ça t'intéresse… »

La nuque de Katmé se mit à picoter. Elle fixait le parebrise, et au-delà le vilain bâtiment qui hébergeait les bureaux de Kizito et de ses collègues enseignants.

« … Je crois comprendre qu'il ne parvient pas à tourner la page du Zambuena, Fènn, toi. »

Elle hocha mécaniquement la tête.

« … La frangine du frangin, si tu as besoin de moi, je serai là… »

Katmé tourna la tête vers lui, le gratifia d'un sourire incertain et alluma le contact.

Kizito se remit debout, puis s'écarta du véhicule.

En s'éloignant, elle repensa à l'arc-en-ciel. Kizito leur avait dit un jour, à Samy et elle, que même après la pluie, les arcs-en-ciel étaient rares dans le Haut-Fènn.

25

Tashun arborait l'expression de celui qui se dit que décidément ça ne tourne plus rond dans la tête de sa femme. Ils dînaient tous les quatre dans la salle à manger beige. Au-dessus de la nappe en percale au motif de chevaux au galop, crinière au vent dans un champ de maïs, il annonça abruptement à Axelle et à Alix que leur mère voulait reprendre sa vie là où elle l'avait laissée il y a douze ans, c'est-à-dire avant leur naissance, sans elles, sans lui. Les filles, qui babillaient sur leur journée à Saint-Christophe, se turent ; leur voix comme happée par les beiges murs de la salle à manger, les beiges abat-jour des appliques murales en laiton, le beige rembourrage des chaises. Alix déposa soigneusement sa fourchette, son couteau au bord de l'assiette. Axelle tendit le bras pour s'emparer de la carafe d'eau ; elle lui échappa, s'ébrécha sur l'anse de la grande assiette de service pleine de macabo râpé. L'eau se répandit sur la nappe, les cuisses des jumelles, de leurs parents, sur le sol. Bambili, derrière la double porte battante qui séparait la cuisine de la salle manger, surveillait le bon déroulement du dîner. Elle rafla les éponges en mousse dans le bac à produits vaisselle, les torchons sur la crédence, une serpillière dans le placard à balais, et se hâta d'intervenir. On écourta le repas.

Plus tard, assise sur le rebord du lit de ses filles, Katmé dit : « *Moïndjamoto*, tout à l'heure quand papa a… », les jumelles, couverture au niveau du menton, échangèrent un regard. Elles n'avaient posé aucune question à table. C'est simple, elles n'avaient plus rien dit du tout. « On a sommeil… », dit Alix. « On veut dormir », ajouta Axelle. Katmé ignora la bourrasque glaciale qui lui souffla au visage et demanda :

« Je vous réveille demain à quelle heure ?

— À l'heure que tu veux », répondit faiblement Axelle.

Elle embrassa ses filles sur le front, regagna sa chambre, corsetée par la peur et l'indécision. Tashun, allongé sur le couvre-lit, mains derrière la tête, yeux levés au plafond, l'attendait. « Je t'ai donné le diplôme… Tu portes mon nom… Et tu veux m'humilier… » Il se redressa sur les coudes.

« … Tu crois que je vais me laisser humilier ? Depuis quand les femmes demandent le divorce dans ce pays ? Depuis quand, hein !? Et les filles, tu en fais quoi ? Toi, toi, toi ! Tu partiras si je le décide, madame ! Uniquement si je le décide ! »

Le mariage au Zambuena étant moins l'affaire de deux personnes qui unissent leurs destins que de deux familles qui fusionnent, moins celle de deux individus distincts que de deux communautés qui s'allient pour n'en plus former qu'une, la dot, le mariage religieux réputant ces liens inaltérables, indéfectibles, Tashun appela Djama à la rescousse. « Tu crois que divorcer est un acte de bravoure ? Crois-moi, c'est rester mariée qui en est un. Comme disait mon père, quand l'eau du fleuve les emporte, certains croient que c'est le crachin de la pluie qui les mouille. Tu veux recommencer à travailler ? *Badluck!* Si au moins, tu avais un vrai travail ! Enseignante d'économie sociale et familiale, c'est un travail, ça ? La stabilité familiale de tes filles, tu en fais quoi ? Si ton corps te démange, trouve-toi un A et reste tranquille. Tu veux aller où ? En plus, tu seras radiée du Caz, tu y as songé à ça ? Tu veux abandonner tes pieds aux chiques et plus tard prétendre que Dieu ne t'aime pas ? *Badluck!* »

Tashun manda Mama Récia. « Tu es mariée à l'église, ma fille. C'est la damnation si tu fais ça. Le vrai amour, l'amour éternel, c'est au ciel que tu le vivras. J'ai vécu avec mon mari comme au Golgotha, je ne suis pas partie. Dans un mariage, on s'habitue à vivre ensemble, on se supporte. C'est ça le mariage. Si tu pars de ce mariage, on devient quoi ? On va vivre comment ? Avec quel argent ? » Ensuite, c'est Balbine Kempé, la secrétaire de Tashun, qui s'en mêla « Tous les couples ont des problèmes, madame Katmé, c'est le toit et les quatre murs qui cachent tout. Un mari comme Excellence Monsieur le Préf… le Gouverneur, ne se trouve pas facilement. Le temps arrange tout, vous verrez. » Même Motto le valet de chambre, un matin, glissa un mot en ouvrant les rideaux. « Vous êtes rassasiée, madame, vous n'avez pas faim, c'est pour cela que vous voulez partir. Ventre plein ne réfléchit pas. Ne partez pas, Maman Gouverneur. Vous faites une erreur. » Un soir, une lettre de Sennke apparut comme par l'opération du Saint-Esprit sur sa coiffeuse.

« Le premier miracle de Jésus, c'était aux noces de Cana *blablabla*… Il a changé l'eau en vin *blablabla*… Ce que Dieu a uni *blablabla*… Le mariage *blablabla*… Les enfants *blablabla*… La vie à deux *blablabla*… La grâce divine *blablabla*… » Katmé alla directement à la fin de la lettre. « Quoi que tu décides, je suis là. Quand viens-tu me rendre visite ? »

Elle voulut se présenter. « Je sais qui vous êtes, coupa Me Cécile Bessonguè, le regard pénétrant derrière ses lunettes rondes. Vous avez été en quelque sorte ma cliente, non ? » Pour le paiement des honoraires, Samuel Pankeu l'avait mise dans la confidence. L'avocate avança vers elle une boîte de mouchoirs en papier. C'était jour de pluie, Tashun avait récupéré le Rav4 qu'il lui avait acheté. Elle avait attendu un moment un taxi au bord de la route. Elle se tamponna le visage, les bras ; son chemisier trempé lui collait à la peau, dehors la pluie tombait en gouttelettes régulières et serrées. Rassemblant son courage en face de celle qui très tôt avait choisi le camp de Samy, Katmé lança avec brusquerie : « Je vous préviens, je n'aurai pas de quoi vous payer. »

Après le passage au cabinet de Me Bessonguè, elle alla chercher ses filles à la sortie des classes. Dans l'abri du taxi qu'elle avait loué – le chauffeur attendait adossé à la portière –, pendant une heure, dominant les battements de son cœur, elle articula avec effort ce qu'elle avait à leur dire.

« Tu vas partir pour habiter avec un autre mari, maman ? demanda Alix quand elle se tut.

— Non, *Moïndjamoto*, je pars habiter avec moi-même. Et si mon avocate ne s'est pas trompée, avec vous deux de temps en temps. »

« Arrière, Asmodée ! »
« Arrière, Asmodée ! »
« Le chœur des anges et des saints archanges te purifie ! »
Mama Recia et ses filles scandaient. Du pouce, sa tante traçait le signe de la croix sur le front de Katmé, et pulvérisait sur son visage, dans ses oreilles et entre ses cuisses, la cendre du mercredi des Cendres de l'année dernière diluée dans de l'eau du Jourdain mélangée à l'huile sainte de Jérusalem achetée au magasin de la Procure près de la cathédrale. Rosine, poitrine écrasée contre le haut dossier de la chaise sur laquelle Katmé était assise, lui avait passé les bras autour du haut du corps et lui emprisonnait le torse et les membres supérieurs. À ses pieds, couchée sur le côté, Sokjou lui encerclait les chevilles de ses mains, la tête de travers sur sa jambe gauche comme un butin à ne pas lâcher.
« Le sang de Jésus te lave ! »
« La Vierge et sa couronne de douze étoiles te lave ! »
« Pas de femme divorcée dans une famille bénie ! »
« Pas de divorce chez les enfants de Jésus-Christ ! »
Dès que Katmé protestait – pacifiquement au début, « mais enfin, qu'est-ce qui vous prend, c'est quoi ce cirque, mais enfin arrêtez ! », et, par la suite, moins poliment, « espèces de raclures des enfers, si ce Dieu existe qu'il vous fasse enculer par Satan pour l'éternité » –, sa tante lâchait le *pschitt* du spray dans sa bouche ouverte, entre les dents, sur la langue, de sorte

que les derniers mots de Katmé mouraient étouffés par la cendre du mercredi des Cendres de l'année dernière diluée dans de l'eau du Jourdain mélangée à l'huile sainte de Jérusalem achetée au magasin de la Procure près de la cathédrale. Elle aurait pu tout aussi bien ne rien dire, Mama Récia, toute à sa mission salvatrice, mettait sur le compte de l'œuvre du Malin les propos déplacés de sa nièce et affectait de ne pas noter l'incendie qui enflammait ses prunelles. « Putes de bénitier ! Arachides de deuil ! Femmes de carrefour ! Chiennes vertes ! Mères d'enfants cotisés ! Asmodée vous-même ! » Le répertoire pimenté de Katmé aurait déstabilisé une chrétienne moins auréolée du Saint-Esprit que sa tante. « Ne relâchez pas, priez, c'est Asmodée qui parle en elle, Asmodée se sent menacé, c'est sa voix, il a pris possession de Katmé, il faut la délivrer… » Mama Récia jouait gros. Mama Récia jouait son avenir financier et celui de quelques-uns de ses enfants.

Sa tante lui avait téléphoné la veille, il était question de venir manger du sanga. Katmé avait choisi une robe que sa tante aimait la voir porter : tissu pagne, fleurie, manches courtes, col en V légèrement échancré, cintrée à la taille et évasée au niveau des hanches. Par un tour de passe-passe de rhétorique biblique, trente minutes après le sanga, Mama Récia avait verrouillé la porte d'entrée, fermé les fenêtres, et plongé le salon de cette fin de matinée sémillante dans une nuit factice de réglettes et de lampes. Ses deux cousines s'étaient jetées sur elle, la bridant sur sa chaise comme un malfaiteur à exorciser avant l'arrivée de la police. Tandis qu'à l'extérieur de gros nuages noirs, la pluie et le tonnerre se mettaient à éclipser le soleil ; Mama Récia, à l'intérieur de la maison, extirpait en Katmé la tentation « de briser ce que Dieu a uni », la lavait d'Asmodée, « le démon de la luxure qui pousse les femmes à quitter leur mari ». Tashun, le beau-fils-que-Dieu-lui-même-dans-sa-grande-bonté-leur-avait-envoyé, ne méritait pas pareille trahison. « Tu n'es pas obligée de suivre les traces de ta mère. La bordellerie ne doit pas forcément aller de mère en fille », dit Rosine dans son cou. « Tu oses parler de… » *Pschitt* dans les dents ! « … de ma mère ? Chienne verte ! » *Pschitt* dans les dents !

L'eau grasse du spray bouchait progressivement les tympans de Katmé, sillonnait sa face, son cou, son dos, ses seins, son entrejambe.

« Arrière, Asmodée ! »

« Arrière, Asmodée ! »

« Dieu notre Père, sauve son âme, sauve son mariage ! »

« Délivre-la d'Asmodée ! »

« Délivre-la de son péché originel ! »

« Délivre ta servante ! »

Sokjou, les menottes de ses bras puissants autour des jambes de Katmé, grondait : « Dieu a eu pitié de toi, il t'a donné un mari, tu n'es pas devenue une bordelle comme ta mère et toi tu veux faire le mal à Tashun ? *Megde !* »

Un goût de nivaquine envahit la bouche de Katmé. La vue brouillée par la rage, elle sut qu'elle ne reverrait jamais sa tante, sa tripotée d'enfants. Délivrée, ça oui, elle l'était. Sa mère venait de mourir cette fois pour de bon.

Les jours qui suivirent, elle chercha un studio à louer. Faute d'argent pour avancer les six mois de loyer requis, elle atterrit quelques jours chez Ety, puis Keuna offrit de la loger, et, en échange d'un mi-temps à la galerie, de la rémunérer en attendant qu'elle reprenne le travail au lycée. Elle fut reçue fraîchement à l'association DP. Ety n'avait pas réussi à la dissuader de s'y rendre. DP n'acceptait pas les hétérosexuels. Les héterosexuels s'inscrivaient, militaient à leurs côtés bien sûr, mais assez rapidement, ceux qui réussissaient à obtenir un visa et à se payer un billet d'avion s'envolaient en Europe, en Amérique où ils se déclaraient persécutés dans leur pays d'origine pour obtenir le statut d'exilé au détriment des vrais homosexuels.

Le jour où Me Bessonguè adressa à Tashun la requête en divorce, Katmé reçut un coup de téléphone de Djama à Bubinga Project. « Tu as signé ton acte de régression sociale. Te voilà une Z, Katmé. Une zéro. Une moins-que-rien. Une seule main ne peut pas attacher un sac, comme disait mon père, tu ne le sauras que trop tôt. J'apprends que, non contente de quitter ton mari, tu veux faire rouvrir le dossier de la mort de ce garçon avec cette avocate ? *Badluck!* Tu cours à ta perte, laisse-moi te le dire. Tu nous trouveras sur ton chemin. Tu es exclue du Caz. Tu ne remettras plus jamais les pieds au Caz. Voilà où ta stupidité te mène. » Les oreilles de Katmé chauffaient. « Djama, Djama, Djama… dit-elle sans élever la voix. D'abord, ton Caz, tu te le rentres dans le cul, tu veux bien faire ça pour moi, s'il te plaît ? Ensuite tu y loges tes menaces. D'accord ? Salope ! »

Gabrielle, Faith et Khadidiatou ne cachèrent pas leur surprise lorsqu'elle les accueillit en tant qu'assistante de Keuna un soir de vernissage à Bubinga Project. Gabrielle agrippa le bras de Katmé qui distribuait les flyers aux invités : « *Wait a minute! You are Katmé Abbia, you used to be big!* » Un large sourire apparut sur le visage de Katmé qui redressa les épaules, plissa les yeux, arqua les sourcils, leva légèrement la tête et, la suffisance de Norma Desmond dans la voix, répliqua : « *I am big. It's my former life that got small.* »

26

En descendant du taxi, près de la rigole, elle avait cherché dans les flaques d'eau, sur les visages qui l'épiaient, dans le vrombissement du moteur du moulin à maïs, l'odeur d'essence frelatée des motos, les vendeuses de safous et plantains, les voix innocentes d'enfants jouant au football, les hommes ricanant devant une partie de damier, les jeunes filles en pagne, le vendeur de livres usagés, les nuées de moustiques, de mouches batifolant au-dessus des eaux noires de la rigole, dans le ciel dégagé, l'air frais et sec ; elle avait cherché les traces, les signes montrant qu'un éclair inaltérable avait zébré le ciel d'un brun pluvieux le jour où Samy avait été ici effacé du monde.

Ses mains tremblaient, les parterres de saintpaulias avaient disparu ; ses mains tremblaient, elle ne se souvenait pas du mécanisme d'ouverture de la serrure. Ses mains tremblaient ; Samy ne serait pas derrière la porte, à sa table de travail, dans sa blouse pourpre, malaxant la terre cuite, le visage couleur nuit taché d'argile grise, les yeux gentiment moqueurs, les dents éclatantes de blancheur. Ses mains tremblaient ; c'était la dernière fois qu'elle venait là.

En pénétrant dans l'atelier, elle savait que les dessins, les croquis, les esquisses, les œuvres en cours, les outils orphelins, délaissés, abandonnés, empoussiérés, désœuvrés, chuchoteraient le départ de Samy. Ce qu'ils firent. La porte s'ouvrirait sur Samy, il entrerait précédé de son rire en cascade, les mains alourdies du poids d'une nouvelle sculpture, blanches d'argile ; il lui présenterait sa nouvelle création, tel un jeune père comblé, il dirait : « Voici le nouveau rejeton, Katinétou, comment tu le trouves ? » Il ne serait pas content de la trouver là, dans son atelier, sans lui. « Hum… *Bindi,* tu sais que tu n'as pas le droit d'être ici quand je ne suis pas là. » Elle transgressait l'interdit de Samy. Seule dans son atelier sans lui. Même quand il était en prison, elle n'était pas venue.

L'ancien entrepôt lui paraissait monstrueux.

Samy et les objets de l'atelier formaient une unité singulière. Disjointes de lui, les jarres en terre cuite qu'il faisait fabriquer à Petit Paul, Emmanuel, Kouankeu…, le lit picot où il transpirait plus qu'il ne dormait, les photos, la cuvette d'eau argileuse, les sandales, les blouses sales entassées dans la bassine à linge, les essais ratés de sculptures attendaient taiseux et impassibles qu'on décide de leur sort.

Le regard de Katmé se promena sur les jarres qui ne seraient plus peintes par les enfants sous la houlette de Samy ; quel lien pouvait-il y avoir entre les petites mains affairées à pétrir la pâte, les visages concentrés et attentifs, les visages curieux et heureux qu'elle avait observés et leur acharnement sur la peau, le corps, le visage, le sourire de Samy ?

Dans la bibliothèque en rotin, se trouvait sur l'étagère du dessus, à côté de livres sur la sculpture, une espèce de grand livre, press-book à spirale, feuillets en papier alternant avec pochettes transparentes perforées. Côté papier, Samuel avait collé par date de publication chronologique, du plus récent au plus ancien, les recensions sur son travail dans la presse, côté plastique, glissé les photos des œuvres et des expositions. Posée sur l'étagère juste en dessous, une boîte à chaussures marquée au feutre noir « Les amis » attira son attention. Samuel y rassemblait les critiques négatives sur son travail. Elle retrouva, plié en deux, l'exemplaire de *Tropiques Matin* à l'origine de l'affaire Samuel Pankeu, quelques articles virulents : *Les œuvres de Samuel Pankeu ou l'apologie de l'inutile* ; *L'art de sculpter le vide* ; *Samuel Pankeu ou la professionnalisation de la médiocrité* ; *Comment passer de médiocre amateur à médiocre professionnel* ; l'interview de Tashun à *La Voix du Zambuena* où il ne cachait pas ce qu'il pensait de l'exposition. Premier clou planté sur le cercueil de Samy par Tashun, peu après le chaos fertilisé par l'esprit tordu de Maman Caramel. « C'est nous tous, les Aquatiques », affirmait Kizito.

Cette pierre, cette glaise, objets inertes, inanimés auxquels Samy avait dévoué ses jours, sacrifié ses nuits, tous ces trucs finiraient au rebut, ou survivraient à Samy. Ce chiffon jeté là négligemment sur ce coin de table encombré, ce chiffon maculé par toutes sortes d'usages, ce chiffon entre ses doigts, ce chiffon à la durée de vie indéterminée, en combat singulier, *mano a mano*, triomphait de l'artiste plasticien Samuel Pankeu disparu, mort, enterré, retourné aux vers, à la terre, au néant. Le papier-toilette, la brosse à dents, les chaussettes, les crayons, les slips, le tapis de bain, les murs, le toit en tôle ondulée, les pyjamas, les assiettes, la théière, tout ce qui traînait dans l'atelier, toutes ces choses sécables, écrasables, achetables, donnables, jetables, toutes ces choses sans vie, potentiellement impérissables, en face du jeune homme drôle, à l'esprit fin, à la répartie facile, dictionnaire ambulant de citations latines, parrain d'exception, artiste de talent, s'avéraient victorieuses. Le constat, primaire et saugrenu, de ceux qui affrontent un jour ou l'autre la mort d'un proche humiliait Katmé dans son chagrin. Torchon : 1, Samuel Pankeu : 0.

Rien ne l'avait préparée à retrouver Samy sans lui.

Elle chercha un endroit où s'asseoir, dédaigna les chaises hautes en bambou sur lesquelles elle s'était si souvent assise pour regarder Samuel travailler, la poussière était partout. La moisissure disputait aux toiles d'araignées les angles de la pièce. Elle opta pour le lit picot, aveuglée par les larmes, dégagea la couverture, le plaid en laine écossaise, s'étendit en diagonale sur les draps jaunes froissés, se recroquevilla en position fœtale.

La messe d'inhumation de maman à Fènn. Le cercueil sous le préau, Samy assis à côté de Maman Caramel deux à dix et de Tonton Sucette, la panthère aux pattes bleues chantait près de l'autel. Le directeur de publication de *Tropiques Matin* déguisé en archevêque sautillait dans sa soutane pourpre, les prêtres cocélébrants tapaient des mains. Tashun dans son costume de croque-mort pétait en continu, tout le monde se bouchait le nez. Samy quitta sa travée, fit une courte révérence devant moi, m'invita à danser. La panthère aux pattes bleues serinait :

Tu as demandé à me voir, alors me voici,
Vois-moi donc ! Zimanto !
Je suis la panthère qui tombe sur le flanc droit,
Je suis la panthère qui tombe sur le flanc gauche,
Je suis la panthère qui lève les pattes,
Me voici donc ! Zimanto !

La main autour de ma taille, Samy murmura : « *Bindi*, tu veux faire rouvrir l'enquête sur ma mort ? Tu veux faire le procès de cette loi ? Regarde la panthère danser, elle danse, danse, plus je le vois, ce rêve, plus je crois au cauchemar qui vient. »

« Katmé, Kat ? Tu es là ? » Je me réveillai en sursaut, on tambourinait. Le lit picot, l'atelier, l'action *pro bono publico*, la panthère, *Zimanto !*, la panthère bleue, les Aquatiques. Je pris peur. Il fallut quelques secondes, que je rassemble mes esprits, me rappelle avoir téléphoné à Ety la veille au soir pour lui demander de me rejoindre à l'atelier. J'avais également proposé au propriétaire des locaux de passer afin de lui régler trois mois d'arriérés de loyer. Keuna devait elle aussi faire un tour ; il y avait tant de choses à trier, d'œuvres à récupérer.

Je courus déverrouiller la porte.

Remerciements

David Mignot, artisan d'une aube lumineuse.

Henri Jobbé-Duval, pour « une chambre à soi » à Rotheneuf.

Catherine Feuillet, **Annick Piers**, **Elisabeth Marliangeas**, **Xavier Carniaux**, pour l'amitié, les patientes lectures.

Yannick Lewat, **Virginie Pandja**, **Annick Nana**, **Angèle Diabang**, **Diane Lewat**, **Chrislin Nana**. Yann et grand-mère, merci pour les bons petits plats. Vicho, tu auras été, comme toujours, la meilleure part de moi.

Stéphane Tchakam, voyageur de l'autre rive, compagnon de chemins d'éveil, toujours présent.

Julie Trassard-Donatien, pour les mots justes les jours de doute, la rayonnante Isaée entrée dans ma vie.

Enfin à **Étienne Fiatte**. Pour tout et le reste, fière d'être ta *Bindi réssé*.

Composition et mise en pages
Nord Compo à Villeneuve-d'Ascq

Imprimé en France par

MAURY IMPRIMEUR
à Malesherbes (Loiret)
en juillet 2022

POCKET - 92 avenue de France, 75013 PARIS

N° d'impression : 264069
S32312/01